가신들

2

FUSION FANTASTIC STORY

강산들 2

김대산 퓨전 무협 소설

초판 1쇄 찍은 날 § 2007년 2월 2일
초판 1쇄 펴낸 날 § 2007년 2월 12일

지은이 § 김대산
펴낸이 § 서경석

편집장 § 문혜영
편집책임 § 유경화
편집 § 이재권

펴낸곳 § 도서출판 청어람
등록번호 § 제1081-1-89호
등록일자 § 1999. 5. 31
어람번호 § 제2-1121호

주소 § 경기도 부천시 원미구 심곡1동 350-1 남성B/D 3F (우) 420-011
전화 § 032-656-4452 팩스 § 032-656-4453
http://www.chungeoram.com
E-mail § eoram99@chollian.net

ISBN 978-89-251-0535-2 04810
ISBN 978-89-251-0533-8 (세트)

김대산
퓨전 무협 소설

녹림

2

들·특별한 나

강산들

FUSION FANTASTIC STORY

도서출판 청어람

목차

1. 정들

김산은 문득 그 여학생이 빙긋 웃는다고 느꼈다.

물론 거리가 좀 있었고, 또 그다지 밝지 않은 골목이라 정확하게 본 것이 아닐 수도 있었지만 어쨌든 순간적으로 그렇게 느껴졌다.

이어 그 여학생은 이쪽을 향해 또박거리는 걸음으로 다가오고 있었다.

차에서 내려섰을 때부터 키가 크고 날씬하다는 느낌을 받았지만, 막상 걸어오는 모습은 참으로 늘씬하게 보이는 몸매였다.

그리고 정말로 예쁜 걸음걸이였다.

그 걸음걸이에는 예쁘다는 것 말고도 참으로 특별한 느낌이 더 있었다.

뭐랄까.

당당하고 힘있고, 왠지 모르게 보는 사람의 기를 꺾어버리는 데가 있는 그런 걸음걸이였다.

만약 그 걸음걸이의 주인공이 여학생만 아니었다면 아주 위풍당당한 위엄이 서린 걸음걸이라고 해도 좋을 만큼.

비슷한 느낌을 받았던 것인지 진주오 등은 미미하게나마 쭈뼛거리는 모양새들이었다.

그러다 진주오가 문득 작은 목소리로 소곤거렸다.

"야! 가만있어 봐. 쟤, 정들이잖아? 맞지, 정들?"

"뭐, 정들?"

그리고 놈들은 갑자기 주춤거리며 뭔가 켕기는 듯한 기색으로 변했다.

정들이라면 김산도 들어본 적이 있는 이름이었다.

그녀야말로 보국고의 공인 퀸카였으니까.

얼굴로도 퀸, 성적으로도 퀸, 그리고 전교 부회장이라는 타이틀 등등, 그녀는 그야말로 완벽한 퀸이었다.

하지만 김산이 그녀를 직접 보는 건 처음이었다.

정들의 뒤로는 승용차에서 뒤따라 내린 중년으로 보이는

남자 하나가 멀찍이 따르고 있었다.

큰 키에 잘 다듬어진 체형인 그에게서는 언뜻 보기에도 함부로 대할 사람이 아니라는 분위기가 풍겼다.

그러나 그 사람은 다만 평소에 몸에 배인 듯한 다소곳하고도 정중한 자세로 일정 거리를 두고서 정들의 뒤를 따르고 있었다.

그런 모습은 마치 섣불리 그녀의 일에 끼어들지 않겠다는 의지를 내비치는 듯했다.

그녀, 정들은 김산과 진주오 등이 서 있는 담벼락 바로 가까이까지 다가와서 멈추어 섰다.

훤칠하니 큰 키에 곧게 쭉 뻗은 허리 선, 그리고 가까이에서 보니 그저 아름답다는 생각뿐이 들지 않는 그 대단한 미모에는 잘나지 못한(?) 보통 사람들의 기를 대번에 확 눌러 버리고 마는 그런 무엇인가가 있었다.

본래 아름다운 여인 앞에서 일단은 한풀 기가 꺾일 수밖에 없는 것이야, 특히 스스로 잘난 구석이 없다고 생각하는 남자들의 숙명적인 비애일까.

정들은 스스럼없이, 사실은 다소간은 의도적으로 김산 역시도 가장 양아치답다는 느낌을 받았던 바로 그놈의 이름표부터 확인했다.

그리고 고개를 들며 놈과 똑바로 시선을 마주쳤다.

사실 놈은 좀 전에 그녀를 향해 반 협박성의 빈정거림을 날린 바 있던 바로 그놈이었다.

"이성일? 얘! 너, 말 참 귀엽게 하더라? 아까 했던 말, 한 번만 더 해볼래?"

정들의 그 대범한 기세에 눌리기라도 한 것처럼 이성일은 얼떨결에 한 걸음을 뒤로 물러서고 말았다.

그리고 나서도 녀석은 감히 정들과 눈을 마주치지 못하였다.

정들이 피식 웃고는 문득 김산을 향해 물었다.

"얘, 괜찮니?"

갑자기 그녀가 자신에게 말을 시키는 바람에 괜히 화들짝 놀란 김산이 약간은 애매한 목소리로 대답했다.

"어? 어……."

정들이 그 흑백이 분명한 눈에다 다분히 호의를 담으며 밝은 목소리로 다시 물었다.

"얘들이 지금 너 괴롭히고 있는 거 맞지?"

순간 반사적이다시피 진주오와 두 녀석들의 눈길이 사정없는 협박을 담고서 김산을 향했다.

김산이 정들의 말을 듣는 그 순간에는 문득 내 편이라도 생긴 듯한 든든한 마음이 든 것이 사실이나, 그것은 이내 한가닥의 묘한 비애와 반발로 바뀌고 말았다.

그 든든함을 주는 존재가 바로 여자였기 때문이다.

같은 학교, 같은 학년의 여학생, 더구나 모든 남학생들에게 동경의 대상이 되는 그녀에게 하필 이런 유의 관심을 받을 수는 없는 일이었다.

그 관심이 곧 동정으로 여겨졌기 때문이다.

"아, 아니야! 우리는 그냥 얘기를 좀 하고 있었을 뿐이야."

오버스러운 제스처와 역시 일부러 힘을 주는 테가 역력한 목소리의 김산을, 정들은 다분히 의심스럽다는 눈길로 보았다.

그러다가 타이르듯이, 그리고 한편으로는 기왕에 끼어들었으니 끝까지 정리를 하고 가겠다는 듯이 또렷한 어조로 말했다.

"요즘 학교 주변에서 폭력 사건이 빈번하게 일어나고 있다고 학생자치회에서도 대책 논의가 되고 있는 중이거든? 괜한 오해인지는 모르겠지만 아무래도 안심이 안 되니까 일단 너희들이 먼저 가라."

마지막 말은 진주오와 이성일 등을 향해 하는 것이었다.

그녀가 전교부회장으로서 학생자치회를 들먹이며 하는 말에 대해, 그리고 그런 게 아니더라도 그 거칠 것 없어 보이는 당당함에 세 놈은 당장에 뭐라고 대꾸할 말을 찾지 못하는 기색들이었다.

잠시 후, 진주오가 김산의 어깨를 툭 건드리면서 나직이 말을 건넸다.

"김산, 잘 가라. 내일 학교에서 또 보자."

그 말속에 들어 있는 은근한 협박을 느끼지 못할 리 없었으나, 김산은 괜히 어깨를 세우면서 짐짓 대범한 체 대답했다.

"그래, 내일 보자."

그것은 김산이 나름대로는 최선을 다해 발휘해 내는 당당함이었다.

퀸카 앞에서의 어설픈 당당함.

진주오 등이 건들거리는 걸음걸이로 골목길을 돌아가는 것을 보고 있다가 정들이 문득 안쓰럽다는 표정이 되어 말했다.

"애, 저런 애들한테 겁먹을 것 없어. 네가 두려워하니까 저런 애들이 더욱 너를 괴롭히는 거야. 그러니까 앞으로는 용기를 내서 당당히 맞서라고. 열 대를 맞더라도 한 대만 제대로 때린다는 각오로 악착같이 맞서라니까? 그렇게 몇 번만 네가 어떤 사람인지를, 결코 만만히 볼 사람이 아니라는 것을 확실하게 보여주고 나면 그 다음부터는 감히 널 괴롭히지 못할 거야."

정들이 진심으로 자신을 위해 충고를 해주고 있다는 걸 알았지만, 김산은 그다지 좋은 기분일 수가 없었다.

아무리 못났지만 어쨌든 그도 열혈 청춘이 아니라고는 못할 것인데, 학교의 모든 남학생들이 동경해마지 않는 퀸카에게 그야말로 쪽팔린 모습을 보이고, 더구나 이런 종류의 충고까지 듣기란 정말로 좌절스러운 일인 것이다.

묵묵히 고개를 떨구고 있는 김산을 위로라도 할 셈이었든지, 정들은 문득 엉뚱한 소리를 했다.

"김산? 야, 이름 좋네. 아주 멋진 이름이네?"

"……"

좋고 멋진 자신의 이름에 대해서야 자랑스러움보다는 콤플렉스를 느낄 때가 더 많았던 김산이지만, 지금 정들로부터 칭찬(?)을 듣고 나자 방금의 쪽팔림과 좌절에도 불구하고 금방 기분이 좋아지고 어깨가 으쓱해지는 것이었다.

그런 가볍기 이를 데 없는 감정의 변화들이란, 김산 스스로도 참 단순하고 유치하다는 생각을 하면서도 어쩔 수가 없는 것들이었다.

그런데 김산의 모처럼 만의 좋은 기분을 다시금 확 다운시켜 버리는 정들의 말이 있었다.

"2반이네? 어, 그럼 너 이승조하고 같은 반이네? 이승조 알지? 전교회장 말이야."

정들로서는 당연히 물어볼 수 있는 말이었으니, 김산으로서는 기분이 나쁠 이유까지는 없었다.

그런데도 김산의 기분은 급전직하, 순간적으로 확하고 다운이 되어버리는 것이었다.

김산은 마치 정들의 그 말이 자신을 비난하거나 공격하는 것이라도 되는 듯이, 그래서 반사적으로 자기 방어라도 하듯이 빠르게 말을 받았다.

"아니, 이승조가 나하고 같은 반이지."

언뜻 듣기에 무슨 말인지 잘 감이 오지 않는, 참 요령부득(要領不得)의 말이었다.

갑자기 튀어나온 김산의 엉뚱하기 그지없는 화법에 정들은 일시 얼떨떨해지고 마는 모양이었다.

그녀는 잠시 동안 자신이 물었던 말과 김산이 대답한 말에 어떤 차이가 있는지를 곰곰이 생각하는 눈치였다.

그런 끝에 결국은 그 두 가지 말 사이의 미묘한 차이를 발견해 낸 듯 그녀는 짜랑한 웃음소리를 냈다.

"호호호! 그렇구나. 김산 네가 이승조하고 같은 반이 아니라 이승조가 김산 너하고 같은 반이구나. 호호호호!"

그렇게 해석을 하고 나서도 그치기 어렵다는 듯 정들의 웃음소리는 잠시를 더 이어졌다.

"아가씨!"

공손하면서도 무게감이 느껴지는 묵직한 저음이었다.

단순히 부르는 그 한마디로 그 중년 남자는 정들에게 이제 그만 가야 한다는 뜻을 충분하고도 넘치게 전달하고 있었다.

"알았어요. 아저씨!"

정들은 대답을 하면서도 눈은 여전히 김산을 향하고 있었다.

"김산 너, 꽤나 재미있는 애로구나. 좋아, 우리 정식으로 인사하자. 난 7반 정들이야."

그리고 그녀는 불쑥 손을 내밀었다.

스스럼없이 악수를 청하는 것이었지만, 김산은 짧은 순간 무수한 망설임과 그리고 그녀로부터 직접 들은 정들이라는 그 이름이 주는 독특한 첫 느낌에 대한 알 수 없는 설레임을 되새기고만 있었다.

꽉!

그 잠시의 공백을 기다리지 못하겠던지 정들의 손이 김산의 손을 힘주어 잡았다.

따뜻하고 부드럽고, 그러면서도 단호하고도 분명한 힘이 들어가 있는 손이었다.

김산은 저도 모르게 움찔하고 말았다.

마주 잡은 손을 통해 김산의 짧은 놀람을 느꼈는지 정들이 가볍게 웃으며 말했다.

"후훗! 난 그만 갈게. 우리 다음에 학교에서 만나면 서로 아는 체는 하고 지내자?"

그리고 그녀는 돌아섰다.

이어 예의 그 매력적이고도 당당한 걸음걸이로 승용차를 향해 걸어갔다.

한 번도 뒤를 돌아보지 않은 그녀가 차를 타고, 차의 뒷문이 닫히고, 차체가 조용하게 미끄러져 나갈 때까지 김산은 마치 굳은 듯 꼼짝도 하지 못하고서 그 자리에 서 있었다.

좀 전에 악수하던 자세 그대로 엉거주춤 팔까지 뻗은 채였다.

마침내 자동차의 후미 등 불빛이 붉은 여운을 끌면서 멀리 사라졌을 때에야 김산은 나직이 한숨을 내뱉으며 혼잣말로 중얼거렸다.

"휴우! 그래."

그것은 아마도 정들이 마지막으로 남긴 말에 대한 때늦은 대답일 것이다.

방금 전에 겪은 일들이 영 현실이 아닌 것 같다는 생각을 하면서 김산은 터덜거리며 걷고 있었다.

그때 앞쪽에서 그림자 하나가 불쑥 튀어나오며 그의 앞을 가로막았다.

"엇?"

김산이 화들짝 놀라며 걸음을 멈추자, 그 그림자가 가볍게 웃으며 말했다.

"야, 김산! 나야!"

조유진이었다.

마치 장난이라도 치는 듯한, 조유진의 모습치고는 영 안 어울린다 싶은 깜찍함(?)이 있었지만, 김산은 괜한 심통부터 부렸다.

"넌 왜 여기에 있는 거냐? 그리고 뭐가 좋다고 혼자서 실실 웃고 지랄이냐?"

다듬지 않고 그냥 떠오르는 대로 그렇게 말을 뱉어놓고 나서 김산은 자신이 어느 틈엔가 조유진을 무척이나 친하게 여기고 있다는 사실을 새삼 깨닫지 않을 수 없었다.

조유진 역시도 김산의 불통함과 거친(?) 표현에 대해 별 거부감은 없는 듯했다.

"같이 가자."

조유진의 친한 척에는 사실 예쁜 구석이 다분히 있다고 해야 했다.

녀석이 늘 달고 다니던 음울함과 뾰족함이 지금 이 순간에는 잠시 해제되어 있었는데, 그로 인해 녀석의 그 예쁘장한 미남 얼굴이 더욱 돋보이고 있었다.

그리고 김산 역시도 조유진의 친한 척에 대한 거부감이 없기는 마찬가지였다.

　김산은 조유진이 어디선가 지금까지의 일을 다 지켜보고 있었을 거라는 것을 짐작할 수 있었다.

　그리고 그것은 조유진이 자신을 배신하고서 혼자서만 살겠다고 가버린 것이 아니었다는 사실을 확인하는 의미였다.

　"그래, 짜식! 같이 가자."

　김산은 선뜻 조유진의 어깨 위로 손을 걸쳤다.

　어깨동무를 하려고 한 것인데, 조유진의 키가 그보다는 반 뼘여나 더 컸기에 김산의 어깨는 기우뚱해졌다.

　그리고 또 한 가지.

　조유진의 어깨에 두른 김산의 팔은 오른쪽 팔이었다.

　김산의 그 힘없는 오른손은 조유진에 대해 그만큼 그의 마음이 열려 있다는 의미가 아닐까?

　다음날 아침, 2교시를 마치고 쉬는 시간 때, 뜻밖에도 이승조가 김산에게로 다가왔다.

　그는 평상시에 말을 아끼는 편이었고, 또 말을 하는 상대도 거의 정해져 있었기 때문에 김산으로서는 뭐 하나 내세울 것 없는 자신 같은 존재에게로 그가 다가와 말을 건넨다는 자체가 특별한 일로 여겨지지 않을 수 없었다.

　"정들이에게 네 얘기 들었다."

"어?"

"훗! 너보고 재미있는 애라고 하더라. 자세하게 말은 안 해 주던데, 혹시 무슨 일이라도 있었냐?"

"아… 아니… 일은 무슨… 그냥 어쩌다… 우연하게…….."

김산은 마치 죄라도 지은 것처럼 이상하게 마음이 편하지 않았다.

정들과 이승조가 사귄다는 말은 벌써부터 들은 적이 있었고, 그때 김산은 그들 두 사람만큼 잘 어울리는 커플도 또 없을 것이라는 생각을 하기도 했다.

그야말로 퀸카와 킹카의 만남이니, 당연하고도 환상적인 어울림이 아니겠는가.

"하하하! 어쨌든 정들이가 너 좀 잘 보살펴 주라고 나한테 부탁하더라. 아마도 괴롭히는 애들이 좀 있는 것 같다며. 자식, 그런 일이 있으면 진작에 나한테 얘기를 하지 그랬냐?"

이승조의 그 말이 분명히 호의에서 하는 말이라는 건 알았지만 김산은 왠지 점점 더 마음이 불편해지고 있었고, 덩달아 그의 말은 자꾸만 변명조가 되어가고 있었다.

"아냐, 난 괜찮아. 그리고 별일없었어."

이승조는 친근한 얼굴로 가볍게 김산의 어깨를 두드렸다.

"짜식! 그래도 내가 명색이 전교회장인데, 다른 반도 아니고 내 반에서 그런 불미스러운 일이 있어서는 안 되지. 어쨌든 이제부터는 걱정 마라. 너는 별일없다고 하지만 내가 나름대로 심증이 가는 몇몇 애들에게 이미 말을 해두었으니까, 아마 앞으로 너한테 시비 같은 거 거는 애들은 없을 거다. 그리고 혹시 누가 괴롭히거나 시비를 걸거든 즉시 나한테 말해. 바로 해결해 줄 테니까."

이승조가 자기 자리로 돌아가고 나서야 김산은 자신이 느꼈던 그 이유 모를 불편함의 정체를 알 수 있었다.

그것은 그의 자존심이었다.

그리고 그 자존심을 은근히 짓누르는 상황에 대한 반발이었다.

어쨌든 이승조의 조치(?) 때문이었는지, 이후로 진주오 등이 김산과 조유진에게 집적대는 일은 일절 없어졌다.

진주오는 아예 김산의 근처로 접근하는 자체를 피하려는 듯했고, 심지어는 눈길조차 마주치지 않으려 했다.

아마도 이승조가 취한 모종의 조치는 상당한 위력을 지니는 것이었던 모양이다.

그리고 김산은 이승조라는 이름이 가지는 비중의 크기에 대해 새삼 실감하는 기분이 되었다.

2. 비범해진다는 것

3학년 들어 처음으로 치르는 모의고사의 일정이 잡혔다.

아이들은 표시를 내지 않으려 했으나, 얼굴 표정에서부터 나타나는 긴장감들은 사뭇 대단했다.

3학년에 올라와서 치르는 이 첫 번째 전국 규모의 모의고사 성적이야말로 각자의 현재 위치와 목표 가능한 대학을 결정하는 아주 중요한 기준이 될 것이기 때문이었다.

몇몇 선생님들이나 선배들을 통해, 그리고 학원 등에서 듣고 와 끼리끼리 하는 말로는, 3학년 한 해를 열심히 해도 첫 모의고사 성적에서 20점이 더 나온다면 정말로 열심히 한 것이라고들 했다.

그리고 30점이 더 나온다면 거의 기적이라고 할 만하다는 얘기도 있었다.

김산의 경우, 일 년을 쉰 데다 그 이전의 성적도 평범 이상을 넘어본 적이 없었기에 시험을 잘 치른다는 기대를 갖기란 사실 무리였다.

그러나 막상 시험을 대하는 기분이나 생각만큼은 과거와는 많이 달랐다.

생각해 보면, 그가 이렇게 다시 학교 생활을 하고, 또 다른 아이들과 다름없이 시험을 치른다는 자체가 그에게는 이미 하나의 기적이요 축복인 셈이었다.

모의고사를 치르는 내내 김산은 정신이 하나도 없었다.

스스로 생각해도 그럴 이유까지는 없을 것 같았는데, 막상 시험지를 받는 순간부터 긴장이, 그것도 지나치다 싶을 정도로 긴장이 되기 시작하는 것이었다.

아니, 그것은 긴장이라기보다는 어쩌면 묘한 설레임과도 같은 것이었다.

그리고 첫 교시 언어 영역의 첫 문제를 대하는 그 순간부터 김산의 의식은 사뭇 몽롱해지기 시작하더니, 이윽고는 지금의 상황이 꿈인지 현실인지 구분이 어려울 정도로까지 혼란스러워지는 것이었다.

김산은 지금 고3으로서 모의고사 시험 문제를 대하고 있는 것이 아니라, 마치 중학교 저학년 정도 수준의 시험지를 대하고 있는 듯한 착각까지 드는 것이었다.

모든 문제가 다 알 것 같은 문제들이었다.

그렇다고 정말로, 구체적으로 안다는 정도까지는 아니었다.

그냥 그의 머리 속 어딘가에 문제들에 대한 정보가 저장되어 있다가 문제를 보는 순간 그 정답이 불쑥불쑥 튀어나오는 그런 느낌이었다.

언어 영역의 그 긴 지문이 왠지 낯설지 않았고, 마치 관통하듯이 그 주제들이 순간순간 떠올랐다가 사라졌다.

수리는 문제를 보는 순간 그 풀이 과정 같은 것들이 빠르게 스치다가는 언뜻 답이 떠올랐다.

영어의 지문 역시 특별한 독해의 과정을 거치지 않고도 왠지 그냥 이해가 되는 듯하였고, 또한 문법의 오류를 묻는 문제들에서도 이걸까 저걸까 하는 갈등이 전혀 없이 그냥 정답일 것 같은 하나가 저절로 지목되었다.

왜 이런가? 왜 이렇게 쉽게만 여겨지는가?

혹시 첫 시험이라 기죽지 말라고 일부러 쉬운 문제만 골라서 출제가 되었나?

그런데 힐끗 둘러본 교실의 분위기는 결코 그런 게 아닌 것 같았다.

아이들 모두가 심각한 기색이었다.

결코 쉽고 수월한 문제를 대하고서 희희낙락하는 분위기가 아니었다.

물론 지금 그에게 저절로 떠오르다시피 하고 있는 그 답들이 정말로 정답이라는 보장은 결코 없었다.

사실은 김산 스스로는 절대 그럴 리 없다는 심정이었다.

시험 마지막 시간, 김산은 만약에 만약을 가정한 하나의 있을 수 없는 상황에 대해 심지어는 겁이 나기까지 했다.

'이러다가 혹시 정말로 만점을 받아버리는 건 아닌가?'

만점, 그리고 1등.

김산에게 언제나 꿈이고 소원이었던 그 단어들이 갑자기 엄청 어색하고 부담스럽게 다가왔다.

오늘 하루가 도무지 이해되지 않는 이 엉뚱한 상황들은 역시 꿈이고 망상에 불과할 거라는 생각을 다시 한 번 하면서 김산은 마지막 남은 몇 개인가의 문제에 대해서는 읽어보지도 않고서 답지에다 그냥 임의로 표기를 해버렸다.

그것은 아무리 꿈이라지만 너무나 비현실적인 상황을 연출하는 이 한바탕의 개꿈에 대해 약간의 반발과 조롱을 가하는 의미에서였다.

시험이 끝나자마자 서로 답을 확인하는 아이들로 교실 안
은 한바탕 난리가 났다.

공식 결과는 대략 한두 주일여 후에나 나오겠지만, 금방 모
범 답지가 나오면서 가채점을 하였고, 그 채점 결과는 바로
집계가 되었다.

한두 문제에 대해 문제의 오류와 정답에 대한 다른 의견들
이 있었지만, 그리고 그에 따라 불과 1, 2점의 오차 범위로 2등
과 3등의 주인공들이 애매하게 왔다 갔다 했지만, 분명한 것
은 반 1등이 이승조라는 것이었다.

그리고 그 사실은 모두에게 아주 당연한 사실로 받아들여
졌다.

종례 시간.

서영은 선생은 모의고사의 가채점 결과에 대한 담담한 총
평을 했다.

"모두들 수고했다. 그러나 가채점 결과는 대체적으로 만족
스럽지 못하다고 할 수 있겠다. 어쨌든 이번 시험의 결과가
바로 여러분들의 현주소이니만큼 아무쪼록 이제부터는 더욱
분발하여 다음번 시험 때는 모두가 현저한 발전이 있기를 바

란다. 그리고, 이승조!"

서영은 선생이 이승조를 호명하는 소리에 아이들 모두의 관심이 집중되었다.

아마도 전교 차원에서의 성적 등위에 대한 언급이 있을 것이고, 각자 자신들의 성적에 대한 관심만큼이나 전교 석차의 판도에 대해 아이들이 가지는 관심도 컸다.

"이승조는 잘하긴 했는데, 좀 더 열심히 해서 다음번엔 더 좋은 성적을 거둘 수 있도록 해야겠다."

결국 전교 1등은 차지하지 못했다는 얘기였다.

이승조의 얼굴에 순간적으로 실망과 함께 체념 같은 것이 스치고 지나갔다.

그 체념의 이유를 캐묻기라도 하듯 아이들 중의 누군가가 물었다.

"전교 1등은 누굽니까?"

그리고 그 옆의 또 다른 아이가 혼잣말처럼 중얼거렸다.

"물어 뭐 해? 당연히 멘사겠지."

그 중얼거림이 바로 자신의 대답이라는 듯 서영은 선생은 빙그레 웃기만 하였다.

그때 또 다른 아이가 다시 물었다.

"3등은요?"

그러자 서영은 선생이 슬쩍 핀잔을 주었다.

"쓸데없이 그딴 거에나 신경 쓰지 말고, 아무쪼록 너나 잘하세요."

뒷자리 아이들이 틈을 놓치지 않고 적당한(?) 야유를 보냈다.

"우우우!"

서영은 선생이 빙그레 웃으며 그 야유를 다 듣고 있다가, 마지못한 듯 대답을 해주었다.

"3등은 두셋이 동점을 다투는 것 같던데, 7반의 정들이 하고… 또 누구더라? 하여간 그렇다. 이상, 종례 끝. 반장!"

김산은 가채점을 하지 않았다.

점수를 집계할 때 자신의 점수는 대강 불러주고 말았다. 예전에 보통 받던 그 중간 정도의 점수로.

오늘 하루의 일이 아무래도 실감이 되지 않아 그냥 대낮에 꾼 개꿈 정도로 치부하기로 작정해 버린 것이다.

그러고 나니 비로소 마음이 편안해지는 것 같았다.

'비범해진다는 것은 생각만으로도 이토록 사람을 불편하게 하는 것인가? 후후후! 그러고 보면 나란 놈은 역시 타고난 평범 체질이 분명한가 보다.'

지난번에 치렀던 모의고사의 공식 성적표가 배포되었다.

그런데 담임 서영은 선생의 흥분은 그녀의 차분하고 냉철

하였던 평소 모습과는 다르게 다분히 지나친 바가 있었다.

어쩌면 그런 모습이야말로 평소에는 숨겨져 있던, 비록 노처녀이긴 하지만 어쨌든 처녀로서의 선생 본래의 감성이 아닐까 싶기도 했다.

그러나 보국고에서 이번 모의고사의 전국 1등이 나왔으니 선생으로서는 당연히 흥분하고도 남을 일이기는 했다.

그것도 바로 선생이 맡고 있는 반에서 말이다.

또한 그 주인공이 바로 누구도 예상하지 못했던 김산이라는 데서 그러한 흥분에 빠지기는 서영은 선생뿐만이 아니라 보국고의 모든 선생들과 학생들이 별반 다르지 않았다.

한마디로 난리가 났다.

그런 중에도 서영은 선생은 몇 차례나 되풀이하여 아깝다는 말을 했다.

조금만 더 잘했으면 전 과목 만점의 대기록을 세울 수 있었는데, 그랬더라면 교사로서의 선생 자신은 물론 보국고 역사에 남는 영광의 대 기록이 될 뻔했는데 딱 한 과목에서 만점을 놓친 것이 너무나 아깝다는 것이었다.

역시 학생은 성적인가?

김산을 보는 아이들의 눈이 달라졌고, 김산을 대하는 선생들의 태도 또한 달라졌다.

그때의 사건 이후로 내내 적대적이던 골든벨 선생까지도 비록 여전히 호의적은 아니었지만 김산은 선생이 최소한 자신을 함부로 대하지는 않는다는 것을 피부로 느낄 수가 있었다.

은연중에 조심한다는 기색이 느껴진다면 다소 지나친 억측일까?

한편 억측도 많이 나돌았다.

컴퓨터 채점 오류에, 행정 착오에, 심지어는 어떤 부정 행위가 있지 않았나 하는 의혹까지 있었다.

아이러니하게도 그러한 억측들의 주요한 근거가 되는 것은 바로 김산이 제출했던 가채점 점수였다.

어쨌든 김산으로서는 사람들이 자신을 본래의 자신과는 완전히 다른 모습으로 보고 또 평가한다는 게 얼마나 부담스럽고 괴로울 수 있다는 것을 실감하는 순간이었다.

물론 그러한 평가들이 싫기만 한 것은 아니었다.

평소 같았으면 말 한번 붙여보기 어려웠을 특별한 친구들이 오히려 먼저 관심을 보이고 말을 붙여오는 일도 잦아졌다.

다른 아이들에게 대접받는다는 느낌, 특별한 그룹의 아이들이 자신을 그들과 같은 레벨로 인정해 준다는 그런 우쭐한 느낌이 굳이 싫을 리는 없었다.

그러나 그 좋다는 느낌의 몇 배, 아니, 몇십 배 이상으로 부담스럽고 괴로웠다.

'아아! 이럴 때는 내가 두 사람이면 좋겠다. 아주 뛰어나고 특별하여 언제나 다른 사람들의 시선을 받는 한 사람, 그리고 본래의 나 그대로 평범하고 드러나지 않지만 마음은 오히려 편안한 또 한 사람.'

잠시의 혼선은 있었으되 김산은 금방 원래의 자신으로 되돌아갔다.

이미 '전국 1등'의 기적보다 더한 기적을 경험해 본 김산이다. 스스로의 땀과 눈물이 바탕이 된 진정한 기적을 말이다.

김산은 모의고사 때 잠시 비범해졌던 자신의 상태에 대해 오류이건 착오이건, 혹은 또 다른 이유이건 뭔가 그럴 만한 이유가 있었겠거니 하고 인정하기로 하였다.

한편으로 김산은 차라리 이전보다 더욱 자신을 낮추고 숨겼다.

다른 이유는 없었고, 더욱이 겸손 따위의 이유는 아니었다.

그냥 그러는 것이 편해서였다.

남들 앞에 드러나거나, 더욱이 남들 위에 돋보이는 것은 역시 체질적으로 그와는 맞지 않는 일인 것 같았다.

김산이 예전에 읽었던 삼국지나 수호지 같은 소설에서도

보면 세상의 인심이란 것은 참으로 허망하고도 간사하다고 하더니, 정말로 얼마 지나지 않아 세상의—김산에게 세상이래 봐야 기껏 학교 안이지만—인심은 그렇게 야박하게 돌아가는 것 같았다.

비록 김산이 한 번의 놀라운 성적을 거두기는 했지만, 그 성적에 걸맞게 스스로를 내세울 재주가 있는 것도 아니고, 그 렇다고 가만히 있어도 돋보이는 카리스마가 있는 것도 아니 고, 혹은 누가 말하듯 무슨 강력한 포스 같은 것이 후광처럼 은은히 뿜어져 나오는 것도 아닌, 그저 김산일 뿐인(?) 밋밋한 김산에 대해 학교라는 세상은 금방 예전의 그 별 볼일 없는 김산으로 대하고 있었던 것이다.

결정적인 것은 그 뒤 얼마 지나지 않아 곧바로 치러진 두 번째의 모의고사 결과가 나오고 나서였다.

보국고에는 다시 한 번 난리가 났다.

아니, 보다 정확하게는 이미 그 충격이 흐릿해지기는 했지 만 지난번의 난리를 본래대로, 지극히 정상적인(?) 상태로 되 돌려 놓는 과정이었다.

95등.

그것도 전국이 아닌 전교 95등이다.

전국으로 치면 몇만의 단위로 헤아려야 하는 그 성적이 바로 김산이 거둔 두 번째의 성적이었다.

가장 당혹스러워한 것은 담임 서영은 선생이었다.

"너, 혹시 요즘 무슨 일 있니? 선생님한테는 무슨 얘기든지 괜찮으니까 솔직히 말해봐."

상담실로 불러서는 몇 번이나 묻는 말에 대해, 그 묻는 횟수의 몇 배를 괜찮다고 말한 다음에야 김산은 겨우 교실로 돌아올 수 있었다.

두 번째 모의고사의 시험 결과는 김산이 바라던 대로였다.

주위의 시선이 어떻게 보든 간에 김산은 자신이 바라는 만큼, 아니, 지난번과 같은 야릇한 긴장과 설레임, 그리고 몽롱함이 아닌 자신의 분명한 의식과 의지로 시험을 치를 수 있었다는 점이 무엇보다도 만족스러웠다.

그러나 세상의 인심은 그야말로 사납게 변해 버렸다.

당연히 후폭풍도 있었다.

비난과 무시, 그리고 조롱까지.

그중에서도 골든벨 선생의 표현은 사뭇 직접적이었다.

"짜식! 완전히 보름천하의 진수를 보여주는구먼."

보름천하!

그 한마디로 김산에 관한 예전의 그 억측들은 억측이 아닌 사실에 가까운 추정들로 인정이 되었다.

컴퓨터 채점 오류니 행정 착오니 하는 것들 말이다.

그나마 부정 행위에 대한 오해가 다시 언급되지 않는 것이 다행이었다.

하긴 '전국 1등'이 누구의 것을 보고 베꼈으랴?

모든 것은 제자리로 돌아왔다.

사실은 그 이전보다 한참 밑으로 출렁거렸다가 겨우 다시 예전 수위로 올라온 것이지만.

반 아이들은 다시 김산을 '싼'이라고 쉽게 불렀고, 골든벨 선생은 예전의 적대적에다 은근히 노골적인 무시와 조롱의 의미까지를 더한 시선으로 김산을 보곤 했다.

다만 서영은 선생은, 혹여 김산이 실망하고 좌절할까 염려되었던지 그 뒤 몇 차례나 더 김산을 따로 불러 좋은 말로 위로하고 격려했다.

그러나 다른 무엇보다도 김산에게 커다란 위로와 의지가 된 것은 바로 조유진이었다.

조유진이야말로 김산이 일으킨 '전국 1등'이라는 홍역의 전후 여파에 조금도 영향받지 않고 늘 그대로의 모습으로 김산의 곁에 머물러 있어준 유일한 존재였다.

3. 좋아진다는 것

그때의 별로 바람직하지 못했던―최소한 김산의 입장에서
는―첫 만남 이후로 김산은 정들과 우연한 몇 번의 마주침이
있었다.

그러나 가까운 곳에서 정면으로 마주친 적은 없었다(사실
은 김산에게 그럴 용기도 없었지만).

여하간 그때마다 정들은 못 보았는지, 아니면 못 본 체를
하는 것인지 김산에게는 한 번도 아는 체를 하지 않았고, 심
지어는 눈길조차 주지 않았다.

그래서 김산은 그때 그녀가 했던 말, 다음에 학교에서 만나

면 서로 아는 체는 하고 지내자고 했던 말에 대해 그저 인사치레였던 모양이라고 생각했다.

그리고 그녀가 이승조를 통해 김산 자신을 돌보아주라고 했던 것도 사실은 그냥 학생자치회 부회장으로서 회장에게 의례적으로 한 말인 모양이라고 생각했다.

그러고 보면 한동안이나 김산은 괜히 혼자서만 들떠 있었던 것이다.

학교에서 정들이 이승조와 같이 다니는 모습은 자주 볼 수 있었다.

점심시간이나 저녁 시간 식당에서 그들은 자주 한자리에 앉아서 식사를 하곤 했다.

물론 학생회장과 부회장으로서 둘이 만나고 얘기할 일이 있는 것은 당연하다고 해야 했지만, 그렇다고 치더라도 그들 둘은 너무 다정해 보인다고 김산은 생각했다.

김산에게 그것은 결코 좋은 느낌이 아니었다.

뭐랄까? 괜한, 그리고 언감생심의 질투 같은 느낌이랄까?

그러나 그 두 사람이 참으로 잘 어울려 보인다는 것은 김산으로서도 인정할 수밖에 없었다.

공부 잘하는 남학생과, 또한 공부 잘하는 여학생,

잘난 남학생과 잘난 여학생,

좋은 집안의 귀한 자제들, 당당한 남학생과 역시 당당한 여학생 등등…….

그 두 사람은 그 어떤 면에서도 잘 어울릴 수밖에 없는 조건들의 조합을 이루고 있었다.

보고 있으면 김산 자신이 초라해질 정도로 말이다.

김산은 언제부터인가 그 스스로가 그들이 함께 있는 자리를 피해 다니고 있었다.

식사 시간에는 일부러 늦게 식당에 갔다, 그들이 식사를 마칠 때쯤 되어서.

어느 날의 점심시간이었다.

오늘도 김산은 점심시간 느지막이 식당으로 들어섰다.

늘 함께 다니던 조유진은 마침 다른 일이 있다고 해서 먼저 밥을 먹으러 갔다.

김산이 별 생각 없이 식판에 밥과 반찬을 받아서 빈자리를 살피고 있는데, 마침 한쪽에 앉아 있던 정들을 발견하였다.

웬일인지 그녀 역시 오늘은 혼자였다.

김산은 슬쩍 그녀를 본 뒤, 곧 피하듯 구석 자리 쪽으로 걸어갔다.

3학년들의 식사는 이미 대부분 끝이 났지만, 뒤이어 들이닥친 1, 2학년들 때문에 식당은 더욱 복잡해서 구석 자리 쪽도 자리를 찾기가 쉽지 않았다.

그때였다.

"얘!"

제법 소란한 식당 내에서도 짜랑하게 울리는 맑은 목소리가 들렸다.

김산은 돌아보지 않고도 그것이 자신을 부르는 정들의 목소리라는 것을 직감할 수 있었다.

그러나 그는 못 들은 척 저쪽 구석에 보이는 하나의 빈자리를 향해 더욱 빠르게 걸어갔다.

순간적인 직감에도 불구하고, 그 불특정의 상대를 부르는 '얘!'라는 호칭이 자신을 지칭하는 것이 아닐 수도 있다는 생각이 김산의 뇌리 한쪽으로 스치고 있었다.

그리고 한편으로,

'만약 정말로 나를 부르는 것이라면……?'

이렇게 많은 사람들 가운데서 학교의 퀸인 그녀에게 불림을 받는다는 그 상상만으로도 김산은 너무나 어색하고 당황스러워지는 것이었다.

물론 그런 이면에 은근하면서도 짜릿한 기대 같은 것이 없지는 않았다.

그런데 김산이 구석 자리를 향해 짐짓 바쁘게(?) 걸음을 옮기고 있는 중에 이번에는 좀 더 명확하고도 구체적으로 그를 부르는 소리가 들렸다.

"얘, 김산!"

이름까지 불린 마당이니 김산으로서도 이제는 돌아보지 않을 수가 없었다.

어색함과 당혹스러움, 그리고 또 한편으로는 반가움과 기대에 가슴이 설레는 채로 어정쩡하게 뒤돌아보는 김산에 대해 정들은 아예 자리에서 일어서서 손까지 흔들어 보이고 있었다.

그 즈음 식당 안의 모든 소음은 정들의 맑고 짜랑한 외침(?)으로 인해 한순간 조용해져 있었다.

그것은 식당 안의 모두에게 결코 평범하지 않은 하나의 뉴스 거리일 것이다.

정들이야말로 보국고의 명실상부한 퀸이었으니, 그녀가 식당 같은 공개적인 자리에서 소리치며, 또 손짓하며 누군가를 부른다는 것은 당연히 모두의 호기심과 관심을 유발하지 않을 수 없는 일이었다.

그리고 이어서 사람들의 관심을 최고조로 끌어올린 것은 그녀가 부른 그 상대가 평소 그녀와 어울리던 학생회장 이승조나, 혹은 학생회의 다른 간부들이 아니라 대부분에게는 거의 인지도가 없는 그저 평범하게 생겼을 뿐인 남학생이라는 점이었다.

주춤주춤!

멈칫멈칫!

엉거주춤 식판을 받쳐 들고 정들이 있는 곳으로 걸어가면서 스스로의 걸음걸이가 꼭 그렇다고 김산은 생각했다.

다시 걸을 수 있게 된 이후로 지금 이 순간만큼 완전치 못한 왼 다리의 움직임이 생경하게 느껴질 때가 없었다고 생각될 만큼 스스로에 대해 어색한 느낌으로 김산은 정들이 있는 식탁을 향해 다가갔다.

주변의 자리가 모두 차 있는데도 불구하고 그녀의 바로 좌우 옆 자리와 또 맞은편의 세 자리는 마치 당연한 것처럼 비어 있었다.

그러니까 그녀는 혼자서 6인용의 식탁 하나를 온전히 차지하고 있는 셈이었다.

물론 그녀가 일부러 그렇게 티를 내고자 해서 그렇게 된 것은 아닐 것이다.

식당 안이 아무리 복잡해도 감히 그녀의 옆 자리나 맞은편 자리에 덥석 앉을 만큼의 강심장을 가진 사람이 드물기 때문일 것이다.

누가 감히 그녀의 바로 옆 자리나 앞자리에 앉아서도 마음 편하게 식사를 즐길 수 있겠는가.

그러기에 그녀와 함께 앉을 사람은 언제나 겨우 몇몇 사람으로 한정되어 있었다.

바로 이승조와 학생회 간부들, 혹은 그녀가 자주 어울리는 몇몇 반 친구들, 아니면 간혹 선생님들과 함께 식사를 하는 경우 등등이었다.

특히 그녀와 정면으로 마주 보는 맞은편의 자리는, 선생님들을 제외한 학생들 중에서는 오직 단 한 사람, 이승조의 자리라는 것은 마치 은연중 규칙처럼 정해진 하나의 불문율과도 같은 것이었다.

물론 그러한 불문율 또한 정들도 이승조도 그들 스스로는 단 한 번도 주장해 본 적이 없는 것이었다.

다만 정들의 맞은편 자리에 가장 잘 어울리는 것은 역시 이승조였고, 또한 이승조만이 그녀의 맞은편에 앉아서 편하고 자연스럽게 대화하며 식사를 함께할 수 있었기에 당연한 불문율로 자연스럽게 만들어진 것이었다.

그런데 지금 그 자리에 김산이 앉았다.

물론 김산에게는 이런저런 생각을 할 마음의 여유가 전혀 없었다.

그는 지금 터질 듯이 설레는 흥분과 집중되는 주변의 시선과 관심으로 인해 그야말로 좌불안석의 당황스러움을 겪고 있는 중이었기에 마치 넋 빠진 사람처럼 얼떨결에 그녀의 맞은편 자리, 그 불문율의 자리에 앉고 만 것이었다.

"안녕!"

"어."

"호호호! 그때 일이 벌써 꽤나 오래전의 일 같네? 역시 고3 생활이 빡빡하기는 한 것 같아. 같은 학교 안에 있으면서도 이렇게 만나기가 어려우니 말야. 그렇지?"

"어? 어."

"호호호! 넌 그 '어' 소리밖에 할 줄 모르니? 계속 '어, 어' 그러고만 있네?"

"어? 뭐?"

자신이 무슨 말을 하고 있는지도 모를 정도로 흥분 상태에 있던 김산은 문득 정들과의 대화가 이상하게 꼬이고 있다는 것을 깨닫고 화들짝 놀랐다.

그런 김산에 대해 정들은 재미있다는 듯 밝게 웃었다.

"호호호!"

그녀의 웃음소리에 지켜보던 식당 안의 많은 눈에서 반짝하고 호기심과 짙은 관심들이 떠올랐다.

정들과 김산이 무슨 대화를 나누는지에 대해서는 알 수 없을 것이나, 다만 정들이 잇달아서 그처럼 밝고 명랑하게 웃는 모습은 그들에게 그리 익숙한 것이 아니었기에 참으로 인상적이기까지 했다.

학교 안에서 정들은 대개 새침할 정도로 차갑고, 주변에는 좀체 관심을 주지 않고 자신의 할 일만 하는, 좋은 말로는 당당하고 조금 비틀린 말로는 도도한, 그런 모습일 때가 거의 대부분이었다.

그런 정들이 지금 아무리 뜯어보아도 전혀 별 볼일 있게 생기지 않는 남학생 하나와 사뭇 다정하게, 그리고 유쾌하게 얘기를 나누며 식사를 하고 있는 것이다.

숟가락과 젓가락을 쓰는 게 그렇게 어색할 수도 있다는 사실을 김산은 처음으로 알게 되었다.

그리고 음식을 씹는다는 것이 또한 그렇게도 부자연스러운 느낌일 수 있다는 사실도.

"혼자서 밥 먹는 건 괜히 궁상맞다는 생각이 들어. 그지?"

정들은 끊이지 않고 말을 하면서도 열심히 먹는 모습인데 반해, 김산은 묵묵히 수저만 놀리면서도 막상 밥과 반찬이 줄어드는 속도는 정들에 비해 훨씬 미치지 못하고 있었다.

그도 그럴 것이, 김산이 지금 하는 양을 보면 밥을 먹는지 반찬을 먹는지, 또는 뜨거운지 차가운지, 혹은 짠지 싱거운지를 도통 알 수 없이, 그저 멍한 상태에서 기계적으로 숟가락을 들었다가 젓가락을 들었다가만 반복하고 있는 모양새로 밥 먹는 흉내만 내고 있는 실정이니 밥이 줄어들 리 없었다.

그러던 중에 정들은 어느새 식사를 마치고서 수저를 식판 위에 가지런히 놓은 채로 김산이 식사를 마치기를 기다리고 있는 중이었다.

김산은 차라리 그녀가 먼저 일어서 주었으면 하는 심정이었다.

　그녀가 똑바로 쳐다보고 있는 것도 아니었는데, 김산은 괜히 얼굴이, 그리고 전신이 따가운 느낌이 들었다.

　그러나 일 년 내내 '잔반 제로' 캠페인을 하는 식당의 규율이 있으니 밥을 남기기도 곤란한 일이었다.

　후루룩!

　우적우적!

　김산은 거의 쓸어 넣다시피 밥과 국, 그리고 반찬을 한입에 우겨 넣었다.

　"얘, 아직 시간 많아. 천천히 먹어. 그러다 체할라."

　정들의 걱정에도 아랑곳없이 김산은 남은 밥과 찬을 마지막으로 한입에 쓸어 넣고서 대충 우물거린 다음 꿀꺽 하고 식도 속으로 밀어 넣어버렸다.

　그리고 김산은 식판을 들고 먼저 일어서며 태연한 듯 한마디를 던졌다.

　"괜찮아. 이게 원래 내 스탈이야."

　말해놓고 보니 참 촌스럽다는 후회가 금방 드는 김산인데, 정들은 순진한 척 빙그레 웃어주었다.

　그 미소가 참으로 예쁘다는 생각에 또다시 엉거주춤하니 서 있는 김산에게 정들이 말했다.

"아이스크림 좋아하니?"

"어? 어."

"훗! 얘는 밥 잘 먹고 나서 또 '어, 어' 거리기 시작하네?"

"어. 뭐?"

정들이 다소 어이없다는 듯 김산을 흘깃 쳐다보았다가, 가볍게 김산의 어깨를 쳤다.

탁!

"좋아! 다시 만난 기념으로 오늘 내가 아이스크림 쏜다! 가자!"

매점으로 가는 내내 김산은 거의 비몽사몽지경이 될 정도로 정신이 하나도 없었다.

정들의 손에 이끌리다시피 매점으로 들어서는 김산을 향해 두 눈을 휘둥그레 떴다가 이내 눈을 비벼대는 반 아이들,

그 경악과 부러움이 범벅되어 교차하는 눈길들,

그리고 이어 노골적인 분노와 질투로 화해가는 눈길들…….

"바닐라 맛 좋아해?"

꿈결인 듯 정들이 묻고 있었다.

물론 지금 김산에게 있어 바닐라 맛을 좋아하고 안 하고는 전혀 중요한 문제가 될 수 없었다.

"어? 어."

차고 달콤한 아이스크림 맛도, 고소하게 바삭거리며 씹히는 바닐라의 맛도 김산은 느낄 수가 없었다.

다만 황홀했다.

그리고 김산은 또 한 가지의 사실을 처음으로 알게 되었다.

그 부드러운 아이스크림을 먹으면서도 목이 막힐 수 있다는 사실을…….

"컥!"

그러나,

"맛있지?"

하고 묻는 정들에 대해서는 또다시 대답하지 않을 수 없었다.

"어? 어."

소문은 금방 돌았다.

그리고 그 소문의 진위에 대해 반 아이들끼리는 잠시간의 공방과 확인 과정이 있었다.

자신과 무관한 일에 대해서는 철저한 무관심으로 일관하던 조유진까지도 은근히 김산에게 물었다.

"야, 너 정들이하고 같이 식사했다며? 정말이냐?"

일부 소문은 생각했던 것 이상의 억측을 담기도 했다.

그 억측들 중에는 김산이 한때 상상으로만 꿈꾸던 것도 있었으나, 그런 만큼 그러한 억측이 소문으로 도는 것에 대해 김산은 자신으로서는 도저히 감당할 수 없겠다 싶은 일종의 막연한 불안감마저 느끼지 않을 수 없었다.

그리고 얼마 지나지 않아 그 막연한 불안감은 조금씩 구체적인 모습으로 현실화되고 있었다.

"어이, 김산!"

자신을 부르는 그 목소리에 비록 뚜렷이 드러나지는 않았지만, 그러나 분명히 어떤 부정적인 감정이 녹아 있다는 것을 김산은 여실히 느낄 수 있었다.

이승조의 목소리에서는 김산에 대해 뭔가 기분이 좋지 않거나 불쾌감 같은 것이 느껴졌다.

최소한 지금까지 그가 김산에 대해 보여주었던 의젓하고 호의적인 태도가 아닌 것만은 틀림없었다.

김산은 선뜻 대답을 내놓는 것조차 조심스러워 가만히 이승조의 얼굴을 바라보기만 있었다.

그러자 이승조는 주머니에 양손을 찔러 넣은 채 어슬렁거리듯 바로 가까이로 다가왔다.

그의 그런 모습에서는 언뜻 뒷자리 아이들 특유의 껄렁한 느낌마저 나는 것이어서, 평상시의 학생회장이나 모범생으로서의 이승조의 모습과는 전혀 다른 생경함마저 느껴졌다.

그러나 한편으로는 그런 껄렁함마저도 멋있다는 생각이 들 만큼 색다르게 이승조에게 어울리는 측면이 있기도 했다.

"너, 말이야."

사뭇 차가움이 내포된 첫마디에 김산은 대번에 위축되어 작은 소리로 겨우 대답을 내놓았다.

"어……"

"이 다음부터는 정들이 옆에서 얼쩡거리지 마라."

"어?"

"네가 그 애 옆에 있는 게 그냥 눈에 좀 걸린다는 말이다. 내 말, 알아듣겠냐?"

김산이 사뭇 움츠러든 어깨로 묵묵히 듣고만 있자, 이승조의 눈에 거칠게 힘이 실렸다.

"넌 임마, 그 애가 나하고 어떤 관계인지 모르냐? 난 말이야, 누가 '내 것'에 집적거리는 걸 그냥 두고 봐줄 정도로 마음이 너그럽지를 못해. 그걸 지금 너한테 얘기하고 있는 거라고. 지금 너한테 경고를 하고 있다는 말이다. 알겠냐, 자식아?"

김산은 정말로 내내 마치 커다란 잘못을 저지른 사람 같은 느낌으로 이승조 앞에 서 있었다.

그 잘못이 어떤 것인지 구체적으로 말할 수 있는 것은 아니었지만, 분명한 것은 그러한 느낌이 정들과 어울리기에는 김산 자신이 너무 부족하다는 스스로의 생각에서 비롯된다는 점이었다.

정들 같은 애와 어울리자면, 적어도 이승조 정도는 되어야 한다는 것에 대해 김산은 이미 객관적으로도 인식하고 있었고, 또한 마음으로부터도 인정하고 있었던 것이다.

그랬기에 그는 정들의 갑작스러운 호의에 그토록 어색해했고, 스스로 생각하기에도 지나치다 싶을 정도로 흥분했으며, 또 과분한(?) 소문과 억측이 돌았을 때는 우쭐한 마음보다는 불안한 마음이 먼저 들었던 게 아니겠는가.

그런데 김산은 어느 순간 자신의 마음속 깊은 곳에서 놀랍게도 문득 한가닥의 미약한 반발이 불쑥 고개를 쳐드는 것을 느꼈다.

그것은 이승조의 말 중에 들어 있던 한마디로 인해 촉발된 돌발적인 반발인 것 같았는데, 자신에게 왜 그런 반발이 생겼는지에 대해서는 김산 자신도 아직까지 논리적으로 해명할 태세가 전혀 되어 있지 못했다.

'내 것?'

그렇게 내심 한번 되씹는 동안, 김산의 그 반발은 금방 몸집을 키워 버리는 것이었다.

그러나 그렇더라도 김산에게 이승조에 대해 뭐라고 말대꾸를 할 의지나 용기가 생긴 것은 여전히 아니었다.

김산의 묵묵함에 대해 은근히 불쾌감이 더해졌는지 이승조는 좀 더 노골적으로 김산의 '잘못'을 지적하고 있었다.

"임마, 네가 혹시 착각하고 있는지 몰라서 얘기하는 건데 말이야, 넌 정들이랑 안 어울려. 도저히 어울릴 수가 없고, 어울려서도 안 돼. 알아? 사람마다 서로 어울리는 상대가 다 정해져 있다는 그런 말이다. 그런 걸 두고 흔히들 분수라고 하지."

잠시 반응을 살피듯 말을 멈추었다가 이승조는 김산에게 좀 더 가까이 얼굴을 가져다 대며 속삭이듯 말을 이었다.

"어이, 김산. 너는 임마, 나나 정들이 하고는 타고난 분수 자체가 다르다는 거야. 그러니까 네 분수가 허용되는 범위 내에서만 놀라는 그 말이야. 뭐, 지금까지는 네가 잘 몰라서 그랬다 쳐줄 수도 있어. 그러나 분명히 말해두는데, 이게 처음이자 마지막 경고야. 이 다음에 다시 한 번 더 분수에 넘치는 짓을 하면, 그래서 다시 한 번 더 날 불쾌하게 만든다면 그때는 정말로 용서 안 한다?"

그리고 이승조는 두어 차례 김산의 어깨를 툭툭 치고 나서 아주 느린 걸음으로 제자리로 돌아갔다.

그런 이승조의 뒤 어깨는 잔뜩 날이 서 있었다. 넘치는 위압감을 싣고서.

김산은 자리에 앉아서 전신을 굳게 만들었던 긴장이 풀릴 때를 기다리며 머리와 가슴속을 난무하는 감정과 생각들을 수습하고 있었다.

이승조가 자신을 경계하고 있다는 느낌은 김산에게 이제는 제법 단정적이 되고 있었다.

그리고 이어 김산의 생각 속에서는 그런 '단정적'인 것에 대한 문답이 시작되었다.

'이승조같이 특별한 친구가 나같이 별 볼일 없는 존재에 대해 경계심을 느낀다. 왜?'

'물론 정들 때문이다. 단 한 번 정들과 마주 앉아 점심을 먹었을 뿐이고, 기껏 아이스크림 하나를 얻어먹었을 뿐이지만, 그 사소한 일들이 정들과 연관이 되는 일이기에 이승조는 나를 경계하는 것이다. 그가 나에게 경고를 했다는 것이 곧 그의 경계심을 말해주는 것이다.'

김산은 평소에 이같이 혼자만의 생각으로 주고받는 문답을 즐기는 편이 아니었으나, 지금 그의 생각은 마치 조건이 입력되어 자동으로 돌아가는 인공지능처럼 제법 치열하게 추정과 논리를 전개해 가고 있었다.

'단순히 그런 '사소한' 이유만으로?'

'그 자체만으로는 분명 사소하다고 할 수 있겠으나, 그것이 촉발의 계기가 되어 이전의 특정한 사실들과 함께 연계됨

으로써 마침내 경계하는 데까지 이르게 되었을 것이다.'

'이전의 특정한 사실? 무슨 사실? 지금까지 이승조는 나에 대해 그저 생각날 때 가끔씩 돌봐주어야 하는 존재로밖에 여기지 않아왔는데, 그가 좀 전에도 직접 말한 것처럼 정들과는 아예 분수가 맞지 않는 하잘것없는 존재로밖에 여기지 않아왔는데?'

'지난번 '전국 1등' 사건을 말하는 거다. 그 당시에 이승조는 내가 그를 능가했다는 사실에 놀라고 당혹스러웠을 것이고, 그로 인해 나를 자신과 겨룰 만한 특별한 존재로 여기게 되었을 것이다. 물론 그 사건은 곧 어떤 실수나 착오에 의한 깜짝 에피소드로 치부되고 말았지만, 그러나 어쨌든 나의 존재가 그의 뇌리에 강한 인상을 남겼음에는 틀림없을 것이다. 그러다 이번에 나와 정들과의 사이에 그런 예기치 못한 일이 있었고, 또 그것이 학교 전체에 소문과 억측을 불러일으키자 그로서는 자존심이 상하는 한편, 자신도 느끼지 못하는 사이에 내게 대한 경계심을 가질 수밖에 없었을 것이다.'

마치 넋이 빠진 듯, 다분히 심각하게 멍한 상태가 되어 있는 김산을 조유진은 걱정스러운 기색으로, 그러나 조심스럽게 살피고만 있었다.

마치 생각 없이 툭 건드렸다가는 무슨 큰일이라도 일어날 것을 염려하는 듯.

며칠 후 점심시간.

한동안 김산은 식당으로 가는 시간을 조절하는 데 상당한 신경을 쓰고 있었다.

대부분은 배식 시간이 거의 끝날 때쯤 아슬아슬하게 가서 식당 아주머니의 잔소리를 듣곤 했다.

그러나 정들을 만나지 않을 수 있는 가장 확실한 방법이 그것이었고, 그럼으로써 이승조와 부딪치지 않을 수 있었으니 김산으로서는 그깟 잔소리쯤은 얼마든지 들을 수 있었다.

그리고 김산의 곁에는 식당 아주머니의 잔소리를 기꺼이 같이 들어주는 조유진이 늘 함께했다.

그런데 김산의 그런 노력에도 불구하고 결국 또다시 사단(事端) 하나가 생기고 말았다.

그날도 김산과 조유진은 배식 마감 시간이 다 되어서야 식당엘 갔는데, 그 시간에 웬일로 식판을 들고서 주위를 두리번 거리는 정들의 모습이 보이는 것이었다.

흠칫 놀란 김산이 무의식적으로 식당을 도로 나오려다가 문득 속으로부터 솟아오르는 한가닥의 반발을 느끼고는 멈칫 제자리에 서고 말았다.

'아무리 그렇다고 쳐도 점심까지 굶을 수는 없는 일이잖아? 그리고 내가 정말로 무슨 큰 죄를 지은 것도 아니고, 이만 하면 이승조에게도 할 만큼 한 거잖아?

한편으로 곁에서 어정쩡하게 서 있는 조유진에게도 생각이 미쳤다.

'유진이는 또 무슨 죄야? 사실 이승조보다는 유진이야말로 내게는 백배천배 훨씬 더 소중한 친구가 아닌가?

김산은 굳은 얼굴로 몸을 돌려 다시 식당 안으로 들어섰다.

정들은 식당의 가운데쯤에 자리를 잡고 앉는 중이었고, 마침 배식을 받은 이승조가 그녀를 향해 다가가고 있었다.

김산은 앞서 줄을 선 아이들의 등 뒤에 숨다시피 하면서 배식을 받은 뒤, 일부러 멀리 돌아가서 식당의 한쪽 구석자리를 찾아 앉았다.

조유진이 묵묵한 얼굴로 김산의 맞은편 자리를 차지하고 앉았다.

정들은 식사를 하는 중 간간이 주위를 돌아보는 모습이었다.

그러다 결국은 김산과 눈이 마주쳤다.

아니, 김산이 얼른 고개를 숙였기에 그녀가 일방적으로 김산을 발견하였다는 것이 보다 정확하겠지만.

정들은 자꾸만 시선을 피하는 김산에 대해 몇 번이나 아는 척을 하려 하였다.

그리고 그 때문에 김산과는 등을 돌리고 앉아 있던 이승조까지 눈치를 채고 뒤를 돌아보았다.

순간 이승조의 얼굴에 못마땅하고 불쾌하다는 기색이 스치는 것을 흘깃 스쳐 보는 것만으로도 김산은 충분히 알아볼 수 있었다.

김산은 아예 식판에 고개를 처박다시피 하고 입에다 밥을 퍼 넣는 일에만 열중했다.

그제야 정들도 김산이 사뭇 곤란해하고 있다는 것을 알아본 모양이다.

물론 그녀가 김산의 그 곤란함에 이승조가 깊숙이 개입되어 있다는 사실까지야 알 수는 없었겠지만.

어쨌든 정들은 더 이상 김산을 곤란하게(?) 만들지 않고 식사를 하는 데만 열중하는 것 같았다.

마주 앉은 이승조와도 거의 대화를 나누지 않는 채.

그 일이 그대로만 곱게 끝이 났으면 참 좋았을 뻔했다.

김산 또한 그렇게 되기를 간절히 바랐다.

그러나 사실을 말하자면, 김산의 내심으로는 정들이 당당히(?) 자신에게 아는 체를 해주었으면 좋겠다는 바람 또한 아주 없지는 않았다.

어떤 곤란한 사단을 만들지 않기를 바라면서도, 한편으로는 이승조가 보는 앞에서 당당히(?) 자신의 존재를 알아봐 주기를 바라는 그런 이중적인 기대였다.

부정이 더욱 강한 긍정일 때가 있다고 하듯이, 어쩌면 김산이 정말로 간절히 기대했던 것은 바로 정들이 자신에게 아는 척을 해주기를 바란 것이었을지도 몰랐다.

그로 인해 일이 더욱 복잡해지고 또 자신이 아무리 곤란해진다고 하더라도, 기실 그것은 지금 당장의 일이 아니라 잠시라도 나중의 일이다.

그리고 그러한 간절한 진짜 바람이 통했는지 정말로 사단(?)은 일어나고 말았다.

일어나지 않기를 바라면서도 정말로 간절히 일어나기를 바라 마지않았던 그 사단이.

식사를 마친 정들이 식판 수거대로 가다 말고 갑자기 방향을 틀어 김산이 있는 쪽으로 걸어왔다.

순간 김산은 입 안에 들어가 있는 숟가락을 빼내는 일조차 잊어버릴 정도로 진땀나는 긴장과, 한편으로는 맹렬한 흥분과 치열한 기대 등등을 한꺼번에 경험하고 있었다.

비록 안 보는 척했지만 김산의 눈길은 정들이 과연 자신을 향해 오고 있는지에 대해 머리끝이 곤두설 정도의 집중력으로 파악하고 있었다.

그리고 그 와중에 이승조가 분노한 듯, 허탈한 듯 미묘한 표정으로 정들을 바라보며 빈 식판을 든 채 엉거주춤 제자리에 서 있는 모습까지도 관찰하고 있었다.

물론 김산은 지금 거의 제정신이 아닌 것만은 분명했다.

"얘, 그동안 왜 안 보였니?"

김산의 바로 정면 맞은편에 서서 마치 따지듯이, 그리고 다분히 불쾌하다는 기색이 녹아 있는 투로 정들이 그렇게 물었다.

여전히 입에서 숟가락을 빼내지도 못한 채로 김산은 일시 무어라고 대답을 하지 못하고 그렇게 있었다.

만약 정들이라는 거물(?)을 바로 등 뒤에 둔 조유진이 애매한 눈빛으로 자신의 숨막히는 불편감을 호소해 오지 않았더라면 김산은 한참 동안이나 더 그런 멍청한 모습을 취하고 있었을 것이다.

김산이 겨우 숟가락을 빼내며 입 안에 맨밥을 가득 문 어눌한 투로 대답을 내놓았다.

"어? 어……."

그 어색하면서도 애매모호한 대답에 대해 어떤 익숙한 기억이라도 있었던지 정들은 순간 피식 웃었다.

그리고 약간은 누그러진 투로 말했다.

"식사 마저 하고 매점으로 와."

그렇게 일방적인, 그러나 그것이 그녀에게서 나온 만큼 전혀 어색하지 않은 명령을 남기고 정들은 돌아섰다.

그리고 서너 걸음을 걸어가다가는 문득 다시 몸을 돌리며 김산을 향해 묻는 것이었다.

"여전히 바닐라지?"

그게 무슨 뜻인지 김산은 당장에는 이해하지를 못했다.

그러나 무슨 대답이건 일단은 해놓고 보아야겠다는 일종의 의무감과, 또한 그에 못지않은 다급함에 얼른 대답을 내놓지 않을 수가 없었다.

"어? 어."

정들은 다시 한 번 피식 웃은 다음 획하니 몸을 돌려 이승조가 기다리는 쪽으로 조금 빠른 속도로 걸어갔다.

그녀의 뒷모습을 보며 김산은 가만히 안도의 숨을 내쉬었다.

다른 어떤 이유에서라기보다는 방금 그녀의 뒷모습에서 처음에 그녀가 보였던 그 불쾌함과 매정함이 많이 누그러졌다는 것을 완연히 느낄 수가 있었기 때문이다.

그러나 김산은 얼른 다시 한 숟가락의 밥을 가득히 떠서 아직 삼키지 않은 밥이 그대로 들어 있는 입 안으로 급히 쑤셔 넣었다.

문득 자신을 향한 이승조의 눈빛에 힘이 실리는 것을 보았기 때문이다.

이어 아예 고개를 숙이고 맨밥을 씹는 데만 열중하고 있는 김산의 귀에 다소 멀지만 여전히 짜랑하게 들리는 정들 특유의 목소리가 들렸다.

"얘, 이승조! 가자! 오늘은 이 누나가 아이스크림 함 쏠게!"

김산은 남은 밥을 먹는 둥 마는 둥 대충 처리를 하고 식당을 나왔다.

덩달아서 불편한 식사를 마친 조유진이 뒤따라 나오면서 말했다.

"야, 너, 왜 그쪽으로 가? 매점 안 가?"

"아니."

"정들이 오라고 했잖아?"

그러자 김산은 괜히 성질 난 모습으로 휙 고개를 돌려 조유진을 쏘아보았다.

조유진이 영문을 모르겠다는 듯 어깨를 으쓱해 보였다.

사실은 왜 갑자기 성질이 나게 되었는지에 대해서는 김산 스스로도 잘 몰랐다.

정들의 아는 체에 대해 긴장되고 두려운 중에도, 한편으로는 너무나 좋은 기분이었는데 말이다.

아니, 사실 김산은 그 이유에 대해 알고 있었다.

바로 정들의 마지막 그 말 때문이었다.

이승조에게 아이스크림을 사주겠다고 한 그 말 말이다.

정들은 김산에게 매점으로 오라고 했지만, 그것은 김산 혼자에게만이 아닌, 이승조에게도 함께 한 초대였던 것이다.

"내가 무슨 정들이 시다바리가, 오라고 한마디만 하면 쪼르르 달려가게?"

김산은 그렇게 쏘아붙이고는 혼자서 빠르게 걸어가 버렸다.

뒤에 남은 조유진은 일시 얼떨떨한 표정이다가 이내 피식 웃고 말았다.

"훗, 짜식! 아주 맹탕인 줄 알았더니 제법 성질도 부릴 줄 아네?"

그리고 조유진은 마치 놀리듯 소리치며 김산의 뒤를 쫓았다.

"야, 나는 그냥… 혹시나 미리 사놓고 너 오기 기다리다가 아이스크림이 녹아버리면 어떻게 하나 하고 걱정이 되어서 그러는 거지."

김산을 따라 뛰어가는 조유진의 얼굴로 언뜻 환한 웃음이 매달리고 있었다.

조유진에게 그런 모습은 놀랍다고 해야 할 정도의 커다란 변화였다.

별일도 아닌 일에 자꾸 웃게 된 것 말이다.

그러나 그러한 조유진의 변화는 아주 조금씩 조금씩 일어나고 있었기에 반 아이들도, 그리고 김산도 당장에 뚜렷하게는 실감하지 못하고 있었다.

그리고 조유진의 그런 변화는 모두 다 김산과 연관되어 일어나고 있었다.

막 오후 수업이 시작되려 하고 있었다.

아이들은 각자의 자리를 찾아 앉고 있었고, 식사 후 내내 약간의 피곤함을 느끼던 김산은 책상에 엎드려 있었다.

아마도 식당에서 겪었던 그 맹렬하고도 치열한 긴장과 흥분 때문일 것이다.

그리고 그 후유증인지 김산은 엎드려 있는 지금도 결론이 나지 않고 있는 치열한 갈등들로 머리 속을 가득 채우고 있는 중이었다.

'매점으로 가야 했던 것이 아니었을까? 너무 속 좁고 비겁한 나의 모습에 정들은 분명히 화내고 또한 비웃고 있을 것이다.'

그런 후회가 드는가 하면,

'혹시 그녀는 정말로 아이스크림을 사놓고 기다리고 있는 것은 아닐까?'

하는 쓸데없는 걱정까지 생기는 것이었다.

그뿐만 아니라, 나중에는 절대 그럴 일은 없다고 생각하면서도 지금까지도 매점에서 그를 기다리고 있을 정들의 모습이 떠오르기도 했다.

'아아! 지금이라도 그녀에게 가봐야 하는 것은 아닐까?'

물론 그것은 누구보다도 김산 스스로가 가장 잘 알고 있는 다만 상상일 뿐이었다.

안타까운, 그리고 차라리 황홀하기까지 한 상상.

문득 아이들 사이에서 가벼운 동요가 일고 있다는 것을 느꼈지만 김산은 고개를 들지 않았다.

이제 벨 소리가 울릴 때까지는 어림잡아 일이 분 정도가 남았을 것이고, 김산은 그동안만이라도 계속 휴식을 취하고 싶었다.

그리고 무엇보다도 지금 빠져 있는 은밀하면서도 황홀한 상상에서 빠져나오고 싶지 않다는 것이 김산의 솔직하면서도 간절한 심정이었다.

그때 옆 자리의 조유진이 어깨를 잡아 흔들었다.

"야, 좀 일어나 봐라."

"우이씨! 좀 자게 냅둬라. 피곤타."

그러나 이어지는 조유진의 속삭이는 한마디에 김산은 화들짝 놀라 고개를 쳐들고 말았다.

"야, 야, 정들이가 왔다. 정들이가 왔다니까."

반사적이다시피 뒷문 쪽으로 고개를 돌린 김산의 눈에 정말로 그의 자리 쪽을 향해 다가오고 있는 정들의 모습이 들어오고 있었다.

반 아이들은 난리가 났다.

물론 대놓고 소리를 지르거나 표시하지는 못하는 난리였다.

다만 호기심과 흥분으로 달아오른 얼굴로, 그리고 열기가 떠도는 눈빛으로 그들의 바로 곁을 스쳐 지나가고 있는 퀸에 대해 환호하고 있을 뿐이었다.

정들은 당연하게도 잔뜩 화가 나 있는 얼굴이었다.

"너, 도대체 뭐니?"

그 한마디로 자신의 화를 응축시켜 내보이고 나서 정들은 사뭇 차가운 채로 손에 들고 있는 것을 김산에게 내밀었다.

"자, 이거!"

아이스크림이었다.

그에 대한 김산의 반응이 묘했다.

쭈뼛거리며 손을 내밀며 겨우 한다는 말이,

"나… 난 괜찮은데……."

그 한마디의 더듬거리는 말에 정들로 하여금 어쩔 수 없이 웃게 만드는 뭔가가 있었나 보다.

픽!

그토록 매섭게 쌀쌀하던 정들의 얼굴로 한순간 피식 웃음이 스치고 말았다.

하긴, 김산의 지금 표정에는 그의 복잡한 심정이 솔직하니 그대로 드러나 있기도 했다.

김산에게 이유야 어찌 되었든 교실까지 찾아와서 반 아이들이 모두 지켜보는 가운데 아이스크림을 챙겨주는 정들에 대한 고마움과 감복, 그리고 황홀함이 없을 수는 없었다.

그런가 하면, 이제 막 수업 시간이 시작되려는 찰나인데, 이렇게 덥석 아이스크림을 손에 쥐어주면—아이스크림은 이미 반은 녹은 듯 물컹거리고 있었다—당장에 그 처리를 어떻게 할 것인지에 대한 곤란함이 또한 솔직하게 김산의 얼굴에 떠올라 있었다.

정들이 결국은 얼굴 전체로 웃음을 번지게 하면서, 그러나 자신을 화나게 한 데 대한 복수라도 한다는 모습으로 짐짓 과장되게 손바닥까지 펴 보이며 친절을 베풀었다.

"네가 좋아하는 바닐라야. 야, 야! 벌써 다 녹아서 흘러내리려고 한다! 빨리 먹어야겠다, 얘!"

그 말에 김산은 더욱 당황하며 급한 대로 뒷주머니에서 손수건을 꺼내 아이스크림을 감싸 쥐었다.

그 모습에 정들은 기분이 후련해졌는지 다분히 의도적인 매혹적인 미소와 다정한 목소리로 김산에게 한마디를 더 남기고는 급히 교실을 빠져나갔다.

"다음에는 나 기다리게 하면 안 돼? 그럼 또 봐!"

정들의 모습이 교실 뒷문으로 사라지자마자 김산은 반사적으로 이승조의 시선을 찾았다.

이승조는 웃고 있었다.

그러나 그 웃음 속에 차가운 분노가 불타고 있다는 것을 김산은 순간적인 느낌만으로도 알 수가 있었다.

4. 당당해진다는 것

어느 순간부터 김산에 대한 아이들의 의도적인 집단 왕따가 시작되고 있었다.

그랬다.

비록 뚜렷이 표시가 나거나 구분이 되는 것은 아니었지만, 그것은 분명 어느 한순간 갑자기 시작된 것이었다.

사실 반 아이들로부터 소외되는 것이라면 조유진이나 김산이나 이미 어느 정도는 익숙한 바가 있었고, 어차피 거의 둘이서만 단짝으로 붙어 다니는 터에 특별히 괴로울 일도 없었다.

그러나 어느 순간부터 시작된 이번의 왕따는 그들 두 사람 각자에 대한 단순한 무시나 소외에 그치는 것이 아니라 집단적인 회피와 나아가 의도적인 조롱으로까지 이어지고 있었다.

굳이 직접적인 말이나 행동으로까지는 아니더라도, 반 아이들의 눈빛과 전반적인 분위기에서 그런 의도를 분명히 느낄 수가 있었다.

반 아이들의 그런 집단적인 움직임에 대해 김산은 그 시작이 바로 그때 이후부터라고 짐작하였다.

바로 정들이 아이스크림을 들고 교실로 찾아왔던 그때 말이다.

그때 이후로 아이들은 마치 담합이라도 한 듯 태도가 일변하였다.

그렇다면 그것은 조직적이라는 의미가 되는 것이고, 누군가 아이들에게 김산과 조유진에 대한 왕따를 계획하고 지시하였다는 말이 되는 것이다.

그리고 그 누군가가 구체적으로 누구란 걸 짐작하기란 또한 그리 어려운 일이 아니었다.

반 아이들의 일부가 아닌 전부 다를 삽시간에 그렇게 만들 수 있는 아이는 단 한 명밖에 없었으니까.

바로 이승조였다.

김산은 두려움보다는 오히려 흥분을 느꼈다.

온몸이 뜨겁게 달아오르는 듯한 맹렬한 흥분.

그런데 기껏 양아치 흉내나 내는, 뒷자리 아이들과의 친분을 내세워 호가호위나 하는 정도의 별 볼일 없는 놈들에게마저도 그토록이나 두려움을 느끼던 김산이었는데, 그런 그가 지금 그런 양아치 사촌 놈들과는 감히 비교도 할 수 없는 이승조가 주도하는 이 상황에 대해 두려움 대신 흥분을 느낀다는 것은 다분히 모순적인 데가 있다고 해야 할 것이다.

그러나 또한 다분히 역설적이기는 하지만, 김산의 그 맹렬한 흥분이야말로 바로 이승조를 상대한다는 데에서 오는 것이었다.

지금까지 김산 자신과는 도저히 상대가 되지 않는다고 생각했고, 처음 한때는 그가 이상적인 목표로까지 삼고자 했던 그 이승조를 이제 감히 상대로 생각하게 되었다는 데 대한 흥분이었다.

무엇이 김산으로 하여금 그토록 무모한 착각과 만용을 부리도록 이끈 것일까?

그 대답은 누구보다도 김산 본인이 가장 잘 알고 있는 바였다.

바로 정들이라는 존재였다.

한때 다른 아이들의 괴롭힘으로부터 그를 돌봐주겠다고까

지 한 이승조가 갑자기 틀어지게 된 이유가 바로 정들 때문이라는 것은 이미 벌써부터 너무나 분명해진 사실이 아니던가.

사실 그런 것은 어떤 뚜렷하게 눈에 보이는 이유나 분석이 없다고 하더라도, 다만 같은 남자로서의 직감 내지는 본능만으로도 알 수 있는 일이었다.

그리고 그때 학교 정문 건너편의 골목길에서 처음 만났을 때, 정들이 그에게 말한 것이 있었다.

물론 지금쯤 정들 본인은 자신이 한 그 말에 대해 아마도 까맣게 잊어먹고 있겠지만, 그러나 김산은 결코 잊을 수 없었고, 앞으로도 잊지 못할 말이었다.

바로 정들이 한 말이기에.

바로 그 말이 지금 김산에게 이런 용기를, 아니, 이런 착각과 만용을 부리도록 만들고 있는지도 몰랐다.

"누군가 괴롭힌다면 당당히 맞서라. 열 대를 맞더라도 한 대만 제대로 때린다는 각오로 악착같이 맞서서 네가 어떤 사람인지를, 결코 만만히 볼 사람이 아니라는 것을 확실하게 보여주는 거야."

"새끼! 눈깔 안 깔아?"

어느 날 야자 3교시.

자습을 하고 있는 중에 난데없이 김산에게 다가와 거는 진주오의 시비였다.

눈길이 마주친 적도 없는데 김산이 자기를 노려봤다는 게 시비의 이유였다.

그야말로 시비를 위한 노골적인 시비일 뿐이었다.

그러나 교실의 그 누구도 진주오의 시비를 제지하거나 말릴 의사가 없어 보였다.

심지어는 관심조차 보이지 않았다.

그것은 반 이이들 모두에게 암묵적으로 합의된 방관이었고, 나아가 방조였다.

그것이 무언(無言)의 응원이 되었는지 진주오는 거침이 없었다.

기가 살다 못해 김산이 조금이라도 반응을 보이면 곧장 주먹부터 휘두르고 볼 듯 사뭇 험악한 기세였다.

그리고 이승조는 마침 자리에 없었다.

"좀 조용히 해라. 오랜만에 공부 좀 해보게."

그 차분한 목소리에는 진주오의 폭발 직전의 기세를 단번에 꺾어놓기에 충분한 무엇인가가 있었다.

막 김산의 턱을 향해 선방을 날리려던 진주오는 일시 멈칫하지 않을 수 없었다.

그러나 그 일시의 멈칫거림은 바로 다음 순간 도저히 억제못할 분노로 되살아났다.

바로 그 목소리의 주인이 조유진임을 확인하였기 때문이
다.

"이런 씨밸 놈이 콱 뒈질라고!"

그러나 진주오의 그 격한 욕설이 미처 다 뱉어지기도 전에
가벼운 타격음이 터졌다.

콱!

바로 진주오의 턱 어림에서 생겨난 소리였다.

그리고 진주오는 비명 소리도 내지 못하고 그 자리에서 다
소곳이 앞으로 주저앉고 있었다.

콰당!

뒤늦게 진주오의 축 늘어진 팔에 걸린 책상 하나가 앞으로
쓰러지며 제법 요란한 소리를 만들고 있었다.

그러나 그뿐, 교실은 그 뒤로 한동안이나 쥐 죽은 듯한 침
묵을 유지하였다.

멍한 침묵이었다.

그야말로 순식간의 일이었다.

누구도, 심지어는 바로 곁에 있었던 김산조차도 조유진의
주먹이 언제 어떻게 날아갔는지를 보지 못했다.

다만 조유진과 진주오 사이에서 무언가 번뜩하는 것을 보
았고, 동시에 가벼운 타격음과 함께 진주오의 몸이 마치 제풀
에 그러는 것처럼 스르르 주저앉는 것을 본 것이 다였다.

아무 일도 없었다는 듯이 느릿한 동작으로 천천히 쓰러진 책상을 다시 일으켜 세우는 조유진은 너무나 차분해 보였다.

만약 바닥에 주저앉은 채 김산의 무릎 어림에 기대어 있는 진주오의 모습이 없었다면, 그가 방금 단 한 방으로 진주오를 주저앉혔다는 사실 자체가 마치 처음부터 없었던 일처럼 여겨질 정도였다.

그 일로 인해 반 아이들은 조유진에 대한 인식은 상당히 변했다.

그렇다고 그에 관해 우스갯소리처럼 떠돌던 예의 그 '전설'이 곧바로 현실로 인정된 것까지는 아니었지만, 최소한 누구도 이전처럼 심심풀이 정도로 조유진을 쉽게 건드리지는 못하게 된 것이다.

그런 덕분에 김산 역시 한동안은 평화로운 시간을 보낼 수가 있었다.

다만 이후로 조유진은 몇 차례의 싸움을 더 해야만 했다.

식당에서 점심을 먹고 나오다가 괜한 일로 시비가 걸리기도 했고, 혹은 화장실에서 갑작스럽게 주먹과 발길질 세례를 받기도 했다.

그러나 그러한 싸움이 본래부터 조유진이 감당해야만 하는 싸움이었는지, 혹은 김산이 감당해야 할 싸움을 조유진이 대신 감당해 주고 있는 것인지에 대해서는 김산과 조유진 두 사람 중 누구도 굳이 구분하고자 하지 않았다.

그들 두 사람은 여전히 평소처럼 뭉쳐 다녔고, 조유진의 차분한 기세에서는 자신이든 김산이든 둘 중 누가 감당해야 하는 싸움이라도 당연히 자신이 나서겠다는 각오가 사뭇 선명하였다.

그리고 그 몇 번의 싸움의 결과는 놀랍게도 매번 조유진의 일방적인 승리였다.

그것도 한 방 아니면 기껏 두 방의 깨끗한 승부로 말이다.

또 한 가지 의외라고 할 것은, 조유진에게 싸움을 건 치들이 주로 2학년들이라는 점이었다.

그런 때문에 학교 내에서는 그 일련의 싸움이 가지는 어떤 특별함(?)에 대한 소문이 돌고 있었다.

무슨 이유 때문인지는 모르겠지만 조유진이 극진회에 대해 잘못했거나, 혹은 잘못 보인 것이 있고, 그 잘못에 대해 극진회가 조직적으로 보복을 시작했다는 소문이었다.

그렇지 않고는 감히 2학년들이 3학년에게, 그것도 공개적으로 시비를 걸고 주먹을 휘두르기란 어렵기 때문이었다.

아무리 주먹이 우선인 놈들의 세계라고 해도 그쪽 방면에도 나름대로의 질서는 있었다.

어떤 특별한 이유가 아니고서는 후배가 선배를 건드리는

일은 그 질서에서도 용납받기 어려운 일이었다.

한편으로 그 소문은 누구도 상상하지 못할 만큼 조유진이 뛰어난 주먹 실력을 보이고 있다는 사실만으로도 상당한 설득력으로 전파되고 있었다.

물론 은밀하게.

극진회는 학교 내에 존재하는 소위 폭력 써클이었다.

들리는 말로는 원래 일진회로 시작했으나, 그 이름으로 인한 문제의 소지를 없애고, 또한 일진회에 비해서 오히려 우월적인 조직이라는 의미로 그런 이름을 붙였다고 했다.

물론 불법 써클이었다.

그 조직과 구성원이 어떻게 이루어졌는지에 대해서는 일반의 아이들에게는 잘 알려져 있지 않았으나, 그들 나름으로는 철저한 조직의 룰과 기강을 유지하고 있다고 했다.

더구나 각 학년별로, 소위 소그룹별 짱들을 비롯해, 제법 힘깨나 쓴다는 애들이 대거 가입되어 있는 것으로 알려져 있었기에 아이들에게는 은연중에 두려움과 경외의 대상이 되고 있었다.

극진회가 개입되었다는 소문이 은밀하게, 그러나 파다하게 퍼지자 아이들 사이에서 조유진에 대한 인식은 다시 한 번 변화를 보이고 있었다.

처음의 무시에서, 나중에 조유진의 주먹 실력이 발휘되었을 때는 놀라움과 약간의 두려움으로, 그리고 이제 극진회와 관련된 소문이 꼬리를 달게 되자 그것은 다시 기피로 변하였다.

즉, 괜히 조유진의 근처에서 얼쩡대다가 괜한 오해라도 살까 보아 눈치를 보며 슬금슬금 피해 다니는 형태로의 변화를 보이고 있는 것이었다.

조유진 또한 이제 더 이상은 과거의 그가 아니었다.

하긴 그에 관한 '전설'이 과연 사실이었다면, 그는 과거의 '번개'로서의 본모습을 되찾은 것인지도 모를 일이었다.

어쨌거나 몇 차례 싸움의 결과로 그쪽 분야(?)에서의 조유진의 위상이 급상승한 것만은 분명해 보였다.

그 증거로, 학교에서 공공연히 양아치를 표방하며 제법 어깨에다 힘을 주고 다니던 놈들 중에서 웬만한 놈들은 이제 조유진 앞에서는 함부로 눈에 힘을 주지 못하게 되었다.

함께 다닌다는 이유만으로 김산 역시 비슷한 위상을 누리게(?) 된 것은 일종의 덤이라고 해야 할 것이다.

김산이 보기에 조유진은 자신을 둘러싸고 벌어지는 일련의 위험해 보이는 상황들에 대해 오히려 투지 같은 것을 불태우고 있는 것 같았다.

얼마 전까지만 해도 그는 지나치다 싶을 정도로 소극적이어서 차라리 냉소적이라고까지 해야 할 성격이었는데, 이번의 상황들이 벌어지면서부터는 너무나 갑작스럽게 적극적이고도 투쟁적으로 변해 버린 감이 있었다.

이즈음 김산이 그와 함께 다니면서 가끔씩 느끼곤 하는 것이지만 어떨 때, 특히 싸움에 임하는 조유진의 모습에서는 마치 세상에 두려울 것이 없다는 듯한 오연(傲然)한 당당함 같은 것이 있는 것처럼 보이기도 했다.

또한 김산에게 비치는 조유진의 그런 당당함은, 한번 발동되면 그 스스로도 멈출 수 없는 어떤 집요함 같은 것으로 보일 때도 있었다.

또 다른 한편으로는 본래 조유진의 내부에는 어떤 거대한 투지가 깊숙이 침잠되어 있었는데, 이번의 일련의 상황들이, 그리고 특히 극진회라는 거대한 상대가 그의 잠자고 있던 투지를 일깨워 내었고, 나아가 알 수 없는 어떤 야망과 같은 것을 불타오르게 하고 있는 것 같았다.

조유진은 자신의 세 번째인가, 네 번째 싸움을 치르고 나서, 보다 정확하게는 극진회가 개입되었다는 소문이 본격적으로 떠돌 때쯤 김산에게 이제부터는 자신과 함께 다니지 말자고 말했다.

일 대 일의 싸움이라면 누구와 붙더라도 자신이 있으나, 극진회니 뭐니 하는 조직을 이루고 다니는 놈들의 속성상 언제까지 일 대 일의 대결 방식을 고수하진 않을 것이고, 만약 놈들이 다수로 덤비기라도 하면 그때는 조유진으로서도 김산까지 염두에 두지 못하는 상황이 올 수도 있다는 이유에서였다.

그러나 김산은 한마디로 '싫다!' 고 했다.

그리고 그 한마디에 실린 단호함 때문이었는지 조유진 역시도 그 다음부터는 같은 말을 두 번 다시 하지 않았다.

사실 김산은 조유진에 대해 미안한 마음을 가지고 있었다.

그리고 미안한 만큼 고마운 것도 사실이었다.

원래부터가 이 싸움은 그로 인해 시작된 것이고, 조유진이 대신 나서서 싸움을 해주고 있는 것이 아니던가.

김산 그를 위해서 말이다.

그리고 아무런 대가도 바라는 것도 없이 말이다.

어쨌든 싸움은 시작되었고, 이제는 조유진이나 김산 자신의 의지나 힘으로는 그 싸움의 방향을 돌려놓거나 멈출 수 없게 된 것으로 보였다.

그리고 자신이 함께 다니는 것이 조유진에게는 조금도 도움이 안 된다는 것 정도는 김산도 잘 알고 있었다.

그러나 도움이 되든 안 되든 무조건 같이 다니겠다는 각오였다.

어떤 험악한 상황에 처하게 되더라도 말이다.

그것이 김산의 의리였다.

그가 할 수 있는 최선의 의리 말이다.

하루는 야자 시간 중에 담임 서영은 선생이 김산을 상담실로 불렀다.

"요즘 교실에서 무슨 일 있니?"

서영은 선생의 기색이 이미 뭔가를 알고서 묻는 듯하였으나, 김산은 섣불리 어떤 대답도 할 수가 없었다.

그러자 서영은 선생은 좀 더 부드럽게 목소리의 톤을 바꾸었다.

"요즘 너하고 조유진이를 둘러싸고 이상한 소문이 돌고 있다는 것을 알고 있다. 그리고 조유진이 몇 차례 싸움을 했다는 것도. 너희 둘, 혹시 다른 아이들에게 따돌림이나 괴롭힘을 당하고 있는 것이니?"

그 물음에 대해서도 김산은 역시 대답을 못하고 묵묵히 고개를 숙이고 말았다.

그 모습에서 자신의 짐작을 어느 정도 확신하게 된 것인지 서영은 선생의 목소리가 착잡한 기운을 띠었다.

"역시 그랬구나. 소문이 다 사실이었어."

그리고 서영은 선생은 한동안이나 안타까운 표정으로 고개 숙인 김산의 뒷머리를 바라보고만 있었다.

문득 가만히 한숨을 내쉬며 서영은 선생이 조용히 물었다.

"어쩌다 그렇게 되었니? 어쩌다 이승조하고 부딪치게 된 거지?"

선생의 그 말에는 여러 가지의 복잡한 감정이 녹아 있었다.

안타까움과 교사로서의 자신의 현실적 한계에 대한 갈등과……

물론 김산으로서는 선생의 그런 감정을 다 짐작할 수는 없는 일이었다.

고개를 숙인 채 김산은 나지막하게 대답했다.

"저도 잘 모르겠습니다."

다시 한동안 말이 없다가 서영은 선생이 사뭇 어렵게 말을 꺼냈다.

"화해하면 어떻겠니? 교사로서, 담임으로서 이런 말을 하기는 정말 어렵다만 세상에는 현실적으로 넘지 못할 벽이란 게 분명 존재하고 있단다."

서영은 선생이 지금 이승조에게 사과와 용서라도 구해보라는 말을 하고 있는 줄을 김산이 모르는 것은 아니었다.

그리고 정말로 그렇게 해서 지금의 상황을 원래대로 되돌릴 수만 있다면 그렇게 해볼 마음이 없는 것도 아니었다.

그러나 그것이 이미 불가능하다는 것을 김산은 직감으로 느끼고 있었다.

이승조는 김산 자신에 대한 응징만을 원하고 있을 것이다.

자신의 경고를 무시하고 정들에게 관심을 받은 김산에 대해, 그럼으로써 그를 불쾌하게 만든 죄에 대해서 말이다.

그러나 김산으로 하여금 결코 이승조에 대해 굽히고 싶지 않다는 의지를 세우게 하는 보다 명확한 이유는 따로 있었다.

바로 자존(自尊)의 주장이었다.

그 주장은 언제부터인가 김산의 마음속에 그 여린 싹을 틔우더니 이제는 제법 굳건한 줄기로 자라나고 있는 중이었다.

그리고 그 주장은 이승조에 대해서 굽히지 말 것을 강하게 요구하고 있었다.

그것이 그에게는 전혀 어울리지 않을 환상에 대한 맹목적인 만용과 어리석음이래도 좋았다.

그러나 다른 건 몰라도, 정들과 관련한 부분에 대해서만큼은 꼭 자존심을 지키고 싶은 것이 김산의 절실한 마음이었다.

김산은 문득 고개를 들었다.

그리고 서영은 선생과 눈을 마주치며 나지막하게, 그러나 분명한 어조로 말했다.

"제게 맡겨주십시오. 방법을 한번 찾아보겠습니다."

서영은 선생이 여전히 걱정 어린 기색 중에서도 김산의 분명한 말에 대해 한가닥 믿는 마음이 생겼는지 입가로 희미하게 미소를 떠올렸다.

"그래, 선생님은 너를 믿으마. 하지만 너무 혼자서만 애쓰거나 무작정 부딪치려만 하지 말고, 막히거나 힘들 때는 언제라도 선생님과 상의를 해야 한다. 알겠지?"

김산이 선생의 희미한 미소를 따라 웃으며 짐짓 밝게 대답했다.

"예, 선생님!"

김산에게는 한동안 조용한 학교의 일상이 계속되고 있었다.

그러나 긴장은 여전하였다.

비록 더 이상의 싸움은 없었지만, 조유진과 김산의 주변으로는 간간이 노골적인 시위와 위협들이 계속되고 있었다.

그들은 드디어 본격적으로 조직적인 대응을 해오기 시작한 것으로 보였다.

이제는 단독으로 시비를 걸어오는 것이 아니라 두세 명씩, 때로는 서너 명씩 무리를 지어 은근슬쩍 조유진과 김산의 길을 막아서거나, 혹은 지나가는 길가에 지켜 서서 노골적인 적대감으로 노려보곤 하는 것이었다.

그런데 그런 녀석들 모두가 단순히 폼만 잡는 양아치들이 아니라 좀 더 비중이 있는, 학교에서 입소문을 통해 나름의 주먹 실력을 인정받고 있는 놈들이라는 데서 그 위협은 그냥 못 본 체 무시하기에는 어려운 측면이 있었다.

그러나 그런 느낌은 다만 김산의 느낌에 불과한 것이었고, 막상 조유진은 여전히 별 신경을 쓰지 않는 듯했다.

녀석들의 위협에 대해 먼저 대응하지는 않지만, 만약 놈들이 직접적으로 시비를 걸어온다면 결코 싸움을 마다하지 않겠다는 당당함과 은근한 도발까지를 내비치는 기색이 조유진에게는 있었다.

그런 조유진에 더불어 김산 역시도 어떤 상대나 위협에도 결코 떨지 않고 의연하게 대처하겠다고 다짐하고 또 다짐하며 스스로를 다잡곤 했다.

그리고 김산으로서는 지금의 상황에 대해 정면으로 부딪치는 것 외에는 다른 선택의 여지가 없기도 했다.

지금까지 실제로 싸움을 한 것은 조유진이지만, 김산 역시도 엄연히 그 싸움판에 실질적으로 끼어들어 있는 입장인 것이다.

조유진은 김산을 위해 싸운다는 의미에 더하여 김산을 하나의 계기로 삼아 그 스스로도 어떤 변화를 추구하고 있는 듯이 보이기도 했다.

같은 맥락에서, 어느 시점부터 갑작스럽게 생겨난 조유진의 적극성과 투지는 아마도 김산을 그 동기와 중심으로 하고 있는 것이 거의 분명해 보였다.

그러나 김산의 경우에는 생각만으로도 전신을 떨리게 하는 커다란 두려움을 무릅쓰고 이 거대한 싸움에서 악착같이 도망치지 않으려 하고 있는 이유는 무엇보다도 바로 김산 자신의 의지 때문이었다.

그 계기가 무엇이었는지, 혹은 어떤 과정을 거쳐서 그의 생각이 그렇게 바뀌었는지는 그 스스로도 알 수 없었지만, 김산은 이제 그 스스로의 의지로 자신을 향해 위협을 가해오는 상대를 향해 맞서 싸우겠다는 결의를 분명히 하고 있었다.

아니, 그런 생각이야 이전에도 수없이 한 바 있었지만, 이번의 경우가 이전과 다른 것은 김산이 자신의 그런 생각을 실제로의 행동으로 옮기고 있다는 점이었다.

비록 아직까지는 기껏해야 조유진의 주먹과 당당함에 묻어서 다니는 것이 고작이지만 말이다.

그렇다고 김산에게서 싸움에 대한 두려움이 조금이라도 사라진 건 아니었다.

어쩌면 그가 맞서겠다는 결의를 다지면 다질수록 그에 비례하여 그 두려움도 커져 가고 있는지도 모를 일이었다.

다만 김산에게는 이제 그런 두려움보다는, 그리고 두려움이 커져 가는 정도보다는 스스로의 자존을 지키겠다는 욕구가 훨씬 더 빠르게, 절실하게 커져 가고 있는 것이었다.

물론 김산이 자존을 지키는 방법으로써 싸움 자체가 옳다거나 합당한 방법이라고 생각하는 건 결코 아니었다.

그러나 적어도 자신에게 위해를 가해오는 상대에 대해 아직까지 대항할 엄두까지는 감히 내보지 못한다고 허더라도, 일단은 도망가지 않고 버티고 서 있기라도 한다는 그 자체는 김산이 지금까지 살아오는 동안 처음으로 내보는 대단한 용기인 것이다.

자신에게 그러한 용기가 생겼다는 사실은, 그리고 두려움을 극복해 내고 있다는 사실은 김산에게 지금까지 한 번도 느껴보지 못한 종류의 짜릿한 희열과 쾌감을 주고 있었다.

식당에서 저녁을 먹고 나오면서 조유진은 혼자서 할 일이 좀 있다며 김산더러 먼저 교실로 가라고 하였다.

별일이기도 하였거니와 조유진은 약간의 강제성을 강조하기라도 하듯 제법 딱딱하게 인상을 쓰고 있었다.

그러나 김산은 생각할 것도 없이, 그리고 말로 할 필요도 없다는 듯이 간단하게 고개를 가로저었다.

뭔 일인지 모르겠으나 굳이 같이 가겠다는 의미였다.

조유진이 짐짓 인상을 확 쓰며 벌컥 소리를 질렀다.

"야! 니가 내 껌이냐, 시도 때도 없이 붙어 다니게?"

껌!

김산이 이미 두어 차례 들어본 적이 있거니와, 소위 조유진만의 엉성하기 그지없는 '껌 이론' 이 있었다.

무슨 '초끈 이론' 같은 대단한 이론과는 전혀 관계가 없는, 말 그대로 씹는 껌에 관한 이론이었다.

조유진은 어릴 때 부산의 어느 달동네에서 살았다는데, 그때의 '불알 친구들' 사이에서는 단짝 중에서도 지독한 단짝을 '껌' 이라고 불렀단다.

아침에 일어나서부터 저녁에 잠들기 직전까지 지독히도 붙어 다니는, 심지어는 오줌 눌 때도 벽보고 나란히 서서 '준비! 쏴!' 를 외치며 동시에 오줌발을 내갈겨야만 속이 시원해지는 그런 단짝들 말이다.

그 유래를 짐작하건대, 아마도 옛날 한번 입 안에 까 넣으면 하루 종일 내내 줄기차게 씹어 돌리던, 밥 먹을 때는 밥상머리에 붙여두었다가 다시 씹고, 좀 더 독한 놈은 잘 때도 벽에 붙여두었다가 다음날 다시 씹던 껌처럼, 좀체 떨어지지 않고 붙어 다니는 그런 사이를 비유한 말이 아닌가 싶었다.

김산은 피식 웃으며 잔뜩 인상을 그리고 있는 조유진에게 오히려 면박을 주었다.

"짜아식! 몇 번을 말해야 독해가 제대로 되겠냐? 내가 니 껌이 아니라 니가 내 껌이래두?"

조유진은 잠시 대책없다는 표정을 지어 보이다가는 홱 몸을 돌려 걸어가는 것이었다.

마음대로, 좋을 대로 하라는 의미였다.

그것은 조유진이 김산의 고집에 졌다는 뜻이거나, 혹은 져주었다는 뜻이리라. 결국은 그게 그거겠지만.

김산은 만족스러운 표정으로 느긋하게 조유진의 뒤를 따랐다.

사실 김산이 괜한 똥고집(?)을 부린 이유는, 좀 전 식당에서 누군가가 조유진에게 슬쩍 쪽지를 전해주는 것을 본 때문이었다.

그 쪽지를 보고서 잠깐 굳어지고 말았던 조유진의 표정이 아니더라도 김산은 그 쪽지에 어떤 내용이 있을 것이라는 것을 능히 짐작할 수 있었다.

멀찍이 조유진을 앞세우고 걷던 중에 김산은 문득 스쳐 지나가는 얼굴들 중에서 아는 얼굴 하나를 발견했다.

그 얼굴은 그냥 아는 정도의 얼굴이 아니라, 아주 기억에 선명하여 앞으로도 오래도록 쉽게는 잊혀지지 않을 얼굴이었다.

바로 그때 그놈이었다.

하얀 팬티. 그날 밤 어둠 속에서 유난히 새하얗게 돋보이던 하얀 팬티의 주인공 말이다.

그때 놈은 김산더러 그곳에서 벌어졌던 일에 대해서 잊으라고 했었다.

그리고 놈은 김산을 모르고, 김산 또한 자신을 모른다고도 했다.

앞으로도 아는 체하거나 알려고 하지도 말라는 강요의 의미로 말이다.

그러나 김산은 이후에 놈에 관한 몇 가지를 알게 되었다.

김산이 굳이 알려고 하지 않았음에도 불구하고 놈이 생각보다 유명한 놈이라서 저절로 알게 된 것이었다.

멘사 여동훈!

그것이 그 별난 놈의 별명과 이름이었다.

김산은 놈, 여동훈을 모르는 체 스치고 지나쳐 갔다.

어찌 되었거나 그 자신에게 별다른 피해를 주는 일도 아니고, 그다지 힘들 것도 없는 일인 이상 놈이 원하는 것을 굳이 들어주지 않을 이유는 없었다.

비록 자신이 약간의 도움을 준 바 있다고는 해도, 그것에 대한 어떤 보답이나 대가를 바랄 만큼 계산적인 면이 김산에게는 없었다.

김산과 마찬가지로 여동훈 또한 모르는 체하고 그냥 스쳐 갔다.

그리고 여동훈은 몇 걸음이나 무표정하게 지나쳐 간 다음에야 슬쩍 고개를 돌리며 김산의 뒷모습을 훑는 것이었다.

아주 잠깐 여동훈의 입가로 웃는 듯 마는 듯 희미한 웃음기가 맺혔다 사라지는 것 같았다.

그런데 그대로 제 갈 길을 가는 듯하던 여동훈이 다시 한 번 문득 멈추어 서더니 뒤를 돌아보며 가볍게 고개를 갸웃했다.

그때 김산은 앞쪽 제법 멀찍한 즈음에서 막 본관 건물 뒤편으로 사라지고 있는 조유진을 따라잡기 위해 거의 뛰다시피 바삐 걷고 있는 중이었다.

본관 뒤편의 구석진 한쪽에 있는 쓰레기 소각장 근처의 공터에 대여섯 명의 아이들이 모여 있었다.

정확하게는 다섯 명과 한 명이 마주 대치하고 있는 중이다.

한 명은 당연히 조유진이었고, 마주하고 있는 다섯은 3학년의 여러 반 소속들로, 각자의 반에서는 제법 힘깨나 쓴다 하는 아이들이었다.

그리고 그들 다섯의 가운데에 극진회의 중간 짱 급으로 알려진 손일중이 있다는 것을 굳이 근거로 들지 않더라도, 이런 후미진 곳에서 다섯씩이나 무리 지어 조유진을 불렀다는 것만으로도 그들이 바로 극진회에 소속된 아이들이란 것은 어렵지 않게 짐작이 가능한 일이었다.

김산이 먼저 조유진의 표정부터 살펴보았는데, 그에게서

는 조금도 겁을 먹거나 당황해하는 기색이 보이지 않았다.

조유진이 제아무리 번개처럼 빠르고 강한 주먹을 가졌다고 하더라도 상대가 다섯 명쯤 되면, 그것도 하나같이 제법 친다는 놈들이고 보면 일단 상식적으로도 상대가 안 된다는 계산이 서고도 남을 법한데, 녀석은 아마도 원래 생겨먹기를 겁이란 본능을 상실한 채 태어난 것 같았다.

공터에 들어서서 그들의 대치를 보는 순간부터 김산의 가슴은 벌써 쿵쾅대기 시작하고 있었다.

그러나 자신의 허약하기 짝이 없는 간담에 대한 반발이기라도 하듯, 김산은 되려 큰 걸음으로 그들이 대치하고 있는 가까이로 다가가서 조유진의 한 곁을 차지하며 우뚝 버티고 섰다.

무슨 짓을 하나 하고 지켜보기라도 한다는 듯이 김산이 하는 양을 가만히 보고 있던 손일중 등의 얼굴로 잠시 의아한 빛이 스치다가, 그것은 곧 피식하는 웃음으로 번졌다.

그 웃음은 어이없다는 의미이기도 했고, 또한 비웃음의 의미이기도 할 것이다.

아마도 김산으로 인한 듯 조유진의 얼굴은 표시나게 굳어 있었다.

그러나 그는 한번 힐끗하고 김산을 흘겨보았을 뿐, 달리 말을 하지는 않았다.

김산과는 이미 한 번의 신경전을 거쳤기도 했거니와, 기왕에 이렇게 된 이상 이제 와서 김산더러 피해 있으라는 말을 다시 하기도 애매해진 일이었다.

김산에게도 존중해 주어야 할 그 나름대로의 자존심이 있을 것이니 말이다.

김산은 잠깐 자신을 흘겨보는 조유진의 눈빛에서 질책하는 의미보다는 아무쪼록 조심하라는 의미를 읽을 수 있었다.

사실 이제부터 자기 자신을 지키는 것은 오로지 김산 스스로의 몫이라는 각오가 필요하였다.

이 대치가 곧 싸움으로 진전될 것은 분명했다.

그것도 일 대 일이 아닌 패거리 싸움이 될 것인데, 이제 김산이 조유진의 곁에 섰으니 그가 약골이건 싸움에 젬병이건 상대에게 그딴 것은 전혀 고려할 대상이 되지 못할 것이다.

놈들에게 김산은 일단 쓰러뜨리고 봐야 할 상대로만 보일 것이니까 말이다.

또한 김산은 이제 지금까지와 같이 조유진의 싸움을 관전만 하면 되는 입장이 아닌, 함께 싸움을 해야만 하는 입장이 된 것이다.

스스로를 지키기 위해, 그리고 김산 자신이 함께 싸운다 해도 결국은 오 대 일의 싸움이기는 마찬가지일 조유진에게 그렇다 하더라도 조금이라도 도움을 주기 위해.

아니, 전혀 도움이 되지 않는다고 해도, 오히려 방해가 된다고 하더라도 김산은 그래도 도움이 되려고 나름으로는 최선을 다하는 자신의 모습을 조유진에게 보여주고 싶었다.

싸움에서 이기고 지고를 떠나서 말이다.

김산에게 있어 이기고 지는 싸움의 결과 따위보다 백배 더 중요하게 여겨지는 그것은 바로 자신의 용기와 의리를 보여주는 일이었다.

친구에게.

일단 싸움을 한다는 것을 기정사실로 하고 나자 김산은 새삼 자신이 없어졌다.

그것은 두려움이나 용기와는 또 다른 현실적인 차원의 문제였다.

주먹을 쓰고 발을 쓰는 것에 대해서 영 자신이 없는 것이다.

자신이 없다는 것은 지금껏 한 번도 누구를 때려본 적이 없으니 치고 차는 방법을 모르기도 하거니와, 막상 누구를 때릴 엄두가 나지 않는 것이기도 했다.

사실 그럴 때의 엄두라는 것은 상대에 대한 두려움을 극복하는 것과는 또 다른 차원의 용기라고 해야 할 것이다.

그런 한편으로 '어떻게 되겠지' 하는 덤덤한 마음이 되기도 했다.

긴장과 두려움이란 것도 한동안 쭉 겪어오다 보니 이제는 어느 정도 익숙해진 건지, 혹은 아예 마비가 되어가고 있는 건지 부딪쳐야 한다면 한번 부딪쳐 보자 하는 마음의 각오가 생기는 것이었다.

그리고 또 다른 한편으로는 김산이 요즘에 들어 그런 생각 까지 가지게 된 데는 역시나 스스로의 힘에 대해서 어느 정도의 자신감을 가지게 되었기 때문이라고 할 수 있었다.

물론 그의 몸은 정상이 아니었고, 그 힘이란 것도 기껏 몸의 반신, 즉 왼팔과 오른 다리의 힘에 불과했다.

그러나 그 반신의 힘은 확실히 예전 정상일 때보다도 오히려 몇 배나 더 강해진 것 같았다.

싸움이 붙었을 때, 상대가 누구라도 일단 왼팔에 잡히기만 한다면 최소한 끝까지 붙잡고 늘어질 자신은 있었다.

물론 주먹이나 발길질에 맞지 않고 여하히 상대를 잡을 수 있느냐 하는 것이 관건이 되겠지만.

먼저 움직인 것은 오히려 조유진이었다.

조유진이 천천히 거리를 좁히며 다가서자, 다섯 놈이 일제히 몸을 긴장시키며 자세를 취했다.

그러나 조유진은 걸어가는 걸음걸이에 조금도 변화를 주지 않았다.

그의 거침없는 기세는 마치 자신의 앞을 막아선 놈들을 안중에도 두지 않는다는 듯했다.

"새끼! 서!"

다섯 중에서 두 놈이 조유진을 맞아 한 걸음씩을 내디뎠고, 그중 왼쪽의 놈이 한 손의 날을 세워 앞으로 뻗어내며 조유진의 목을 칠 듯이 위협하며 짧게 외쳤다.

그것은 그가 조유진에게 직접 타격을 가하고자 한 것이라기보다는, 조유진이 더 이상 거리를 좁혀 들어오는 것을 일단 견제하려는 의도로 보였다.

그런데 바로 그 순간이었다.

무언가 흐릿한 형체 하나가 허공을 희끗 가르는가 싶더니 두 번의 타격음이 동시에 울렸다.

팍!

퍽!

그리고 짤막한 비명이 잇달아 터져 나온 것은 바로 그 다음이었다.

"윽!"

"욱!"

두 놈은 풀썩 그 자리에 주저앉았다.

놈들은 각기 두 손으로 얼굴을 감싸쥐고 있었는데, 코피라도 터졌는지 손가락 사이로 붉은 피가 비치고 있었다.

순간 뒤쪽에 서 있던 세 놈이 잽싸게 뒤로 뛰었다.

담벼락 부근까지 서너 발짝을 뛰어갔다가 되돌아오는 놈들의 손에는 각기 각목이 들려 있었다.

아마도 녀석들은 미리 준비를 해두었던 모양이다.

그리고 그사이 주저앉아 있던 두 놈도 얼굴이 피투성이가 된 상태로 뛰어가서는 제각기 각목을 찾아 들고 왔다.

"개새끼들! 너네 둘은 오늘 죽었어!"

단단해 보이는 체격이 돋보이는 손일중이 앙다문 잇새로 말을 뱉었다.

그리고 그것이 신호이기라도 한 듯, 다섯 놈이 동시에 조유진을 향해 각목을 휘두르며 치고 나왔다.

붕!

붕!

조유진은 흠칫 각목을 피하며 뒤로 물러섰다.

아무리 몸이 빠른 조유진이라지만 순간적으로 대응할 방도를 찾지 못하는 듯 보였다.

또한 조유진이 혼자라면 좌우로 돌던지, 좀 더 공간을 넓게 써서 치고 빠지기라도 해보겠지만, 그의 뒤에 우두커니 무방비로 서 있는 김산을 두고는 아무래도 행동에 제약이 따르기도 할 것이다.

그래도 물러서는 중에도 조유진은 팔과 다리를 뻗어 거리를 재는 모션으로, 놈들이 마구잡이로 밀고 들어오는 것을 견제하고 있었다.

그러나 조유진은 연신 뒤로 밀리고 있었고, 그러다 자칫 포위라도 당한다면 일방적으로 뭇매를 맞는 수밖에 없는 상황으로 갈 것이다.

돌발 행동으로 상황에 변화를 가져온 것은 뜻밖에도 김산이었다.

그것은 누구도 예상하지 못한 과감한 행동이었다.

"우와앗!"

커다란 고함을 내지르며 김산은 앞으로 뛰쳐나갔다.

김산이 바라보고 달려나가는 상대는 바로 다섯 중 우두머리의 역할을 하는 손일중이었다.

다섯 놈 중에서 제일 세 보이는 놈 하나만이라도 붙잡고 늘어져 보자는 심산이었다.

물론 김산의 심산이야 그렇다고 하더라도, 막상은 상대를 붙잡기도 전에 한 방에 나가떨어질 공산이 다분해 보였지만 말이다.

그런데 상대의 바로 앞에까지 달려나간 김산의 몸이 마치 무엇에 발이 걸리기라도 한 것처럼 갑자기 푹 주저앉는 것이었다.

위태로운 동작이었지만, 그리고 조금 여유있게 생각해 보면 참으로 어설프기만 한 동작이었지만, 이를테면 그것은 일종의 태클이었다.

막상 김산 자신 역시도 그런 동작을 태클이라고 의도적으로 취했는지는 알 수 없는 일이었다.

어쨌든 그 예상 밖의 돌발적인 태클로 김산은 손일중의 두 다리를 잡아챌 수 있었다.

그리고 달려나가던 여력을 빌어서 그대로 어깨로 놈의 중심을 밀어붙임으로써 놈을 뒤로 넘어뜨릴 수가 있었다.

그리고 김산은 곧바로 손일중의 상체로 올라타며 그의 목을 제압했다.

물론 그가 자신하는 왼팔로 놈의 목을 단단히 휘감은 것이었다.

손일중은 자신이 당한 너무나 의외의 상황에 대해 잠시 정신이 없는 듯했다.

그러다가 자신의 목을 조이고 있는 것이 김산이라는 사실을 새삼 인식하고는 어이없다는, 그리고는 곧 죽일 듯한 분노를 뱉으며 김산의 왼팔을 젖혔다.

"이… 이 새끼가 뒈질라고!"

그러나 손일중은 자신의 목에 휘감긴 김산의 왼팔을 쉽게 벗겨내지 못했다.

"이… 이……?"

호리호리하다 못해 비리비리해 보이는 약골의 김산이었는데, 그래서 신경도 쓰지 않고 있었던 김산이었는데 막상 실제로 당하고 있는 처지의 손일중이 실감하는 김산의 힘이란 건 쉽게 상상하기 어려울 정도였다.

　손일중이 안간힘으로 발버둥치면서도 의외로 빠져나오지 못하고 버둥대기만 하고 있자, 그 옆에서 각목을 휘두르고 있던 놈들 중 하나가 조유진을 위협하는 중에도 잽싸게 다가와 김산의 옆구리며 등을 마구 발로 찼다.

　그러나 김산은 왼팔로 손일중의 목을 감아 쥔 채 두 다리와 허리를 잔뜩 오므렸다.

　마치 새우처럼 말이다.

　피하지 않고 차라리 몸으로 발길질을 견디겠다는 태세였다.

　그리고 끝까지 손일중을 풀어주지 않겠다는 악착같은 각오였다.

　김산이 보이는 악착에 오히려 다급해진 것은 조유진이었다.

　조유진은 각목에 몇 대 맞을 것을 감수하였는지 아슬아슬하게 각목을 피해내면서 김산 가까이로 접근했다.

　어느 정도 거리가 좁혀지는 순간 조유진의 몸이 제자리에서 껑충 도약해 올랐다.

그리고 허공에서 빙그르르 회전하며 도는 조유진의 발끝에 한 놈의 턱이 걸렸다.

퍽!

"큭!"

짧은 비명과 함께 한 놈이 펄쩍 튕기다시피 바닥으로 나가떨어졌다.

그러나 무리하게 취한 큰 동작 뒤에 틈을 보였는지 조유진 또한 등에 각목을 맞았다.

일시 조유진의 늘씬한 몸이 휘청하였으나 그는 이를 악물며 김산의 곁으로 다가섰다.

싸움은 일시 대치하는 형국으로 바뀌었다.

김산과 손일중은 여전히 한데 뒤엉켜 있었고, 그 곁에 지키고 선 조유진까지를 나머지 네 놈이 각목을 겨누며 에워싸고 있었다.

그 상태로 양쪽은 잠시 숨을 돌리고 있는 중이었다.

하지만 아무래도 불리한 것은 조유진 쪽으로 보였다.

지금까지 보여준 조유진의 싸움 스타일은 힘보다는 넓은 공간에서 빠른 몸놀림으로 치고 빠지며 상대를 부수는 것이었다.

그런데 지금은 김산으로 인해 제약을 받는 바람에 자신의 특기를 제대로 발휘하지 못하고 있는 것으로 보였다.

"씨발! 사정 보지 말고 까버려!"

네 놈 중의 누군가가 악에 받친 소리로 외치는 순간, 네 개의 각목이 다시금 마구잡이로 휘둘러지기 시작했다.

휙!

휘익!

얼마 지나지 않아 조유진은 간간이 한 대씩을 얻어맞고 있었다.

딱!

팍!

사실은 그 각목이 조유진은 물론 틈을 보아 바닥에 엉켜 있는 김산의 머리와 등까지를 가리지 않고 노리는 바람에 조유진은 김산을 대신해 자신의 팔뚝이나 등으로 각목을 막아내고 있는 것이었다.

물론 최대한 충격을 줄여 비껴 맞는 것이었지만, 그렇다고 타격이 없을 리는 없었다.

그러던 한순간, 내내 무표정하게 굳어 있던 조유진의 얼굴에 처음으로 표정이라고 할 만한 것이 나타났다.

조유진의 표정 변화는 그의 한쪽 입꼬리가 살짝 위로 치켜짐으로 인해서 일어났다.

그 작은 변화로 인해 조유진의 인상은 무덤덤한 것에서 차가운 것으로 바뀌었는데, 어찌 보면 그 인상은 냉정하다 못해 좀 잔인하다 싶은 느낌까지도 주는 것이었다.

그런 중에 조유진의 눈이 차갑게 사방의 바닥을 훑었다.

아마도 그는 손에 쥘 무엇인가를 찾고 있는 것 같았다.

5. 멘사, 그리고 탱크

한참 싸움에 열중(?)하고 있던 아이들은 알지 못했지만 그들이 싸우고 있는 곳으로부터 삼십여 미터 떨어진 화단 부근에서 좀 전부터 싸움을 지켜보고 있는 두 사람이 있었다.

하나는 보통의 체격이었으나 다른 하나는 눈에 띄게 굵고 우람한 덩치였다.

이미 소문이 날 만큼 났기에 지금 벌어지고 있는 싸움이 극진회의 싸움이라는 것을 모를 리는 없을 것인데, 그들 둘은 조금도 거리끼는 바가 없는 듯 오히려 사뭇 흥미진진하게 싸움을 구경하고 있었다.

"저런 치사빤스 같은 새끼들!"

문득 구경하던 둘 중 하나가 그렇게 말했다.

굵직한 저음이었고, 자세히 들으면 묘한 열기 같은 것이 느껴지는 목소리였다.

큰 덩치의 목소리였다.

그러자 옆에 있던 보통 체구가 바로 맞받아 핀잔을 주듯이 쏘았다.

"가마이 좀 있거라. 그놈의 급한 성질 좀 죽이라꼬 내가 누누이 말 안 하더나?"

"야! 니는 저 새끼들이 하는 짓거리를 보면서도 성질이 안 나나?"

"자들하고 우리하고 무슨 상관인데? 우리가 와 화를 내야 하는데?"

"아, 그거야……. 근데 이리로 오자고 가만히 있는 내를 잡아끈 건 니 아이가? 그라고, 아, 씨발! 그냥 화가 나는데 내보고 우짜란 말이고?"

"알았다, 알았어. 쪼매만 더 지키보자. 무슨 일이던지 상황 파악이 제일 중요한기라. 가마이 보께네, 저노마들도 제법 잘 버티고 있는 것 같으니까 쪼매만 더 지켜봐도 괜찮을 것 같다. 그라고 끼어들더라도 결정적인 순간에 끼어들어야 나중에 공치사라도 들을 수 있는 기라."

그리고는 다시 한참을 잠잠히 지켜보던 중에, 보통 체구가 다소 급하게 말을 뱉었다.

"야, 야! 탱크! 인자는 니가 가서 좀 말려야겠다. 저노마 자슥, 저거 잘못하다간 아주 큰일 칠지도 모르겠다."

그때 조유진은 땅바닥에서 뾰족한 돌조각 하나를 막 집어 들고 있는 중이었다.

탱크의 저음이 우렁우렁하게 공터를 울렸다.

"고마 해라, 새끼들아! 꼴랑 둘이를 두고 다섯 놈씩이나 우르르 떼거지로 붙어가꼬 다구리 까는 기 쪽팔리지도 않냐?"

난데없는 고함 소리에 독기를 품고 각목을 휘두르고 있던 네 놈이 순간적으로 움찔하였고, 그 잠깐의 틈은 치열하게 돌아가던 싸움판을 일시 멈추게 만들었다.

그리고 네 놈은 방금의 목소리의 주인공이 누구인지를 알아보고 나서는, 금세 곤란하다는 기색들이 되고 마는 것 같았다.

탱크는 각목을 꼬나 들고 있는 네 놈은 아예 안중에도 없다는 듯 유유히 그들의 사이를 지나쳐서는, 여전히 서로 엉킨 채 바닥에 뒹굴고 있는 손일중과 김산을 향해 사뭇 장난스럽게 말을 던졌다.

"어이, 바라, 바라! 너그들도 인자 고만 하고 좀 떨어지거라. 멀쩡한 교복 다 베린다 아이가?"

그런데 둘은 탱크의 점잖은 권유(?)를 따를 생각이 전혀 없는 듯 그대로 바닥에서 엉킨 상태를 고수하고 있었다.

사실은 손일중이야 당연히 일어나고 싶겠지만, 김산이 죽어라 목을 휘어감고서 놓아주지 않고 있으니 어쩔 수가 없는 상황이었다.

그사이 조유진은 손에 쥐고 있던 돌 조각을 슬그머니 바닥으로 떨어뜨렸다.

그리고는 무표정한 얼굴로 바닥의 손일중에게로 다가가더니 냅다 그의 옆구리를 후려 차버렸다.

퍼억!

"큭!"

제법 큰 충격이었는지 손일중이 외마디 신음 소리를 흘리며 호흡이 끊어지는 절박한 고통을 호소하였다.

그리고 조유진은 김산의 곁에 쪼그리고 앉으며 나직이 말했다.

"산아, 됐다. 이제 그만 해라."

손일중은 아직도 목이 불편한지 연신 고개를 좌우로 꺾고 있었다.

아닌 게 아니라, 녀석의 목과 턱 어림에는 선명하게 붉은 자국들이 남아 있었다.

놈은 분이 풀리지 않은 눈초리로 김산과 조유진을 번갈아 째려보고 나서 탱크를 향해 말했다.

"이건 우리 회 차원에서 하는 일이니까 너는 끼어들지 않은 게 좋을 거다."

탱크가 툴툴거리며 웃었다.

"흐흐! 니 지금 내 겁주는 기가? 회? 무슨 흰데? 내는 생선회 말고 다른 회는 잘 모른다."

그러자 손일중이 차갑게 대꾸했다.

"다시 한 번 경고하지만 이건 우리 극진회의 일이다. 함부로 끼어들면 다친다?"

손일중의 정색에 탱크는 오히려 장난스러운 기색이 되었다.

"아이구야? 무섭데이? 그란데, 극진회라꼬? 그기 뭐 하는데고? 내는 처음 들어보는 기라. 누가 그라는데, 몰라서 하는 건 큰 죄가 안 된다 카더만?"

그러다가 탱크는 문득 고개를 뒤로 돌려 누군가를 소리쳐 불렀다.

"어이! 이 봐라, 멘사야! 니는 극진흰가 뭔가 하는 거 들어본 적 있나?"

안 그래도 막 이쪽을 향해 느긋한 걸음으로 다가오고 있던 여동훈이 조금 걸음을 빨리 하면서 말을 받았다.

"극진회? 그기 뭔데? 우리 학교에 그런 것도 있었나?"

그들 둘이 주고받는 빈정거림에 대해 손일중이 화를 참지 못하고 욕을 뱉었다.

"이 새끼들이?!"

손일중에게 가까이 다가선 여동훈이 사뭇 진지한 투로 입을 열었다.

"어이, 손일중이! 내, 니 안다. 니도 내가 누군지 알고 있제? 그라고 여기 장훈이에 대해서도 아마 모르지는 않을 거다. 그렇제?"

여동훈의 싱겁기도 하고 엉뚱하기도 한 그 한마디에 어떤 다른 의미라도 있는 듯 손일중의 얼굴이 자못 딱딱하게 굳어지는 듯했다.

여동훈이 싱긋 웃는 모습으로 표정을 바꾸며 말을 이었다.

"나하고 장훈이는 이쪽으로 산책하러 왔다가 너희들이 싸우는 걸 보고 말린 거다. 그런데 그게 뭐 잘못된 거라도 있나? 만약 너한테 불만이 있다면 우리 제대로 한번 따져 볼까?"

"이……!"

손일중이 발작을 하려다가는 아무래도 뭔가 켕기는 것이 있는지 스스로 화를 삭이는 모습이었다.

여동훈이 여유만만하게 손일중을 살피고 있다가, 문득 나머지 아이들을 쭉 한번 돌아보고 나서 한결 부드러운 설득조로 말을 했다.

"어이, 친구들! 오늘은 이 정도로 하지? 여기서 억지로 진도를 더 나간다고 해서 좋을 일이 하나도 없다는 건 너희들도 잘 알 거 같은데. 그러니까, 이쯤에서 적당히 끝내자고. 응? 이제 곧 야자 시작이니까 그만들 교실로 돌아가자. 어이, 손일중이! 가자, 그만!"

마치 동네 골목에서 개구쟁이 아이들을 몰아내듯 손짓까지 해대는 여동훈의 거침없고도 사뭇 능글맞은 기세에 정말로 등을 떠밀리는 듯이 손일중과 그의 패거리들은 주춤거리며 걸음을 옮겼다.

그런데 아무래도 내키지 않는다는 모습으로 몇 걸음을 걸어가던 손일중이 문득 몸을 돌려 세웠다.

그리곤 기어코 몇 마디를 남기고서야 다시 걸음을 재촉했다.

"새끼들, 이걸로 끝이라고는 생각하지 마라. 금방 또 보게 될 거니까."

옷은 물론 얼굴까지 온통 흙투성이였다.

마치 싸움은 김산 혼자서 다 한 것 같았다.

정작으로 혼자서 넷을 상대하며 치고받고, 또 날고 긴 조유진은 멀쩡한 옷차림에 얼굴에 땀은커녕 상기된 기색조차 없었다.

탱크는 힐끗힐끗 조유진을 살피는 기색이었다.

아마도 다시 보인다는 묘한 인정(?)의 눈치일까.

"야! 너, 제법 치던데?"

탱크 장훈의 걸걸한 목소리에 조유진은 드러날 듯 말 듯하게 엷은 미소만 떠올렸다.

장훈은 조금 들뜬 듯한 모습으로 말을 이었다.

"요새 학교 안에서 떠도는 니 얘기는 많이 들었는데, 난 또 소문만 무성한 걸로 생각했지. 하여간 반갑다. 난 장훈이다. 이쪽은 여동훈이고. 알지? 우리 학교 공부 짱. 아마 전국으로 쳐도 못해도 손가락 안에는 들걸?"

그 말을 하는 장훈의 얼굴에는 마치 여동훈과 더불어 저 또한 공부 짱이기라도 한 듯이 은근한 자부심마저 떠올라 있었다.

그러나 정작으로 그 대단한 소개의 주인공인 여동훈은 깊숙한 눈길로 김산과 조유진을 살피고 있었다.

아마도 그들 두 사람에 대한 나름의 분석과 평가로 결론을 내리고 있는 모양이었다.

별난 놈들이었다.

여동훈과 장훈 말이다.

놈들은 난데없이 별일도 아닌 것을 가지고 저네들끼리 툭

탁거리기 시작했다.

그것도 서울과 경상도 어디쯤인지의 말투를 어지럽게 들락거리며 말이다.

시작은 여동훈이 먼저였다.

"짜슥아, 뭔 말을 해도 좀 형편에 맞도록 해야제, 니 지금 내 창피 줄라꼬 아주 작정을 한기가?"

"뭐라꼬? 내가 뭐, 내가 뭘 우쨌다꼬?"

"이 짜슥이 참말로 몰라서 그카나? 그라몬 니는 지금 야가 누군지 모른다 이 말이가? 야가 바로 김산이 아이가, 김산이! 저번 모의고사에서 전국 1등한 바로 그 김산이 말이다. 근데 야 앞에서 공부 짱이니 뭐니 캐싸믄 내가 얼매나 쪽팔리겠노?"

그러자 장훈이 슬쩍 김산의 눈치를 한번 보고 나서 조금은 작아진 소리로 중얼거리듯 반박했다.

"전국 1등은 무신, 바로 그 담 모의고사에서 전국이 아니고 전교 구십 몇 등으로 미끄러진 신화의 주인공 아이가?"

장훈의 그 반발에 대해 여동훈이 기세를 확 돋우었다.

"이 짜슥이 참말로 뭘 모르고 지껄이는 기가, 아이면 알고도 헛소리를 지껄이는 기가?"

"뭐가?"

"그기 더 어려운 기라 이 말이다."

"그기 뭔데?"

"아, 이런 돌빡이!"

"씨발! 그래, 내는 돌빡이다! 근데 니는 내가 돌빡 되는데 수고한다고 십 원짜리 한 개라도 보태줘 준 적 있나?"

"에라이, 문디 자슥! 니하고 말씨름하는 내가 그른 놈이제! 마, 고마 하자!"

여동훈과의 말싸움에서 확연한 판정패를 당하고 나서 짐짓 불퉁한 표정이 되어 있던 장훈이 문득 김산에게 엉뚱한 말을 붙였다.

"야, 니 김산이라 캤제?"

"어."

"니 부산에서 전학 왔다 카던데, 참말이가?"

순간적으로 이건 또 무슨 소린가 하여 김산의 대답이 애매해졌다.

"어? 어……."

김산의 전학 사유가 부산에서 이사를 온 것으로 된 것은 서울 시내에서 전학을 했다고 하면 무슨 문제가 있는 학생쯤으로 오해를 받을까 염려한 할아버지의 배려였다.

그리고 그러한 전학 사유는 이번 사태로 김산이 유명세를 타는 바람에 어찌 어찌 경로를 타고 유출이 되었던 모양이다.

김산의 애매한 반응 때문이었는지 당장에 장훈의 사뭇 의

심스럽다는 느낌이 나는 추궁이 있었다.

"뭔 대답이 영 시원찮노?"

"아, 아니, 그렇다고."

"그라모 무슨 동 출신이고?"

"동? 나… 남포동."

김산이 와중에 언뜻 생각해 낸 것이 언젠가 TV에서 본 적이 있는 부산제일의 번화가 남포동이었다.

"아, 남포동!"

마치 대단한 사실을 들었다는 듯이 일단 탄성부터 터뜨린 장훈은 곧바로 반가워 죽겠다는 몸짓을 했다.

"야, 반갑데이. 나는 해운대고, 멘사 저놈은 영돈기라."

옆에서 무덤덤하게 듣고 있던 조유진이 이윽고는 피식 웃고 말았다.

마치 억지로 출신 지역을 따져서라도 어떻게 한번 서로를 엮어보려는 장훈의 그 노력이 애처로울 정도로 가소롭게 보였던 것이리라.

"난 대신동이다."

그 말은 바로 조유진이 내놓은 것이었다.

"어?"

장훈은 조유진의 말에 대해, 그리고 그 진의에 대해 잠시 헷갈리는 눈치였다.

진짜인가, 아니면 비아냥거리는 것인가?

그러다 장훈이 가볍게 얼굴을 굳히며 물었다.

"부산에 대신동도 있나?"

조유진이 본래의 무덤덤한 얼굴로 돌아가며 다소 차가운 투로 물었다.

"니는 부산 출신이라매 대신동도 모르나?"

그 한마디의 직격탄이 장훈으로 하여금 바로 꼬랑지를 내리도록 만들었다.

"아! 아, 맞네, 맞아. 내가 잠시 착각을 했다 아이가? 그래, 대신동! 참말로 좋은 동네제! 안 맞나?"

그러나 호들갑과는 달리 장훈의 표정에는 여전히 부산에 정말로 대신동이 있는지 없는지, 그리고 조유진이 부산 출신이라는 말이 정말인지 거짓말인지에 대해 확신하지 못하는 테가 여실히 드러나 있었다.

한편, 부산을 중심어로 두고 주고받은 그 몇 마디의 엉뚱하고도 가벼운 농담에서 그들 넷은 자신들도 느끼지 못하는 사이에 하나의 친근한 동질 요소를 찾아내었는지도 몰랐다.

그리고 그 엉뚱한 동질 요소가 우습게도 서로 많이 달라 보이는 그들 넷을 거리낌없이 한데 어울리게 만드는 하나의 끈이 될는지는 더욱 모를 일이었다.

또한 그 끈이 이후로 오랫동안 끊어지지 않는 질기기 그지

없는 튼튼한 끈이 될 것인지는 더더욱 모를 일이었다.

바로 한 치 앞일지라도 미래에 일어날 일에 대해 알 수 있는 사람이 그 누가 있겠는가.

야자 1교시가 시작된 지는 벌써 한참이나 지났는데도 그들 네 사람은 그대로 공터 주변 화단의 나지막한 경계석 위에 나란히 앉아 있었다.

아무도 모의(謀議)를 주도하지는 않았지만, 어떻게 하다 보니 그들은 '땡땡이'의 공범이 되어 있었다.

여동훈은 내내 김산을 처음 본다는 듯이 너무도 천연덕스러웠다.

하긴 표준말과 어설픈 사투리를 번갈아 섞으며, 또한 진지한 천재 모범생으로서의 모습과 사뭇 건들거리는 양아치의 품새 사이를 묘하게 오가는 여동훈의 모습은 김산에게 한밤중의 새하얀 팬티로 선명히 남아 있는 어떤 유별난 녀석의 인상과는 아주 많이 달라 보이기도 하였다.

김산도 기왕에 그래왔던 것처럼 내처 그를 모르는 체하기로 했다.

그저 오늘 처음으로 말을 텄고, 나아가 서로 말이 통하고 의기가 투합된다면 이제부터 한번 사귀어볼 수도 있다는 마음으로 말이다.

알게 모르게 내내 조유진에게 집중되어 있던 장훈의 관심은 이제 김산에게로 옮겨와 있는 것 같았다.

아예 표시가 날 정도로 김산의 몸을 이리저리 살펴보던 장훈은 엉뚱한 말을 붙여왔다.

"야, 김산."

"어?"

"너, 제법 하는 것 같더라?"

"뭘?"

"아까 그 손일중이 새끼하고 붙었을 때 말이다. 그 새끼, 내가 직접 붙어본 적은 없지만 몸만 봐도 힘이 제법 만만치 않은 놈이라는 표시가 꽉꽉 나거든. 그런데 아까 보니까 너, 그 새끼를 아주 깔아뭉개고 있던데? 한 번도 뒤집히지 않고 말이야."

김산은 일시 대꾸할 적당한 말을 찾지 못해 그냥 픽하고 웃고 말았다.

그러자 장훈은 이제 표정에다 노골적인 호기심까지를 더하고는, 예의 그 변덕스러운 사투리로 말을 이었다.

"그기 그냥 되는 일이 아닌 기라. 니 몸을 보아서는 그런 힘이 나올 만한 구석이 쪼매도 없어 보이는데… 힘이 아니라 카몬 기술이라는 긴데… 니 무슨 운동 한 거 있나?"

김산이 순진한 척(?) 되물었다.

"운동? 무슨 운동?"

"아, 그런 거 안 있나? 무슨 레슬링이라든지, 아니몬 유도라든지, 씨름이라든지 등등, 뭐, 그런 거 말이다. 중학교 때나 초등학교 때라도 그런 거 해본 적 없나?"

"훗. 나는 지금까지 숨 쉬기 운동 말고는 운동이라고는 지대로 해본 적이 한 번도 없는데?"

"어, 그래? 그라몬 니 누구하고 맞짱 떠본 적은 많나?"

장훈의 질문이 그런 데까지 이르자 그때까지 나름으로는 성의를 가지고 대답을 해주던 김산이었지만, 이윽고는 손을 내젓고 말았다.

"나 그런 애 아니다. 말싸움 말고 이런 식의 싸움은 오늘이 처음이다. 사실은 나 아직까지도 떨리고 정신이 없어서 아까 내가 뭘 어떻게 했는지 하나도 생각이 안 난다."

그러자 장훈은 사뭇 과장되게 감탄을 늘어놓았다.

"이야! 그라모 이기 보통 일이 아닌 기라!"

그때 빙글거리며 두 사람의 대화를 듣고 있던 여동훈이 김산을 대신하기라도 하듯 슬쩍 끼어들었다.

"뭔 소리고?"

말상대가 바뀌었다는 데 대해서는 전혀 개의치 않고 장훈이 제법 진지하게 자신의 견해를 피력했다.

"김산이 말이다. 야 이거 혹시 타고난 쌈꾼 아이가 이 말이다. 그렇지 않고는 체격이 좋은 것도 아니고, 이래 약골에다 무슨 기술을 배운 것도 없고, 거기다가 오늘 처음으로 떠보는 맞짱에서 손일중이 같은 자슥을 그렇게 일방적으로 깔아뭉개 버릴 수는 없는 기라."

김산은 슬그머니 쑥스러워졌다.

한편으로는 묘한 기분이 들기도 했다.

그러나 결코 나쁜 것만은 아닌 그런 기분이었다.

그의 인생(?)에 누구한테 타고난 싸움꾼이라는 소리를 들어볼 날이 있을 것이라고는 감히 상상도 못해본 일이다.

그렇게 되지 못하는 자신에 대해 한탄하고 단 한 번만이라도 그렇게 되어보기를 소원한 적은 있었지만 말이다.

그런데 장훈에게서 대놓고 그런 말을 듣자니 어색하면서도 싫지는 않은 기묘한 기분이 들었다.

영 쑥스러운 마음에 슬쩍 돌아보니 마침 여동훈에 더해 조유진까지도 마치 장훈의 말에 새삼 수긍이라도 한다는 듯이 괜히 멀쩡한 눈길을 해가지고는 김산을 빤히 쳐다보는 중이었다.

김산이 문득 당혹스러운 마음에 애꿎은 장훈을 탓하고 말았다.

감히 탱크 장훈을 말이다.

"야! 거, 말도 안 되는 소리 그만 좀 해!"

그런데 장훈은 웬일로 씩 웃더니 정말로 입을 닫아버리는 것이었다.

여동훈은 약간 묘한 눈길로 장훈을 보고 있었다.

장훈이 원래 타고난 성질이 괄괄한 데다 불끈하는 성질까지 있어서 누구한테 조금이라도 싫은 소리를 듣고는 잘 참지 못하는 성질이었다.

그리고 그 성질이란 게 결코 만만치 않은 것이어서, 좀 전에 손일중이 그랬듯이 극진회에 소속된 아이들마저도 가능하면 장훈을 건드리지 않으려고 하였다.

물론 그런 데에는 장훈이 어느 패거리에도 소속되지 않은 완전한 독고다이였으나, 그래도 일 대 일로는 상대를 찾기 어려운 정도의 실력이 있으니, 되도록이면 가만있는 놈을 굳이 성질 건드릴 필요가 없다는 주의가 있는 것이었다.

어쨌든 그런 정도로 장훈의 실력과 성질은 전교적으로도 인정을 받고 있는 바가 있었다.

그런데 방금 김산의 말은 비록 무심결에 한 말이라고 해도, 그 다분한 비난과 명령조로 보아서는 자칫 장훈의 급한 성질을 건드릴 소지가 있었는데도 장훈은 심지어 웃는 얼굴로 입을 닫아버린 것이었다.

사실 지금까지 장훈에게 이것저것 가리지 않고 막말을 할 수 있는 사람은 학교 내를 통틀어 여동훈 혼자뿐이라고 할 수 있었다.

그런데 오늘 처음 만난 김산을 너무도 쉽게 포용하는 듯한, 혹은 쉽게 포용당하고 마는 듯한 장훈의 모습이 지금 여동훈의 기분을 묘하게 만들어놓고 있는 중이었다.

멘사 여동훈.

그는 명실 공히 호국고의 공부 짱이다.

1학년 때부터 전교 석차가 아주 가끔씩 드물게 바뀔 때를 제외하고는 거의 공식처럼 주로 여동훈이 1등, 그리고 이승조와 정들이 엎치락뒤치락하면서 2, 3등을 다투는 형세를 이어왔다.

여동훈은 소위 말하는 천재의 범주에 드는 녀석이었다.

그의 별명이 멘사가 된 이유도, 고1 때 측정한 그의 IQ가 놀랍게도 190이나 된 것이 소문난 때문이다(그 측정 방법에 신뢰도가 부족하다는 소리는 당연하게도 따라붙었지만).

물론 그가 정식으로 멘사(MENSA)에 가입한 바는 없었다.

여동훈은 지나칠 만큼 매사에 자신있어하는 성격이었고, 또한 세상에 어려울 게 없다는 낙관론자였다.

그러한 성격은 그의 비범한 두뇌와 맞물려서 다른 사람들에게는 은연중에 거만하고 오만한 느낌을 주는 측면이 있었고, 주위 사람들과 원만히 어울리지 못하는 이유가 되기도 하였다.

그러나 분명한 것은 학교 내의 누구도 그를 쉽사리 건드리지 못한다는 점이었다. 학생도 선생도.

사실 여동훈에게 공부 짱이란 것을 제외하고 나면 다른 특별한 점, 즉 달리 내세울 만한 것은 없는 것으로 알려져 있었다.

그러나 어쨌든 학교는 다른 모든 것에 우선해 성적으로 사람이 평가되는 곳이었다.

그리고 또 하나, 여동훈의 곁에 탱크 장훈이 늘 함께 어울린다는 것도 그를 건드리기 어려운 이유 중의 하나였다.

탱크 장훈.

그는 조유진과 마찬가지로 학교 내에서 소위 '전설'을 꼬리표로 달고 다니는 몇 안 되는 녀석 중의 하나였다.

그러나 조유진의 '전설'과 장훈의 '전설'은 질적으로 달랐다.

김산과 이승조의 그 애매하고도 이상한 갈등으로 인해 이번 사태가 불거지기 전까지만 하더라도, 그리고 그로 인해 조유진의 '전설'이 새삼 주목받기 이전까지만 하더라도 그랬다.

이전까지의 조유진이 아무도 사실이라고 믿어주지 않는

황당한 '전설'을 달고 다녔다면, 그에 반해 장훈은 누구나 인정하는 실제의 '전설'을 꼬리표로 달고 다니는 친구였다.

학교 내에서 일 대 일로 장훈과 맞붙어 이길 상대를 찾기 어렵다는 것에 대해 감히 이의를 제기할 사람은 없었다.

그러나 장훈은 성격적으로 서열과 규율을 강조하는 조직에 적응하지 못하는 체질이었다.

만약 억지로 그를 어떤 틀에 가두려 하거나 누르려 하면 차라리 반발하여 깨지고 말지 끝내 머리를 숙이지는 못하는 타고난 반골(反骨)에다 소위 독고다이 스타일이었다.

그러하기에 누구나 인정하는 싸움 실력에도 불구하고, 그리고 1학년 때부터 극진회의 선배 회원들이 그를 주목했음에도 불구하고 결국은 극진회에서 그를 조직으로 아우르는 것을 포기하였을 정도였다.

장훈은 1학년 초에 단 두 차례의 싸움을 벌였을 뿐 그 이후로는 지금까지 한 번도 누구와 싸워본 적이 없었다.

괄괄하고 다소 급한 성격임에도 불구하고 그 스스로 자신의 힘을 과시하거나 누구와 시비를 벌이는 것을 즐기는 성격이 아니었고, 또한 극진회에서도 한번 포기한 이래로 그에 대해 어떠한 간섭이나 시비를 만들지 않았기 때문이다.

하긴 학교 내에서 웬만큼 주먹 좀 쓴다는 녀석들은 모두 포용하고 있는 극진회에서 굳이 체질상 안 맞는다는 장훈에 대해 끝까지 연연해할 이유도 없었고, 더구나 특별히 모난 데 없이 가만히 잘 지내는 장훈을 굳이 건드릴 까닭도 없었다.

어쨌든 비록 혼자이긴 하지만 장훈은 쉽게 건드릴 수 있는 만만한 존재가 결코 아니었고, 더구나 멘사 여동훈이 늘 함께한다는 것도 그를 건드리기 어려운 이유 중의 하나가 되었다.

탱크와 멘사는 1학년 때부터 단짝이었다.

둘은 외모에서나 성격에서나, 그리고 성적도 극과 극이라고 할 수 있었다.

그러나 바로 그런 점 때문에 둘은 단짝이 된 건지도 몰랐다.

극과 극이기에 그들은 서로에게 부족하고 필요한 점을 보완하고 보충할 수 있는 사이인지도 몰랐다.

그들이 가진 몇 안 되는 공통점 중의 하나는, 그들 각자가 남들과는 다른 특이한 구석을 많이 가지고 있다는 점이었다.

그러기에 그들은 서로를 제외한 남들과는 잘 어울리지 못하는 외톨이였다.

또 한 가지의 공통점이라고 할 것은, 둘 다 어릴 때 잠깐이라도 부산에서 살았다는 점이었다.

그래서 그들은 두 사람의 공통점을 과시라도 하듯이 간간이 부산 말씨와 사투리를 섞어 쓰곤 했다.

사실은 제대로 된 부산 말씨와 사투리라고 할 수도 없는 것
이었지만 말이다.

6. 산사모

　김산과 조유진, 그리고 여동훈과 장훈은 그날의 일이 있은 뒤로 종종 함께 어울렸다.

　그들의 어울림은 처음에 두 개의 그룹(?), 즉 김산을 중심으로 하고 조유진이 포함되는 형태 하나와 여동훈이 중심이 되고 장훈이 포함되는 다른 하나의 그룹이 교류하는 형태의 만남이었다.

　고작 네 명을 두고 또 무슨 두 개의 그룹을 나누느냐 할 수도 있겠지만, 그만큼 각기 둘씩 이루어진 그들 단짝 간의 유대감은 특별하다 할 수 있었고, 더욱이 그들 각자의 개성은 특별하다 못해 유별난 것이었다.

오죽했으면 이전까지의 그들이 모두 각자 소속된 위치에서 왕따에 상응하는 지위(?)를 굳건히 고수(?)해 왔겠는가.

몇 번의 만남 이후 김산은 묘하게도, 그러나 자연스럽게 그들의 중심에 서게 되었다.

이유는 단 한 가지.

아이러니하게도 모두가 특별한 가운데 오직 김산 혼자만이 평범하였기 때문이다.

그래서 다른 세 사람 누구든지 대하기에 고루 편했기 때문이다.

김산을 중심으로 해서 그들은 점차로 서로 어울리는 시간이 많아졌다.

그러는 중에 그들끼리의 크고 작은 마찰과 갈등이 수시로 일어났음은 물론이다.

그러나 지지고 볶으면서도 그들은 자신들 사이에 뭐라고 딱 꼬집어 말할 수 없는, 그러나 지금까지 다른 사람들하고의 관계, 혹은 둘씩의 단짝 관계에서는 느껴보지 못했던 어떤 보다 넓고 큰 의미에서의 상호 간의 공통점과 친밀감의 요소들을 발견해 낸 듯하였다.

함께 어울리는 것이 막연히 좋다는 느낌에서 시작하여, 서로의 마음을 맞추고 나눈다는 것이 어떤 것인지, 그리고 마침

내 마음에 맞는 사람끼리 함께 어울리는 것이 얼마나 재미있고 신이 나는 일인지를 알게 된 것이다.

그런 시간들이 어느 정도 지나고 나자 그들은 조금만 시간이 나도, 혹은 다소 무리를 해서 억지로 시간을 만들어서라도 함께 어울리고자 했다.

좀 더 나중에 가서 그것은 일종의 중독처럼 되는 것 같았다.

하루에 한 번이라도, 그리고 잠깐이라도 모이지 않으면 괜히 뭔가 빠진 것같이 허전하고 불안해지기까지 하는 독한 중독 같은 것 말이다.

그런 것이 친구라는 것일까?

무슨 거창하게 고귀하고 품격 높은 의미로의 친구 말고 그냥, 그냥 친구 같은 친구로서의 친구.

여동훈이 특이하다는 것은 이미 경험해 본 몇 가지 사실만으로도 충분히 인정하고도 남음이 있는 김산이었지만, 여동훈과 본격적으로 어울리게 되면서부터는 더더욱 실감하지 않을 수가 없었다.

녀석 여동훈은 꿈도 참 특이한 꿈을 꾸고 있었다.

꿈.

소위 장래 희망이라고 하는, 김산 같은 보통의 고3은 대개

키우지 않는, 아니, 키울 꿈조차 꾸지 않는 그런 '꿈'을 말이다.

녀석은 어렸을 때부터 애국자가 되는 게 꿈이라고 했다.

"애국자? 왜? 어떻게?"

그런 한심하면서도 지극히 당연한(?) 의문에 대해 녀석의 대답은 참으로 잘난(?) 것이었다.

"우리의 역사는 대부분 약소국으로서의 역사였고, 지금도 그렇다. 내가 원한 것은 아니지만 기왕에 이 땅에서 태어났으니 무슨 수를 써서라도 이 나라가 세계를 들었다 놨다 하는 강대국이 되도록 만드는 게 내 꿈이다."

사실 다른 놈이 그런 소릴 했다면 담 약한 김산은 몰라도 입 건 장훈이라면 당장에 '지랄하고 자빠졌네' 정도의 즉각적인 반응을 보일 법한 대답이었다.

그런데 여동훈이다.

녀석이 그런 말을 하니 '잘난 놈은 꿈도 참 잘난 꿈을 꾼다' 싶어지는 것이었다.

녀석이 단순히 공부 짱에 멘사라는 별명으로 불릴 만큼 머리가 좋다는 이유만은 아니었다.

그동안의 짧은 사귐만으로도 녀석의 내면에 가히 발군이라고 할 만한 놀라운 집중력과 치열한 분석력, 그리고 낙관적인 성격 속에 감추어진 무서울 정도의 집념과 승부욕, 그리고 무엇보다도 자신이 하고자 하는 일에 대해 끊임없이 스스로를 태우고야 마는 뜨거운 열정이 있음을 어렴풋이나마 알아가고 있는 중이기 때문이었다.

어쨌든 녀석의 생각, 그리고 하는 짓 중에는 참으로 엉뚱하기 짝이 없는 것들이 많았다.

어릴 때 읽은 위인전기 따위에 보면 대개 역사적인 천재들의 속성이 그런 것이었지만.

녀석의 그러한 엉뚱함 중의 하나는 바로 소위 동아리의 발족을 주창한 것이었다.

단 네 명으로 시작하는, 그리고 여동훈이 세 번이나 강조했듯이 절대로 합법이 아닌 불법적인 동아리, 즉 학교와 학생회의 승인을 받지 않는 그들끼리만의 동아리를 결성하는 일이었다.

하긴 단 네 명으로 시작하며, 더 이상 회원 수를 늘릴 의지도 전혀 없으니 합법이고 불법이고 그딴 게 무어 그리 중요하랴.

특이한 놈들끼리만 모이자는 것이니, 네 명으로 구성하든 혼자서 난리를 치든 그딴 것이 또한 무어 그리 중요하랴.

그리고 그러한 주창(主唱)의 엉뚱함과 특별함조차도 막상 멘사 여동훈이 생각하는 전체에 비해서는 어쩌면 다만 말 그대로의 표면적인 것에 지나지 않을지도 모를 일이었다.

어느 날, 그들 불법 동아리 회원들은 생각지도 못했던, 정말로 치밀한 여동훈조차도 전혀 예상하지 못했던 뜻밖의 특별한 이단자 한 사람을 맞게 되었다.

사실은 이단자(異端者)가 아니라 이단녀(異端女)라고 해야 할 그녀는 바로 정들이었다.

그때 교실에서의 아이스크림 사건.

평범한 중에 점진적으로 자기 중심적인 생활로의 변화를 꿈꾸던 김산을 억지로라도 자존심을 내세우지 않을 수 없도록 만들어 버린, 그리고 이윽고는 지금의 이런 긴박하고도 각박한 상황으로 몰아붙이는 데 직접적인 단초가 되었던 그 사건 이후로 김산은 정들과는 소원하게 지내고 있는 중이었다.

정말로 무책임(?)하게도 정들은 그 이후로 한 번도 김산을 찾지 않고 있었다.

물론 그녀가 굳이 일부러 김산을 찾을 이유는 없었고, 김산 또한 정들에게서 또 한 번의 '예외'까지를 기대해 볼 수 있는 처지는 아니었다.

더구나 지금쯤은 대입(大入)이라는 일생일대의 거대 관문이 하루가 다르게 확연한 무게감으로 대한민국의 모든 고3들을 짓눌러 오는 때이니 보국고의 3학년들 중에서도 누가 감히 그 절대 명제 외에 다른 쓸데없는(?) 일에 잠시라도 한눈을 팔 여유가 있겠는가.

다만 김산 등 불법 동아리에 속한 몇몇 이단자들, 한 사람은 한눈 팔면서도 대입에 큰 문제가 없는 실력의 보유자이고, 나머지는 대입에 그다지 크게 목을 매지 않고 있는 별난 그들을 제외하고 말이다.

그녀, 정들은 김산과 여동훈 등이 어느 날부터 갑자기 찰떡궁합이 되어 어울려 다니는 데 대해 아마도 상당한 의아심과 호기심을 느끼게 된 모양이다.

어쩌면 그녀의 관심은 김산보다는, 더욱이 조유진이나 장훈보다는 멘사 여동훈에 대해서인지도 몰랐다.

아니, 필경은 그럴 것이다.

여동훈이야말로 그녀가 늘 관심을 가지고 있는 터였으니 말이다.

적어도 여동훈은 그녀가 자신과 비슷한 레벨로, 그 레벨들이 속하는 특별한 그룹의 일원으로 여기기에 충분한 조건을 가졌으니까.

그녀에게서는 그 누구에게도 지지 않겠다는 경쟁 심리 내지는 우월 의식이 은연중에 존재하는 것 같았다.

그러니 그녀가 비록 공부에 한정되어서이지만 늘 한 수를 접어주어야만 하는 여동훈에 대해 치열한 경쟁 의식 같은 것이 없을 리는 없었다.

그런 중에 여동훈이 요즘 들어 부쩍 공부 외에 딴짓(?)을 하는 모습을 보았다면 최소한 그 딴짓이 무엇인지에 대해 궁금해지는 것은 어쩌면 당연한 일이었다.

그리고 한편으로 여동훈이 하는 것만큼의 딴짓을 잠시 따라 해도 그녀 또한 자신의 성적 지위(?)에 그다지 큰 영향은 받지 않는다는 것을 스스로 확인하고, 또한 주위에 보여주고 싶은 마음이 생겼는지도 모를 일이었다.

만약 그녀에게 그러한 마음이 생긴 것이 사실이라고 한다면 그것은 곧 그녀의 그녀의 위치에서만 가질 수 있는 특별한 콤플렉스라고 할 수도 있을 것이다.

그것은 타고난 두뇌의 탁월함, 즉 천재성으로도 여동훈에게 조금의 차이는 몰라도 크게는 뒤지지 않는다는 자존심일 것이며, 어쩌면 뛰어난 사람이 자신보다 더욱 뛰어난 사람에게 어느 정도는 느낄 수밖에 없는 그런 독특한 콤플렉스일 것이다.

혹은 그런 것이 아니라면 그녀는 같은 레벨과 계층으로서 가지는 동류 의식에서 잠시나마 여동훈의 그 딴짓에 함께 동참해 볼 어떤 흥미 같은 것을 느낀 것은 아니었을까?

그 딴짓에 대해 특별한 계층들만이 감히 누려볼 수 있는 일종의 특별한 여유, 혹은 유희라는 색다른 관점을 가지고서 말이다.

과연 여동훈이었다.

여동훈은 그답게 간단한 포부를 말하는 것만으로 정들을 아직 이름도 정하지 않은 불법 동아리의 회원으로 영입해 들이는 수완을 발휘했다.

바로 그들의 불법 동아리가 학교 내에 존재하는 기존의 모든 아성에 대해 독야청청하도록 만들어갈 것이라는 포부였다.

김산은 여동훈의 포부가 말하는 그 아성 중에는 당연히 이승조의 아성이 포함된다고 생각했다.

그것이 순전히 김산 혼자만의 생각 내지는 착각인지는 모르겠으나, 어쨌든 그런 생각을 함으로써 여동훈의 그 포부가 김산 자신의 포부이기도 하다는 생각을 가지게 되었다.

정들이 여동훈의 포부에서 어떤 생각을 했는지 김산으로서는 짐작하기 어려웠다.

다만 정들은 비록 여동훈이 주도하기는 하지만 평범할 뿐인 김산과 겨우 평범을 면했다고 하더라도 기껏 소외받은 자들일 뿐인 조유진과 장훈이 그 구성원의 전부인, 작고 보잘것없는 모임 하나로 그처럼 당찬 포부를 말하는 여동훈에 대해 김산으로서는 쉽게 이해하지 못할 어떤 짜릿한 흥미를 느끼는 것처럼 보였다.

그러나 무엇보다도 김산에게 중요한 의미를 가지는 것은, 여동훈의 이 엉뚱한 짓이 그와 정들과의 거리를 전혀 기대조차 할 수 없을 정도로 가까이 좁혀놓으리라는 사실이었다.

이 일에 대한 정들의 그 이해 못할 흥미가 얼마나 지속될지는 알 수 없는 일이었으나, 어쨌든 그녀의 흥미가 지속되는 동안에는 그녀를 누구보다 가까이에서 볼 수 있고, 또 바로 가까이에서 그녀의 목소리를 들을 수도 있고, 좀 더 바란다면 그녀와 이런저런 말을 나눌 수도 있을 것이다.

그런 이유만으로도 여동훈의 엉뚱함은 적어도 김산에게는 조금도 엉뚱하지 않았다.

대신 실감을 넘어 절감하는 심정이 될 뿐이었다.

'역시 천재가 하는 일은 뭐가 달라도 다르다.'

"동아리 이름은 산사모로 하자."

다섯이 다 모인 첫 정식 회합에서 여동훈은 그렇게 제안했다.

다른 넷을 대번에 어이없게 만들어 버리는 제안이었지만, 머리 좋은 놈이 내놓은 제안이니만큼 누구도 섣불리 부정적인 말부터 꺼낼 수는 없었다.

정들이 크게 관심없는 척 스쳐 가는 투로 물었다.

"산사모? 무슨 뜻이야?"

"뜻은 뭐, 그냥 재미있잖아?"

역시 스쳐 가는 투로 하는 여동훈의 대답에 정들이 픽하고 웃었다.

"훗! 그냥 재미있으라고 지은 이름치고는 제법 풍취가 있는 것 같은데?"

"산을 사랑하는 모임이야."

역시 덤덤하게 하는 여동훈의 말에 정들은 문득 김산 쪽을 흘깃 보면서 묘한 표정이 되고 말았다.

"산? 무슨 산?"

그리고 그녀는 다시금 가볍게 터져 나오는 웃음을 참지 못하였다.

"풋! 혹시 김산?"

그러면서 그녀는 김산에게 미안하다는 듯 가볍게 눈웃음을 보냈다.

그러나 사실 김산은 조금도 기분이 나쁘지 않았다.

자신의 이름을 소재로 그녀가 그처럼 잇따라 웃을 수 있다는 것만으로도 괜히 뿌듯한 기분이 들기도 하였다.

정색을 한 것은 오히려 여동훈이었다.

"그래, 김산 맞아."

그러자 김산을 포함해 모두는 일시 멀뚱한 표정이 되고 말았다.

정들이 다분히 호기심과 흥미를 떠올리며 재차 확인하듯 물었다.

"정말 김산이라고? 그러면 '김산을 사랑하는 모임' 이란 말이야?"

정들의 말이 그렇게 구체적으로까지 표현되자 김산은 이윽고 당혹스러운 심정이 되고 말았다.

지금까지 김산은 흔히 말하듯 개나 소나 한 번씩은 다 해봤다는 초등학교 때의 그 흔한 반장 직함 한번 달아보지 못했다.

그러니 자신의 이름이 어떤 '대표성' 을 가져보기는—아직까지 합의가 되지 않았으니 정확하게는 가져보려 하는 중이었지만—지금이 처음인 것이다.

그것도 자신의 의지나 노력과는 전혀 무관하게 말이다.

또한 비록 겨우 자신을 포함해 회원 다섯 명의 승인도 나지 않은 불법 동아리를 '대표' 하는 것에 불과하지만 말이다.

"훗!"

정들이 다시 가볍게 웃음소리를 흘렸다.

그리고 묘한 여운이 도는 웃음을 방긋 지으며 말했다.

"이름이야 뭐래도 크게 상관은 없을 것 같은데, 그래도 이유는 알아야 하잖아? 왜 하필이면 산사모야?"

정들의 말속에 꼭 자신에 대한 반감이라도 있는 것 같아서 김산은 괜히 어깨를 움찔하고 말았다.

여동훈은 지극히 당연하다는 듯 가볍게 한번 어깨를 추고 나서 차분한 설명조로 말했다.

"우리의 중심에 김산이 있기 때문이지. 다시 말해, 우리가 함께하기 위해서는 형식적으로라도 어떤 구심점이 있어야 하는데, 지금 당장의 우리의 구심점은 바로 김산이다, 뭐, 대충 그런 뜻이지."

그때 장훈이 시큰둥한 표정으로 불만인 듯 콧바람을 내불었다.

"킁! 뭔 야그가 그렇게 어려우냐? 좀 쉽게 풀어봐라."

여동훈이 장훈에게 찡긋 눈총을 한번 주고 나서 다시 말을 이었다.

"다들 한번 생각해 봐라. 여기 있는 우리 다섯 사람 각자와 어떤 식으로든 의미를 둘 만한 개인적인 관계를 가지고 있는 것은 김산뿐이다. 그렇지 않니? 단적으로 얘기해서, 만약 김산을 뺀다면 우리의 이런 관계는 처음부터 없었을 것이라는 그런 말이다."

모두가 잠시 생각을 돌리는 중에 정들이 여동훈을 향해 물었다.

"그럼 혹시 너도 이렇게 만나기 이전에 산이와 어떤 개인적인 관계가 있기라도 했다는 거니?"

그때 여동훈이 힐끗 자신을 쳐다보는 바람에 김산은 또 한 번 죄 지은 것도 없이 어깨를 움찔하고 말았다.

아마도 여동훈이 말하는 그와의 개인적인 관계 때문일 것이겠고, 좀 더 구체적으로는 그 관계의 비밀이 밝혀질지도 모른다는 묘한 불안감 때문일 것이다.

그 비밀이 밝혀지는 것에 대해 정말로 불안해해야 하는 사람은 바로 여동훈이어야 함에도 불구하고, 그리고 지금 그 비밀을 언급하고 있는 것이 또한 바로 여동훈 자신임에도 불구하고 괜히 말이다.

여동훈이 김산의 움찔거림을 눈치 챘는지 빙긋이 웃으며 정들의 물음에 대한 대답을 했다.

"물론이지. 김산과 나는 이전부터 아주 특별한 비밀을 공유하고 있는 사이다."

정들의 얼굴에 진한 호기심이 떠오르는 순간에 장훈이 다시 끼어들었다.

"비밀이라꼬? 그라모 너그 사이에 내도 모르는 비밀이 있었다 그런 말이가? 도대체 뭐꼬, 그 비밀이라는 기?"

이 순간 장훈의 사투리는 꼭 자신과 여동훈과의 친밀감을 새삼 강조하는 한편, 마치 김산과의 비밀에 대해 은근한 질투라도 하는 듯 묘한 뉘앙스를 풍겼다.

여동훈이 짐짓 눈썹을 찡그리며 쏘았다.

"치아라, 자식아! 징그럽다, 마! 그리고 남자들끼리는 한번 비밀이면 영원한 비밀인기라!"

여동훈의 그 대답에는 김산에게 일시 생겼던 그 묘한 불안감을 해소시켜 주고, 동시에 사투리로 말을 받았다는 사실만으로도 장훈에게는 둘 사이의 친밀감을 재확인시켜 주는 묘미 같은 것이 있었다.

다만 정들은 여동훈의 '남자들끼리' 라는 표현에 대해 다분히 반사적으로 불쾌감을 떠올리고 있었다.

그것을 눈치 챘는지 여동훈이 조금은 급하게 화제를 돌렸다.

"우리가 누고? 그래도 보국고에서는 나름대로 한가락씩 한다 하는 인물들 아이가? 일단 뭉치기로 했으면 언제까지 갈지는 모르겠지만, 하는 동안에는 제대로 한번 뭉쳐야 할 거 아니겠나? 자, 우선은 리더부터 정하는 게 순서일 것 같다. 뭐, 복잡하게 할 것도 없고 각자 리더 감을 말해봐라. 내부터 하지. 이미 말했지만 나는 김산이 제일 적합하다고 생각한다."

여동훈이 혼자서 북 치고 장구 치고, 그야말로 일사천리로 진도를 나가 버리자 장훈과 조유진은 멍하니 여동훈의 입만 바라보고 있을 수밖에 없었다.

그리고 사실 여동훈의 말에 대해 이의가 있을 것이 없기도 했다. 아직까지는.

다만 정들이 다분히 어이없다는 듯 웃으며 말을 받았다.

"호호호! 야, 여동훈. 너 혼자 다 해놓고 나서 뭘 또 말해보라는 거니?"

여동훈이 짐짓 무슨 말이냐는 듯 어깨를 으쓱해 보였다.

정들이 그런 여동훈을 가볍게 한번 흘기면서 말을 보탰다.

"좋아, 다 좋다고 해. 조유진이나 장훈이가 다른 의견을 낼 것 같지도 않고, 나 역시도 누가 리더가 되는가가 그다지 중요하다고는 생각하지 않아. 다만 김산이 리더가 되어야 하는 이유에 대해서는 좀 더 명확하게 이해를 시켜줘 봐."

정들의 말에 섞인 가벼운 항변에 김산의 어깨가 또 한 번 가늘게 움찔하였다.

물론 김산도 정들의 그 같은 항변이 김산 자신에 대한 절대적인 의미의 항변이 아니라 다만 그들 특별한 사람들 중에 섞인 전혀 특별하지 못한 자신에 대한 비교적이고도 상대적인 의미의 항변이라는 것을 짐작할 수 있었다.

그러나 어쨌든 그 항변이 김산 자신에 대한 항변인 것은 분명한 만큼, 문득 자신을 정들의 항변의 대상으로 만들고 있는 여동훈에 대한 원망 같은 것이 생기는 것이었다.

막상 여동훈은 오랜만에 자신의 논지를 펼 수 있는 상황을 맞아 사뭇 여유있게 즐기는 듯한 기색이었다.

"우리 모두가 다 특별한 성격이라 좋은 말로는 개성이 넘치고, 나쁜 말로는 한마디로 지랄 같지. 우선은 나부터가 무슨 일이든 남에게 지는 것은 스스로 용납이 안 되는 지랄 같은 성격이고, 그건 정들 너 또한 크게 다르지 않을걸? 그리고 조유진이나 장훈이도 아무리 형식적이라고는 해도 어디 소속이 되거나, 더구나 남 밑에 있으라고 하면 참지 못할걸?"

순간 정들의 눈꼬리가 샐쭉하니 가늘어졌다.

그러나 그녀가 무슨 말을 꺼내기 전에 장훈이 먼저 걸걸한 목소리를 내뱉었다.

"제기랄! 멘사 니가 똑똑한 거야 세상이 다 아는 사실이지만, 그래도 오늘은 너무 똑똑한 척하는 거 아냐?"

장훈의 자못 거친 반응이 어느 정도는 자신의 심정을 대변한 탓인지 정들이 차분하게 여동훈의 말을 재촉했다.

"그렇다 치고, 그래서?"

"근데 김산 혼자만 평범해. 그것도 그냥 평범한 게 아니고 상당히 이상하게 평범하지."

자신의 말에 집중하고 있는지를 확인해 보듯 여동훈은 정들을 향해 씩하고 자못 의미심장한 미소를 지어 보인 후 다시 말을 이었다.

"말하자면 이런 거야. 보통의 평범한 애를 우리 가운데다 뒀다고 생각해 봐. 우리들 가운데서도 그 애가 여전히 평범할까? 아니지. 금방 주눅이 들어서는 평범 이하로 되고 말겠지.

내가 말하려는 건 바로 그런 점이야. 별난 우리와 함께 어울리면서도 본래의 자신에서 조금도 변하거나 굴하지 않고 꿋꿋하게 평범을 고수하는 김산의 평범이야말로 특별한 평범이라는 얘기지."

이번에는 장훈과 정들이 거의 동시에 반응을 보이고 있었다.

"니미, 아예 논술을 풀어라."

장훈의 반응이 그런 반면에 정들의 반응은 사뭇 깊은 호기심과 관심이 엿보이는 짧은 탄성 같은 것이었다.

"호오!"

여동훈이 장훈의 반응에는 신경도 쓰지 않고 여전히 정들만을 바라보며 말을 이었다.

"결국 특별한 우리들 중에서 김산의 평범함이야말로 오히려 가장 특별하다는 것이고, 그럼으로써 김산은 우리의 구심점이 될 자격이 충분히 있다는 거지. 그래서 산사모고, 또한 김산이 리더가 되어야 한다는 거야. 자, 또 이의들 있으면 얘기해 봐."

여동훈이 간간이 정들, 장훈의 말에 대답을 하는 외에는 거의 혼자서 대화를 주도해 나가는 동안, 김산은 내내 얼떨떨해 있었다.

그 대화의 핵심에 바로 자신이 있었음에도 불구하고 말

이다.

여동훈에게, 그리고 사뭇 피동적이기는 하지만 정들 등에게 이런 식으로라도 인정을 받는 날이 있으리라고는 상상도 못했다.

그들 각자가 나름으로는 학교 내에서 소위 짱의 위치에 있는 최고의 존재들에게서 말이다.

그러나 김산이 자신의 얼떨떨함과 야릇한 감회를 미처 추스르기도 전에 여동훈은 다시금 진도를 나가고 있었다.

"자, 그럼 이것으로 리더는 결정된 걸로 하고, 야, 김산!"

여동훈이 김산을 불러놓고는 김산이 대답을 하기도 전에 자신의 말을 계속했다.

"이제부터는 네가 넘버원이다. 우리 모임이 존재하는 한 말이지. 흠, 그 다음 넘버투는 당연히 내가 돼야겠지?"

그 대목에서 여동훈이 슬쩍 모두의 눈치를 살피고 나서, 혹 누군가 말을 끼어드는 것을 미리 방비하기라도 하듯 얼른 말을 이었다.

"하지만 말이다, 이미 말했듯이 김산 네가 잘나서 넘버원을 시켜주는 거는 아니니까 함부로 어깨에 힘주고 다닐 생각은 마라. 괜히 까불고 다니다가 언 놈한테 깨지기라도 한다면 여기 있는 다른 사람들 체면도 같이 깨지는 게 되니까 말야. 어쨌든 넌 우리들의 넘버원인데, 어디 가서 깨지고 다니는 꼴은 절대로 못 보겠거든?"

장훈이 표정으로는 싱글거리면서도 괜히 빈정거렸다.

"야, 야! 이러니까 꼭 우리가 정말로 무슨 조직을 만드는 것 같다, 야!"

여동훈이 짐짓 정색하며 강조했다.

"내가 이미 몇 차례나 말했지만, 우리가 일단 뭉친 이상에는 무엇으로 건 누구에게도 무시당해서는 안 된다는 거지."

장훈이 어깨를 으쓱하며 말을 받았다.

"호오? 제법 센데? 그러나 어쨌든 마음에는 든다."

"좋아. 일단 나도 이의는 없어. 하지만 순서는 다시 정해. 기준도 없이 너 혼자서 그렇게 일방적으로 정하는 건 인정하지 못하겠어."

한동안 가만히 듣고 있던 정들의 이의 제기였다.

여동훈이 자신의 양 손바닥을 모두 펴 보이며 정들에게 짐짓 인상을 썼다.

"어쩐 일로 네가 가만히 있는다 했다. 그럼 뭐냐? 혹시 다시 처음의 얘기로 돌아가서 네가 대장을 해야겠다, 뭐, 이런 말이냐? 이참에 아주 산사모 하지 말고 들사모로 할까?"

정들이 밉지 않게 쌩끗 웃으며 여동훈의 말을 받았다.

"그러면 속이 시원하겠는데, 너희들이 가만히 안 있을 거잖아? 그래서 말인데, 어차피 정해진 거니까 산이가 넘버원 하는 것은 어쩔 수 없다고 치더라도, 넘버투는 당연히 내 거야."

여동훈이 빙글거리며 추임새를 넣듯이 짧게 물었다.

"어째서?"

"야, 너, 혹시 그런 말 못 들어봤냐? 레이디 퍼스트라고?"

정들의 그 말에는 여동훈도 더 이상 할 말이 없다는 듯 고개를 가로젓고 말았다.

잠시 후, 여동훈의 눈길이 사뭇 위협적으로(?) 장훈과 조유진을 훑었다.

그러자 장훈이 알아서 긴다는 듯 투덜거렸다.

"니미! 알았다, 알았어. 뭐라 안 그럴 테니까 넘버쓰리는 니가 먹어라. 제길, 무슨 대단한 거라고 그딴 걸 가지고 생 지랄들을 떨어요, 떨긴. 야, 조유진! 넌 뭐 할 말 없냐? 넘버포는 니 거라거나, 뭐, 그런 거 없냐 말이다."

조유진이 그들 간의 대화가 시작된 이후에는 거의 처음이지 싶게 희미한 미소를 떠올리며 비교적 짧게 상황을 정리했다.

"난 상관없다. 너 하고 싶은 대로 해."

그러자 장훈이 넉살 좋게 웃으며 덥석 말을 받았다.

"그래? 흐흐흐! 그럼 내가 넘버포 할 테니까 넌 넘버파이브 먹어라. 사실 이 서열이나 줄이란 게 말이지, 남 앞에 선다고 해서 좋을 게 별로 없어요. 괜히 피곤하기만 하지 말이야."

7. 남자답게 된다는 것

"그런데 이제부터 뭘 할 건데? 하다못해 친목 도모를 한다고 해도 뭔가 매개(媒介)가 되는 좀 그럴듯한 서브젝트(subject)는 있어야 하는 거 아냐? 그리고 지금은 굳이 등록할 필요가 없다지만, 혹시 나중에라도 있을지 모를 괜한 오해와 말썽을 피하기 위해서라도 동아리로서의 대강의 명분과 얼개는 갖추고 있는 게 좋다고 생각해."

나름으로 생각을 정리해 두었던 것인지 정들의 말은 제법 치밀했다.

장훈이 진심이라는 듯 표정을 강조하며 짐짓 감탄했다.

"이야! 역시 머리 좋은 사람들은 생각하는 차원부터가 확실히 다르다니까?"

그러나 기껏 공들여 칭찬을 해주고도 장훈은 정들에게서 눈길 한번 받지 못했다.

장훈이 조금은 뻘쭘한 기색이 되어서는 슬쩍 말을 돌렸다.

"그래… 그럴듯한 서브젝트라……. 뭐가 좋을까? 흠, 축구는 어떨까? 축구 동아리 말이야?"

이번에는 여동훈이 장훈의 말을 가차없이 까버렸다.

"축구 같은 소리 하고 있네? 야! 여자 한 명까지 포함해서 꼴랑 다섯 명이서 축구는 무슨 놈의 축구냐?"

그러자 장훈이 간만에 전공 분야라도 만났다는 듯이 열의를 띠고 항변했다.

"어? 너, 축구에 대해 잘 모르는 모양인데, 어린애들 축구팀 중에는 이미 혼성 팀도 많아. 그리고 축구가 꼭 열한 명으로 해야 한다는 편견을 버려. 일 대 일이나 이 대 일로 하는 미니 축구도 있다고. 숫자 가지고 문제 될 건 없다니까? 그리고 우리끼리 하다 보면 나중에는 다른 애들도 가입하려고 몰려들지도 모르잖아?"

"짜식아, 말이 되는 소릴 좀 해라. 여기가 무슨 체고인 줄 아냐? 수학이나 논술 동아리도 아니고, 축구 동아리에 올 사람이 누가 있다냐. 그리고 난 싫다, 우리 외에 다른 어중이떠

중이들하고 얽히는 건."

그리고는 확 얼굴을 굳혀 버리는 여동훈에 대해 장훈이 덩달아 인상을 확 긁으며 투덜거렸다.

"새끼! 이럴 때 보면 천재가 아니라 완전 무슨 꼴통 같다니까?"

이어 장훈은 돌연 엉뚱한 쪽으로 불편한 심기를 돌렸다.

"야! 넘버원, 투! 골치 아프니까 결론은 너거 둘이서 알아서 좀 내봐라. 그 정도 서열 값은 좀 해야 하는 거 아이가?"

정들이 괜한 불똥에 어깨를 가볍게 으쓱하는 시늉을 했고, 역시 머쓱해진 김산이 무심결에 정들을 따라서 어깨를 으쓱했다.

결국 결론은 여동훈이 내렸다.

"이런 게 바로 오늘날 우리 세대의 문제라니까? 무엇이든 당장에 진도부터 나가야 하고, 금방 어떤 성과를 내고 말려는 조급함 말이야. 우리 모임은 이제 겨우 시작이라고. 좀 느긋하게 시간을 가지고 보아도 아무 문제가 없는 거 아냐? 아니, 무슨 매개니 서브젝트니 하는 것들이 꼭 있어야 하는 거니? 없으면 또 어때? 그렇다고 무슨 문제될 거라도 있니? 그리고 세상일이란 한 치 앞이 어떻게 될지 아무도 모르는 거라고. 어쩌면 미리 고민하지 않아도 앞으로 우리가 해야 할 일이 저절로 정해질지 또 누가 아냐?"

이런 때의 여동훈은 김산 등과 같은 나이 대가 아니라 적어도 삼, 사십대쯤이나 되어서야 가질 수 있는 연륜 비슷한 것을 보여주는 것만 같았다.

여동훈의 결론에 대해 정들이 고개를 끄덕였고, 따라서 김산이 고개를 끄덕이는 것으로 그들은 그날의 지리했던 논제를 모두 마감할 수 있었다.

따지고 논하는 것의 마감에 대해서 가장 신나 한 것은 여동훈을 제외하고는 가장 말이 많은 축에 속하는 장훈이었다.

그날 손일중과의 싸움은 김산에게 지금까지 감히 해보지 못했던 여러 가지 생각을 하도록 만들었다.

그 싸움에서 김산은 자신의 힘이 생각하고 있던 것보다 더욱 강하다는 것을 여실히 실감하게 되었다.

그 실감(實感)이라는 것은 그의 힘이 이전까지는 감히 엉겨볼 엄두조차 내지 못했을 손일중과 같은 대단한 존재에게까지도 통하는 정도라는 것을 새삼 깨닫게 된, 가히 획기적인 느낌이었다.

그리고 어떤 경우에는 어쩔 수 없이 싸움을 해야만 한다는 것 또한 김산이 절실히 깨달은 것 중의 하나였다.

적어도 스스로에게 비굴해지지 않으려면 말이다.

싸움은 어떤 경우에도 좋지 않은 것이라고 배웠고, 또 그렇게 여겨왔지만, 때로는 그것이 결국은 힘없는 약자들의 자기 변명에 불과할 수 있다는 사실에 대한 것이다.

스스로의 자존을 지키는 데 있어서 부딪쳐 싸우는 것 외에 는 다른 방법이 전혀 없는 상황에서, 힘이 없어 지레 굴복하 거나 굴욕을 당하고 넘어가는 것보다는 비록 좋지 않은 짓을 했다고 나중에 비난을 받는 한이 있더라도, 그리고 형편없이 깨지는 한이 있더라도 물러서지 않고 부딪침으로써 최소한 스스로의 자존은 지켜내야만 한다는 것이기도 했다.

손일중과의 싸움을 두고 장훈은 김산이 손일중을 완전히 압도했다고 평가했다.

그러나 사실 그것은 싸움이라고 할 것도 없이, 김산은 처음 부터 끝까지 오로지 버티기만 했을 뿐이다.

그것도 손일중에게 이기기 위해서가 아니라 맞지 않기 위 해서였다.

손일중이 주먹과 발을 쓰지 못하도록 바닥에 넘어뜨린 다 음, 목을 휘감고서 위에 올라타 그가 일어나지 못하도록 버티 고만 있었을 뿐이다.

사실 그것 외에 김산이 할 수 있는 일은 없었다.

정신도 없었거니와, 무엇을 어떻게 해야 할지에 대해 깜깜 하기만 했고, 더욱이 얼마나 세냐 하는 것 이전에 기껏 반쪽 짜리 기우뚱거리는 불완전한 힘으로 그가 무엇을 할 수 있었겠는가.

김산이 이윽고 생각한 것은 기술이었다.

'기술? 싸움의 기술이라 이거지?'

싸움.

떠올리는 것만으로도 가슴부터 쿵쾅거리는 그 낯설고도 부정적인 행위에 대해 김산이 그나마 편하게 뭔가를 물어볼 사람은 할배밖에 없었다.

조유진이 사실은 대단한 싸움 실력의 소유자라는 것을 벌써부터 알고 있었고, 또한 그 분야에선 명성만으로도 조유진을 압도하는 데가 있는 장훈이 곁에 있었지만, 김산은 그들에게 싸움에 관한 자신의 관심을 선뜻 털어놓을 수가 없었다.

우선 쑥스럽기도 했지만, 그 이전에 그것은 묘하게도 그의 자존심을 건드리는 데가 있었던 것이다.

그런데 그 묘하다는 것에 대해서는 김산 스스로도 구체적이지를 못했다.

조유진과 장훈은 이미 김산과는 차원이 다른, 그야말로 싸움의 고수들인데, 그들에게 싸움에 관한 몇 가지 관심사를 물어보고, 또 그들이라면 능히 들어줄 수 있을 것 같은 부탁 정도를 하는 게 왜 스스로의 자존심을 건드리는 일이 되는지에 대해서 말이다.

김산은 할배에게 자세한 얘기를 털어놓았다.

그날의 싸움에 대해서, 자신이 어떻게 상대를 넘어뜨렸고, 또 어떻게 제압하여 끝까지 버텨냈는지, 그리고 그 각 과정에서 자신의 기분과 심정이 어떠했는지에 대해서.

역시 할배는 진지하게 그의 말을 들어주었다.

한번도 가볍게 웃어 넘기지 않고.

할배의 진지한 경청에 용기를 내어 김산은 내내 망설이고 있던 얘기를 아주 조심스럽게 꺼낼 수 있었다.

"할아버지께 말씀 들은 적이 있어요. 할배가 예전 젊었을 때 대단한 주먹이었다고."

할배는 일순 어깨를 움찔하는 듯했으나 이내 담담한 미소를 떠올렸다.

"허허허! 어르신께서 그런 말씀을 다 하셨습니까? 어르신도 참."

그리고 할배는 가만히 고개를 가로저었다.

"그저 도련님 재미있으라고 하신 말씀일 겝니다."

김산이 여전히 조심스러우면서도 약간은 은근한 투로 다시 말했다.

"만약 그 길로 계속 가셨다면 할배도 김두한이나 이정재 정도까지는 몰라도 크게 뒤지지 않는 명성을 얻었을 거라고 하시던데요?"

그러나 할배는 여전히 담담하기만 하였다.

"괜한 말씀이래도요. 하긴, 저와 비슷한 시대를 살아온 사람치고 젊은 한때의 무용담이 없는 사람이 어디 있겠습니까마는……."

할배의 그 느긋함은 김산으로 하여금 더 이상 말을 꺼내지 못하게 만드는 데가 있었다.

그리고 두 사람 간에는 약간의 어색한 침묵이 흘렀다.

"어떻게 하면 싸움을 잘할 수 있을까요?"

짐짓 어렵게 꺼낸다는 기색이 역력한 김산의 그 말에 할배의 미소가 좀 더 짙어졌다.

그리고도 한동안 뜸을 들이고 있던 할배가 이윽고 입을 열었다.

"운동을 해보시는 것은 어떻겠습니까? 싸움을 잘하게 될지는 모르겠으나, 몸과 마음을 단련하는 데는 분명 효과가 있을 겁니다."

"그럼 할배가 제게 운동을 가르쳐 주실 건가요?"

"허허허! 저는 이때까지 제대로 된 운동을 배워본 적이 한 번도 없습니다. 도련님께서 운동을 배우시겠다면 어르신께 말씀을 드려보십시오. 그러면 어떤 종목이건 바로 유능한 개인 사범을 구해주실 겁니다."

대화의 핀트가 자신이 원하는 방향과 계속 어긋나자 김산은 이윽고 약간 시니컬한 표정이 되고 말았다.

"훗! 제 몸이 아직도 정상이 아니라는 건 누구보다도 할배가 잘 아시잖아요. 몸의 반쪽밖에는 제대로 힘을 쓰지 못하는, 말 그대로 반쪽짜리 몸인데 무슨 운동을 제대로 배울 수 있겠어요?"

할배가 더 이상은 여유를 부리지 못하고 정색하며 말했다.

"그러면……?"

"모르는 사람에게는 배우고 싶지 않아요. 제 몸 상태를 가장 잘 이해하고 있는 할배한테 배우고 싶다고요."

김산의 목소리가 은연중에 열기를 띠어가자 할배는 짐짓 당혹스러운 기색이 되고 말았다.

"허허! 도련님께서 저를 편하게 생각하시는 것이야 모르지 않지만, 그러나 말씀드렸다시피 제대로 된 운동 하나 배워본 적이 없는 제가 도련님께 가르쳐 드릴 게 특별히 뭐가 있겠습니까?"

"저도 흔한 운동 같은 것은 배우고 싶지 않아요. 제가 배우고자 하는 것은 말 그대로 싸우는 방법, 싸움의 기술이라니까요. 실제 상황에서 써먹을 수 있는 실전 기술 말이에요. 할배는 예전에 싸움을 많이 해보셨다니까 분명 그런 기술들을 많이 알고 계실 거 아니에요."

김산이 은근히 몰아붙이는 듯하자, 할배는 이윽고 가만히 한숨을 내쉬고 말았다.

"휴우! 어르신께서 도대체 어떻게 말씀을 하셨길래……."

그리고 할배는 표정을 가다듬고 나서는 차분한 어조로 말을 이었다.

"도련님, 제가 소싯적에 철없이 주먹을 좀 휘둘러 본 건 사실입니다. 그러나 도련님께서 상상하시는 것처럼 무슨 대단한 주먹까지는 결코 아니었고, 그냥 제 한 몸 지킬 정도였을 뿐입니다."

김산이 기다렸다는 듯 얼른 말을 잘랐다.

"그 정도면 충분해요. 저도 제 한 몸 지킬 정도만을 원하는 걸요."

할배가 문득 웃으며 말을 다시 꺼낸 것은 한참이 지나서였다.

"허허허! 우리 도련님께서 아주 단단히 작정을 하신 모양이니, 저로서도 더 이상은 어쩔 수가 없군요. 이렇게 하도록 하지요. 그냥 산책 삼아 밤마다 저랑 한두 시간씩 같이 운동을 하는 걸로요."

이어 할아범은 진정으로 염려가 된다는 듯 말을 덧붙였다.

"어르신께는 절대 비밀입니다? 만약 어르신께서 아셨다가는 저에게 벼락이 떨어질 겁니다."

김산의 얼굴에 마침내 빙긋 만족스러운 미소가 떠올랐다.

이미 스스로도 말했듯이, 할배의 '기술' 은 체계가 있는 것이 아니었다.

그리고 무슨 자세나 품새 같은 것이 딱히 정해져 있어서 시범을 보이는 것도 아니었다.

다만 생각날 때마다 하나씩 불쑥불쑥 말하곤 하는, 그냥 일종의 '강의' 같은 것이었다.

그러나 그렇게 순서도 없이 말로만 하는 할배의 '기술' 은 매번 김산에게 생생한 느낌으로 와 닿곤 했다.

또한 그 말을 듣고 있는 순간에는 마치 어떤 상대와 싸움을 벌인다고 해도 어떻게 하든 한번 붙어볼 만하겠다는, 김산 스스로 생각해도 막연하다 못해 황당하기까지 한 자신감마저 드는 것이었다.

아마도 그 '강의', 혹은 '기술' 들이 모두 그야말로 할배의 직접적인 경험에서 우러나온 것이기 때문이지 않았을까?

8. 할배의 기술

　"싸움하는 기술이요? 싸움하는 데 무슨 특별한 기술이 필요할까요? 허허허! 도련님께서 싸움을 한댔자 무슨 죽이고 살리는 대단한 싸움도 아닐 것이고, 그냥 치고받거나, 아니면 바닥으로 뒤엉키고, 조금 대차게 나간다 해도 기껏 잡히는 대로 주변 물건이나 집어 던지고 하는 정도이겠지요."

　할배의 첫 강의는 그렇게 시작되었다.

　"제 경험상으로는 기술보다는 '깡' 이 가장 중요합니다. 흔히들 기 싸움이라고 하고, 보통은 초반의 눈싸움으로 판가름이 나지요."

"그게… 그게 안 되면… 요?"

김산의 떨떠름한 기색에 할배는 짐작한다는 듯이 빙그레 웃었다.

"가슴부터 마구 떨리지요? 다리가 저절로 후들거리고. 그게 두려움이란 겁니다. 상대에 대한 두려움일 수도 있고, 싸움 자체에 대한 두려움일 수도 있지요."

마치 자신의 심정을 훤히 꿰뚫고 있다는 듯한 할배의 말에 김산은 차라리 시원함을 느꼈다.

할배는 잔잔한 목소리로 말을 이어갔다.

"두렵거든, 그래서 상대를 마주 보기도 어렵거든 그냥 맞아주겠다고 생각하고 무조건 상대를 향해 달려드는 겁니다. 계속 맞으면서도 절대 물러서지 말고 무조건 밀어붙이는 겁니다."

"그러다 제가 먼저 못 견디게 되면요?"

조금은 동감하기 어렵다는 듯한 김산의 반론에 할배는 싱긋 웃었다.

"그럼 져야지요. 그리고 다음부터는 아예 싸움 같은 건 할 생각도 말아야지요."

"아니, 그게 무슨……?"

튀어나오는 김산의 항변을 할배는 침착한 목소리로 가로막았다.

"상대를 누를 깡이나 기가 안 된다면 최소한 스스로 미치기라도 해야 합니다. 상대가 봤을 때 '저 자식, 미쳤다'고 할 정도로 말입니다. 그러면 상대방은 저도 모르게 어느 정도 기가 죽게 마련입니다. 그리고 자기 자신도 웬만큼 맞아도 크게 아픈 줄 모르게 되고, 투지와 기운도 더 나게 되는 법입니다. 싸움은 그렇게 시작하는 겁니다."

〈할배의 기술〉

"규칙을 정해놓고 하는 대결이 아닌 진짜 싸움에서는 뛰어난 무술 고수가 뒷골목의 깡패한테 어이없이 당하는 경우가 비일비재합니다. 진짜 싸움에서는 실전 경험의 차이와 함께 반드시 이겨야겠다는 집념, 즉 흔히 말하는 악과 깡이 무술 기법의 난이도보다도 오히려 훨씬 더 중요하다는 것이지요. 싸움에서 가장 우선시되어야 할 것은 상대에 대한, 혹은 싸움 그 자체에 대한 두려움을 극복하는 일입니다. 그리고 자신감이야말로 싸움을 이기는 가장 큰 요인입니다."

*   *   *

하나의 소문이 빠르게 학교 전체로 돌고 있었다.

김산과 정들이 사귄다.

그 소문에 관해 누구도 공개적으로 호기심을 표하거나 진
상을 캐려는 시도는 하지 못하였지만, 모두에게 그 소문은 은
연중에 커다란 파문을 일으키고 있었다.

그것은 소문의 주인공이 바로 정들이기 때문이었다.

더욱이 김산이기 때문이었다.

김산이라는 존재는 결코 정들과 어울리지 않는다는 관념
과 상식이 모두로 하여금 더욱 소문에 대해 민감하도록 만들
었다.

또한 정들에게는 이미 가장 잘 어울린다고 인정받는 다른
존재가 있었기에, 모두는 그 소문을 관심거리로 내놓고 말하
지는 못하고서 괜한 눈치를 보며 수군거렸다.

소문에 대해 김산이 어떤 곤란한 입장과 당황스러운 기분
이 되었는지를 짐작해 보기 이전에 정작, 그리고 상식적으로
가장 큰 곤란을 당하고 있어야 할 정들은 오히려 그 소문을
즐기고 있는 듯하였다.

마치 소문에 반발이라도 하듯, 혹은 시위라도 하듯이 소문
이 본격적으로 돌 때쯤에 정들은 보란 듯이 정말로 살뜰하게
김산을 챙기기 시작하였다.

두 사람은 같이할 수 있는 거의 모든 시간을 함께 붙어 다녔다.

서로가 고3이니 그 시간이래야 기껏 점심시간과 저녁 시간 정도에 불과했지만.

또한 그나마 대부분은 산사모의 구성원들과 함께 어울리는 것이었지만.

그러나 그런 정도만으로도 그것은 대단한 사건일 수밖에 없었다.

그것은 역시 그녀가 정들이기 때문이었다.

보국고의 퀸으로서 이전까지 그녀가 보여왔던 그 고고하고도 도도했던 모습들이 있었기에.

그리고 역시 김산 때문이었다.

너무나 평범하여 정들 옆에서의 존재감이 더욱 돋보이는(?) 김산이었기에.

어쨌든 김산과 정들이 사귄다는 것은 이제 누가 보더라도 분명했다.

그리고 그중에서도 주도적이고도 적극적인 것이 정들이라는 것도 확연했다.

상대적으로 김산은 주제 넘고 분수에 넘치는 호강과 호사에 어쩔 줄을 몰라 하는 모습으로 주변에 비치고 있었다.

그런 김산의 모습은 묘하게도 보는 이들로 하여금 무시와 동시에 동경을 일으키게도 하는 것이었다.

　김산은 정들에게서 문득문득 일종의 양면성, 혹은 이중성 같은 것을 느낄 때가 있었다.

　근래에 정들이 자신을 대하는 태도에서는, 소문에 대해 김산이 걱정하거나 두려워하지 않도록 배려하고 보호하려는 모습을 볼 수 있었다.

　그러나 한편으로 그녀는 자신이 중심이 된 소문이 야기하는, 그리고 야기할 것으로 예측이 되는 어떤 특별함 내지는 위험스러운 상황들에 대해 기대감 내지는 일종의 막연한 스릴 같은 것을 느끼고 있지 않나 하는 생각이 들 때도 있었다.

　요즘 들어 김산은 정들에 대해 그녀가 때때로 충동적이 되어간다는 느낌을 가질 때가 있었다.

　오늘 저녁 시간만 해도 정들은 그럴 만한 특별한 일이나 이유도 없이, 굳이 조유진이나 여동훈 등을 따돌리고서 김산과 둘만의 시간을 가지고자 했다.

　최근의 소문에 대해 늘 굉장한 부담을 느끼고 있는 김산이었으나, 그에게는 그런 정들을 말릴 방법이 전혀 없었다.

　사실은 부담스럽고 걱정이 되는 중에도 문득문득 이게 꿈이 아닐까 싶을 정도로 황홀하리만큼 좋기도 했다.

*   *   *

"싸움에서 가장 쉽게 이길 수 있는 방법은……."

그렇게 김산의 관심을 끌어놓고 나서 조금 뜸을 들인 할배의 얼굴로 약간은 짓궂은 미소가 지나갔다.

마치 달동네 좁은 골목에서 대장질하는 아이처럼.

"제일 좋은 건 상대의 주먹 앞에 곱게 얼굴을 들이대는 겁니다. 그리고 침착하게 말하는 겁니다. 이렇게요. 어이, 쳐 봐라. 니 돈 가진 만큼 한번 마음대로 쳐봐라."

"쳇!"

김산의 노골적인 빈정거림을 대하면서도 할배는 얼굴의 웃음기를 지우지 않았다.

"싸움에서 궁극적으로는 지는 것이 곧 이기는 것이란 말씀입니다."

이윽고는 피식 웃고 마는 김산을 보면서 할배의 목소리가 다시 진지해졌다.

"반드시 해야만 하는 싸움이라면, 또 그럴 만한 가치가 있는 싸움이라면 반드시 이겨야만 하겠죠. 싸움 자체가 본래 나쁜 것이지만, 그런 중에서도 꼭 해야만 하는 싸움에서 지는 것이야말로 더욱 나쁜 것으로 되고 마는 법이니까요. 싸움이란 철저하게 결과만이 존중받는 행위입니다. 과정 따위는 아무도 알아주지 않는 법이지요."

할배의 기색에서 언뜻 한자락의 차가운 기운을 느끼며 김산은 자신도 모르게 흠칫 긴장하고 말았다.

할배의 말이 차분하게 이어졌다.

"일단 싸움에 들어갔다면, 한 방에 상대를 눕히는 것이 가장 좋은 결과입니다. 기술이니 뭐니 해서 어지럽게 손발을 놀려대는 것보다, 단 한 방에 상대를 눕히는 것이야말로 최고의 기술입니다. 소위 일격필살, 일발필도라는 것이지요."

〈할배의 기술〉

"자신의 마음을 통제할 수 있게 되었다면, 그 다음은 눈입니다. 별다른 기술을 가지고 있지 않아도, 다만 상대의 움직임을 제대로 정확하게 보는 것만으로도 대부분의 싸움은 이미 이긴 것이나 다름없습니다. 정확하게 본다는 것은 바로 상대의 틈을 본다는 것이고, 그 틈을 찌르는 데는, 다만 적당한 정도의 속도와 힘과 정확성만 있으면 되는 것이지, 별달리 특별하거나 고급스럽거나 고난이도의 화려한 기술 따위는 필요 없는 법이거든요. 고급 기술이나 난이도가 높은 기술이란 게 대부분 상대의 눈을 속이려 함이거나, 혹은 상대의 반응을 미리 예측하여 몇 가지 경우의 수비와 공격을 한꺼번에 취하는 정도이니까요."

　날이 갈수록 할배의 기술은 점차로 어려운 부분으로 들어가고 있었다.

　물론 할배의 기술은 대부분 시범조차 보이기 어려운, 그야말로 '강의'에 불과할 뿐이어서 김산은 과연 자신이 만약 실전을 치르게 된다면 할배의 기술 중에서 막상 써먹을 수 있는 게 몇 가지나 될까, 아니, 단 한 가지라도 있을까 하는 회의가 들기도 하였다.

　그러나 다만 할배가 '강의' 중에 묘사하는 상황과 그 상황에 대처하는 마음의 자세 등등에 미리 익숙해지는 것만으로도 최소한, 아주 약간의 도움은 될 것 같다는 생각이 들었다.

　어쨌든 할배의 얘기는 지루하지 않고 재미가 있었고, 무엇보다도 매일 한밤중에 할배와 갖는 그 오붓하고도 정겨운 시간이 좋았다.

　두 사람의 밀회(?)에 대해 할아버지는 대강 눈치를 채신 듯하였다.

　그리고 가끔씩은 시샘(?)의 눈치가 보이기도 하였다.

　그러나 할배에게도 김산에게도 그 한밤중의 시간만큼은 절대로 엄수해야 할 비밀 중의 비밀이었다.

할배는 무술에 대해 제대로 배운 것이 없다고 누차 말하였지만, 매일 저녁의 '강의'가 어느 정도 진도를 나간 다음부터는, 적어도 김산이 판단하기에 그는 종종 무술 고수들이나 할 수 있는 수준의 말을 하곤 하였다.

신기한 것은, 김산으로서는 난생처음 들어보는 할배의 그 생경한 용어들이, 그리고 나아가 그 용어의 조합이 의미하는 바를 김산은 왠지 친숙하게, 그리고 비록 두루뭉술하지만 그런대로 그 전체적인 의미를 이해할 만하다는 심정으로 듣고 있다는 점이었다.

그리고 가끔씩은 마치 할배의 '강의' 중 미진한 부분을 보충하기라도 하듯, 혹은 앞질러 나가기라도 하듯이 묘하고도 방대하기까지 한 정보들이 저절로 김산의 머리 속에 퍼뜩 떠올랐다가 사라지기도 한다는 것이었다.

김산으로서는 본 적도 없고 들어본 적도 없는 그런 미지의 정보들이 말이다.

신기하다 못해 참으로 황당하기까지 할 노릇이었지만, 다행스러운 것은 김산이 이미 자신의 내면 속에서 가끔씩 발생하는 그런 이상한 현상 내지는 상황에 대해 이제는 어느 정도 익숙해져 있다는 점이었다.

"혹시 발경(發勁)이라는 것에 대해서 들어보신 적이 있습니까?"

할배의 그 물음에 대해 김산은 당연스럽게 고개를 저었다.

"발경이요?"

할배가 가만히 김산을 바라보고 있다가 다시 물었다.

"경(勁)이 무엇인지 아십니까? 그리고 힘[力]과 경이 어떻게 다른지에 대해서도요."

"……?"

그만 멀뚱해지는 김산의 표정에 할배는 빙그레 웃음을 떠올렸다.

"허허허! 그냥 그런 게 있다는 것으로만 알아두셔도 될 것입니다. 그리고 사실은… 저도 말로만 들었을 뿐 자세한 내용을 알거나, 더구나 경험해 본 적이 없으니 도련님께 뭐라고 말씀드릴 수 있는 것이 없기도 합니다. 그리고 기껏 싸움을 얘기하면서 발경을 얘기한다는 자체가 우스운 일일 것입니다. 발경을 논하는 단계라면, 이미 그것은 싸움 따위가 아니라 무술, 혹은 무도의 차원이라고 말할 수 있을 것이기 때문입니다. 제가 반푼 어치의 지식이나 경험도 없으면서 다만 귀동냥으로만 주워들은 풍월로 발경이니 경이니 하고 언급을 해보는 것은, 지금까지 제가 주제 넘게도 싸움에 대해 이러쿵저러쿵 가소로운 말씀을 도련님께 드렸지만, 정말로 바라는 것은 저의 얘기가 도련님께 다만 자신감을 가지는 계기로만 되었으면 하는 마음이지, 혹시라도 그 이상의 허황된 마음으로는 되지 않기를 바라기 때문입니다."

할배의 말이 잔잔히 이어졌다.

"싸움이건 무술이건, 혹은 무도이건 그쪽 방면으로의 고수는 무수히 많아서 고수일수록 스스로 겸손해지지 않을 수 없는 세계가 또한 그쪽 세계라고 합니다. 소위 고수들이라고 하는 사람들이 하는 얘기들을 들어보면, 가장 강한 사람이란 남을 이기는 사람이 아닌, 바로 자기 자신을 이기는 사람이라고 합니다. 그리고 자기 자신을 이길 수 있는 사람은 결코 싸움을 하지 않는다고 합니다. 애초부터 싸움을 만들지도 않거니와, 불가피하게 상대를 이겨야 한다면 싸움 이외의 다른 방법으로 이길 방도를 찾는다는 거지요."

김산에게 간곡하게 전하고자 하는 할배의 말인즉슨, 결국 가장 좋은 것은 싸움을 하지 않는 것이며, 뛰는 놈 위에는 항상 나는 놈이 있으니 진짜 싸움을 잘하는 사람일수록 몸을 사리고 조심을 하는 법이란 정도의 의미를 전하고 싶은 모양이었다.

김산이 그렇게 할배의 말을 이해하고 있는 중에, 그의 머리 속이 갑작스럽게 복잡해지고 있었다.

그의 의지와는 전혀 상관없는 여러 가지의 생각이 뜬금없이, 그리고 한꺼번에 마구 떠오르고 있는 것이었다.

―힘은 자연적이며 선천적으로 생겨나서 유지하고 있다. 이에 비하여 경은 인위적이며 후천적이다. 힘은 일정한 시간 동안 지속적으로 낼 수 있지만 경은 순간적이며 폭발적이다.

―발경이라는 것은 몸에 지닌 경을 한순간에 체외로 뿜어 내는 것을 말한다. 즉, 강한 타격을 내는 법이다. 다리에서 허리, 허리에서 어깨, 어깨에서 손에 이르게 되는 삼반(三盤)을 하나의 기(氣)로써 관철하고, 근육이나 관절은 자유롭고도 유연하게 한 상태에서, 한 점의 공격 목표에 대해 순간적으로 폭탄이 터지듯 힘을 폭발시켜야 한다.

―발경이란 몸으로 직접 체험, 체득하여야 하는데, 신체를 펼치고 모으며, 자세를 높이거나 낮추고, 또한 비꼬거나 급격히 방향을 전환하는 등의 여러 가지 기법이 있다. 그중에서도 허리의 회전이나 보법이 특히 중요하다.

―발끝은 마치 나사처럼 땅에 패여 들어가게 하고, 허리는 송곳처럼 회전시키며, 손을 내뻗기는 유성처럼 신속하게 하고, 눈은 번개처럼 재빨리 적의 움직임을 알아차려야 한다.

―호(弧)와 원(圓)의 동작을 연속적으로 반복시켜 끊어지는 동작이 없도록 한다. 이 훈련에서 터득하는 것이 경도(勁道)이다. 전사경은 실을 감은 것과 같이 나선형 운동에 의한 경이다. 목표물과의 거리가 짧으면 그만큼 위력도 작다. 역시 원의 운동에서도 그 운동 반경이 작으면 위력이 작다.

―경의 분류에는 여러 가지가 있는데, 타법(打法)을 기준으로 한다면 장경(長勁)과 단경(短勁), 그리고 암경(暗勁) 등으로 나눌 수 있다. 장경이란 멀리서 쳐서 위력을 가지는 것이고, 단경은 짧게 끊어서 침으로써 효과를 크게 하는 것이다. 암경이란 경을 목표하는 대상의 깊숙한 곳까지 파고들게 하는 법인데, 침투경이라고도 한다. 굳이 나누자면 장경을 하급, 단경은 중급, 그리고 침투경이야말로 고급의 수법이라고 할 수 있다.

―침투경(浸透勁)은 기(氣)를 이용하는 경력(勁力)의 고급 기술로, 육합(六合), 즉 상반(上盤), 중반(中盤), 하반(下盤), 심(心), 의(意), 기(氣)의 합일로써 이루어낸 경력을 물체 깊숙이 스며들 듯 파고드는 경력을 말한다. 보통 격산타우(隔山打牛)는 침투경의 발전된 수법이다.

─전사경(纏絲勁)이라는 것이 있는데, 온몸을 비틀어 쳐내기 때문에 전체적인 거리를 크게 하는 효과가 있고, 그에 따라 목표 지점까지 이르는 동안 그만큼 가속도가 증가하게 된다. 이는 곧 파괴력의 증대로 이어진다. 전사경을 사용할 때는 힘의 방향을 원활히 변화시킬 수 있고, 상대의 반격과 부딪쳤을 때 그 타력을 감소시킬 수 있다. 그러나 보다 무서운 것은 침투경이다. 전사경이 타격력을 중시하여 표면[外]의 손상에 그치는 반면, 침투경에 의한 경력은 타격력보다는 기(氣) 중심의 경력의 침투를 중시해 표면보다는 내부[內]를 손상시킨다. 따라서 진정한 내가수법(內家手法)이라 말할 수 있는 경력은 침투경부터라고 할 수 있다. 그만큼 타격의 극한 위력은 침투력에서 나오는 것이며, 아무리 충실한 호구로 방어를 할 수 있다고 하여도 침투력이 있는 타법에는 당할 수 없다.

─대체적인 기법은 상대와 반보 정도의 거리에서 발휘되는 것이 일반적이며, 도약기 등 큰 기술은 원거리에서만 쓸 수 있는 경우도 있다. 그러나 실전에서 가장 중요한 것은 여하히 짧은 거리에서 큰 위력을 내느냐 하는 것이다. 척경(尺勁), 촌경(寸勁), 분경(分勁) 등이 바로 그러한 경의 사용법이다. 이러한 것에 통한다면 상대와 거의 맞닿아 있는 거리에서, 궁극적으로는 상대와 아주 맞닿아 있는 상태에서도 타격

으로 파괴력을 낼 수 있을 것이다.

　도무지 알 수 없는 생경한 생각들이었고, 생경한 중에도 뒤죽박죽 순서가 뒤바뀌고 내용이 중복된 듯이 느껴지는 생각들이었다.

　그러나 그 생각들은 이상할 정도로 금방 김산에게 익숙한 듯 여겨졌으며, 동시에 뭔가 알 것 같기도 하다는 묘한 착각까지 들도록 만드는 것이었다.

　할배는 무슨 얘긴가를 계속하고 있었다.

　그러나 김산은 어느 순간부터 할배의 말을 이해하지 못하고 있었다.

　그의 귀는 여전히 할배를 향해 열려 있었으되, 그의 관심은 온통 스스로의 내면이 만들어내는 새로운 차원의 생각들에만 쏠려 있었기 때문이다.

9. 비에 취하다

조유진은 벌써 이틀째 결석 중이었다.

전전날, 부산에 계시는 아버지께 무슨 일이 생겼다고 조퇴를 하더니 그 뒤로 아예 연락 두절이었다.

조유진과 전화 연락마저 안 된다며, 혹시 연락을 취해볼 방법이 없느냐고 물어보는 서영은 선생의 말에 김산은 더욱 걱정을 하고 있는 중이었다.

*　　　*　　　*

엊그제 남부 지방부터 여름 장마가 시작되었다더니, 오후부터 날씨가 잔뜩 흐려지기 시작했다.

저녁이 되면서부터 추적추적 비가 내리기 시작했고, 야자가 끝날 무렵에는 아예 무섭게 퍼붓고 있었다.

말 그대로 억수같이 쏟아지는 비였다.

간단한 종례가 끝나자마자 아이들은 서둘러 가방을 챙겨 우르르 몰려 나갔다.

아마도 학교로 마중 나온 차들이 많을 것이기에, 조금이라도 빨리 나가야 덜 혼잡할 것을 생각해 서두를 수밖에 없는 것이리라.

그리고 그중에는 넉살 좋게 틈새에 끼어 차를 얻어 타려는 녀석들도 있을 것이고.

김산은 느긋했다.

우산이 있는 것도 아니었고, 더구나 누가 마중 나오기로 한 것도 아니었다.

그가 부탁하기 전에는 절대 학교에 오지 말라고 몇 번이나 강조를 해놓은 바 있기에, 이보다 더한 비가 온다고 해도 할배가 마중을 나올 일은 없을 것이다.

그래도 김산은 마냥 느긋하기만 했다.

그냥 비를 맞을 수밖에 없는 상황에서, 전신이 흠뻑 젖도록 그렇게 시원하게 비를 맞아보고 싶었다.

통쾌할 것 같았다.

그리고 문득 그리워지기도 했다.

그때, 월악산 법륜 스님의 석굴 앞에서 꼼짝도 못하고 맞아야 했던 그 세찬 빗줄기가.

반 아이들이 모두 나가고 난 뒤에야 김산은 느긋하게 교실을 나섰다.

그는 오늘 운동장 쪽이 아닌 본관 뒤를 돌아서 교문 쪽으로 가볼 참이었다.

그쪽 길에는 화단과 조경수가 늘어서 있기에 비 오는 풍경과 소리, 그리고 느낌을 제대로 즐겨볼 수 있을 것 같았기 때문이다.

천천한 김산의 걸음에서는 괜한 신명 같은 것이 묻어났다.

김산이 막 본관 건물의 귀퉁이를 돌아가려는데, 저쪽에서 그를 부르는 소리가 들렸다.

"얘, 김산!"

정들이었다.

그녀는 마침 본관의 현관을 나오는 중인 것 같았다.

그녀의 손에는 아침에 미리 준비를 해온 듯 우산 하나가 들려 있었다.

그리고 다른 손에는 휴대 전화를 들고 있었다.

아마도 자신을 마중 나온 차의 위치를 확인하는 중인 모양이었다.

김산이 다시 길을 되짚어 걸어가 현관의 처마 밑으로 들어서며 말했다.

"이제 가니?"

벌써 쫄딱 젖고 만 김산의 모양새에 정들이 곱게 인상을 쓰며 말했다.

"아유, 얘는… 이게 뭐니? 우산을 안 가져왔음 누구랑 같이라도 쓰고 가지."

정들의 말이 책망이라기보다는 걱정으로 들리기에 김산의 입가에는 저도 모르게 빙긋 미소부터 떠올랐다.

정들이 여전히 찡그린 얼굴로 다시 물었다.

"누가 마중은 나오기로 했니?"

김산이 괜한 웃음을 떠올리며 고개를 가로저었다.

"훗! 아니."

정들이 언뜻 김산의 차림새를 다시금 살피더니 말했다.

"비가 이렇게 쏟아지는데 우산도 없이 어떻게 가려고 그래? 안 되겠다. 나랑 함께 가자. 너네 집 있는 쪽으로 돌아가서 내려주고 갈게."

그런 정들의 걱정이 꼭 누나 노릇을 하려는 것처럼 느껴져 김산은 빙그레 웃고 말았다.

그러나 그는 다시 고개를 가로저었다.

"아냐. 난 그냥 혼자 갈게. 난 비 맞는 거 굉장히 좋아하거든?"

그리고 김산은 선뜻 세찬 빗줄기 속으로 발을 내디디며 손을 들어 보였다.

"그럼, 잘 가!"

그리고는 다시 본관 건물의 뒤쪽을 향해 성큼성큼 걸어가는 김산의 뒷모습에 대고 정들이 소리쳤다.

"얘! 김산!"

그러나 김산은 돌아보지 않고 한 손을 머리 위로 올려 흔들어주었다.

그런 김산의 뒷모습에는 잔뜩 멋이 들어가 있는 것도 같았다. 물론 그 혼자만의 멋이겠지만.

처음에는 차가운 느낌이 있었으나, 그것은 금방 시원한 느낌으로 바뀌었다.

얼굴에 부딪치는 빗줄기가 후련하게 느껴지기도 했다.

한편으로는 지금쯤 뒤쪽에서 안타깝고도 애처로운 동정(?)의 눈길을 보내고 있을 정들의 모습이 기대되기에, 김산은 얼마간 들뜬 마음이 들기도 하였다.

그래서 김산은 본관의 뒤로 돌아가는 모퉁이까지의 길을

가능하면 천천히 걸었다. 그가 할 수 있는 최대한의 분위기있는 걸음걸이로.

동정이라도 좋았다.

정들에게 자신이 잠시나마 그런 모성 본능을 불러일으키게 하는 대상이 된다는 것만으로도 김산은 한껏 만족할 수 있었다.

'동정이든 모성 본능이든, 그것들이 결국은 사랑의 감정으로 변할 수도 있는 일이다.'

지금 이 순간 사랑에 대한 김산의 지론은 그런 쪽으로 서툴게 정립이 되고 있는 중이었다.

뜻밖에도 효과는 기대 이상이었다.

"얘, 김산!"

두 번째의 외치는 소리가 들리더니, 금방 우산 펴는 소리에 이어 쫓아오는 구두 소리가 세찬 빗소리 중에도 김산의 귀에는 너무도 선명하게 울렸다.

김산의 걸음이 얼어붙은 듯 그 자리에 멈추어 서버렸다.

정들이었다.

정들이 현관을 쫓아 나와 김산에게 우산을 씌워주고 있었다.

"너 참 이상한 취미가 있다? 이러다 감기라도 걸리면 어떡하려고 그러니? 여름 감기가 더 무서운 거 몰라? 고3이 감기 때문에 며칠 앓아눕기라도 하면 공부 따라잡기가 얼마나 힘든 줄 아니?"

정들은 연신 조잘대고 나무랐다.

그러나 김산에게는 마냥 기분이 좋기만 한 일이었다.

좁은 우산 안에서 그녀의 향긋한 입김이 그대로 전해지고 있었다.

그리고 그녀의 풋풋한 온기가 따뜻하게 그를 감싸는 것 같았다.

그러나 막상 이렇게 예정에도 없던 상황에 끌려들게 된 것이 은근히 화가 나는지, 그녀는 그 뒤에도 몇 마디의 쫑알거림을 더 쏟아내고 있는 중이었다.

마음까지 감싸는 듯한 따뜻함 때문이었을까?

김산은 갑자기 한 사람을 떠올리고 말았다.

가능하면 생각하지 않기로 수없이 결심한 그 사람을.

생각만으로도 벌써 가슴이 뭉클거리기에 정들의 속사포에 한마디도 반격을 하지 못하고 김산은 그냥 묵묵히 걷기만 했다.

정들이 기왕에 우산을 받치고 있기에 어쩔 수 없이 김산의 걷는 속도에 보조를 맞출 수밖에 없기도 했겠지만, 내내 침묵하고 있는 김산의 분위기에 그녀 또한 조금씩은 조심스러워하는 것 같기도 했다.

"그리고 애, 가까운 길 놔두고 하필이면 이렇게 음침한 뒷길로 돌아갈 건 또 뭐니?"

여전히 책망하는 기가 있었지만 좀 전에 비하면 정들의 목소리는 한결 누그러져 있었다.

김산 역시도 그제야 갑작스럽게 치밀어 올랐던 감정을 추스르고서 짐짓 우스갯소리인 양 대답했다.

"나, 비 맞는 거 좋아한다니까? 비는 숲 속에서 맞아야 제대로 맞는 맛이 나거든. 숲이 없으니 아쉬운 대로 이쪽 길을 택한 거지."

정들이 문득 짜랑하게 웃음을 터뜨렸다.

"호호호호! 하여간 애는 한번씩 종잡을 수 없이 이상하다는 생각이 들도록 만든다니까?"

쏴아아아!

비는 조금도 기세를 죽이지 않고 세차게 쏟아지고 있었다.

그리고 그 세찬 빗소리와 그녀의 맑은 웃음소리가 참으로 묘한 조화를 이룬다는 생각을 김산은 문득 생각했다.

김산은 벌써부터 흠뻑 젖은 상태였는데, 정들은 혼자서 쓰면 딱 좋을 크기의 우산을 군이 같이 쓰려고 했다.

그런 탓으로 정들마저도 한쪽 어깨로부터 시작하여 금방 전신이 다 젖어버렸다.

타다다다닥!

머리 위에서 우산을 때리는 빗방울 소리가 제법 요란하였다.

　김산은 정들이 들고 있는 우산 손잡이를 뺏어 들 용기조차 내지 못하고 어정쩡하니 걷고 있었고, 역시 이런 시간에 더구나 이런 날씨에 아무도 지나다니지 않을, 한적하다 못해 음산하기까지 한 뒷길을, 아무리 만만하다고는 하지만 그래도 남학생인 김산과 단둘이 걷는다는 것이 조금은 어색했던지 정들은 괜히 수다스러운 체 목소리를 높였다.

　"야, 무슨 비가 이렇게나 쏟아지냐? 이거, 우산이 아주 소용이 없을 정도네?"

　김산이 미안하면서도 한편으로는 갑자기 떠오르는 우스운 생각이 있어서 그만 피식 웃고 말았다.

　언뜻 얼굴을 쳐다보는 정들에 대해 김산이 짐짓 장난스럽게 눈을 크게 떠 보이며 말했다.

　"기왕 다 젖었는데 우산 접고 그냥 맞자. 니가 몰라서 그렇지, 이 정도 비면 그냥 맞아보는 것도 꽤나 운치가 있는 일이거든?"

　좀체 보기 드문 김산의 주도적 제안이어서였을까, 아니면 정말로 김산의 그 제안이 그럴듯하게 들려서였을까?

　"그래? 그럼 한번 맞아보지, 뭐!"

　짐짓 장난스럽게 말한 정들이 정말로 우산을 접어버렸다.

쏴아아아!

곧바로 굵은 빗방울이, 아니, 수없이 많은 빗줄기가 두 사람의 머리를, 어깨를, 온몸을 마구 두드렸다.

정들이 접혀진 우산으로 머리 위를 가리며 '엄마야!' 하고 외쳤다.

그러면서도 다시 우산을 펼 생각은 없는 것 같았다.

역시 좀체 보기 힘든, 아니, 사실은 처음으로 보는 정들의 약한 모습에 순간 김산은 괜한 의무감과 책임감 같은 것이 불쑥 솟구치는 것 같았다.

"괜찮아. 그냥 맞다 보면 금방 괜찮아져."

마치 그녀의 보호자라도 된 것처럼 김산은 늠름하게(?) 말했다.

김산의 지금 기분은 참으로 괜찮았다.

사실은 그녀를 만난 이후로 그녀 앞에서 이토록 목소리에 힘을 주어보기는 처음이었다.

이전에는 힘을 줄 일도 아예 없었지만, 혹 그럴 일이 있었다고 하더라도 그녀 앞에서 센 척을 할 수 있으리라는 생각 자체를 하지 못했었다.

감히 그녀 앞에서 말이다.

마치 물을 세게 틀어놓고 샤워를 할 때처럼 머리카락 사이

사이로 넘쳐 내린 물줄기가 얼굴로 흘러내렸다.

눈과 코와 입 주변으로 고랑을 이루며 물줄기들이 마구 흘러가는 느낌이란 참으로 묘했다.

정들은 처음에 눈조차 제대로 뜨지 못할 지경이었지만, 김산의 말처럼 조금 익숙해지고 나자 상상해 보지 못한 색다른 느낌과 접할 수 있었다.

얼굴을 때리는 빗줄기의 느낌.

속옷 안쪽까지 깊숙이 젖어드는 은밀하게 간지러운 느낌.

등골을 타고 내리는 스멀거리는 느낌.

그리고 다양한 소리들이 귀를 간질였다.

바람에 풍 치는 빗소리.

나뭇잎에 빗방울 떨어지는 소리.

넓고 좁은 화초 잎마다에 빗방울 떨어지는 소리.

바닥에 고인 물 위로 빗방울 떨어지는 소리.

그리고 뿌옇게 안개가 서려 마치 어느 깊은 산속에라도 들어와 있는 것 같은 흐릿하고 막막하여 신비롭기까지 한 시계(視界).

시커먼 하늘.

그 모든 느낌과 소리와 광경이 한순간 새롭고도 정겹게 정들에게로 다가왔다.

정들은 마침내 두 팔을 활짝 벌리며 탄성을 질렀다.

"와아!"

흠뻑 젖은 교복이 몸에 착 달라붙어 버린, 그래서 들어가고 나온 전신의 굴곡이 그대로 다 드러난 그녀의 실루엣은, 김산에게는 그대로 충격이었다.

'아름답다!'

그것은 어쩔 수 없는 마음의 쏠림이었다.

그리고 그러한 마음의 쏠림을 두고서 누군가 욕망이라고 말한다면, 김산은 그것에 대해서도 스스로를 부정할 수는 없을 듯하였다.

어쩌면 김산은 처음으로 정들에게서 여자다운 여자를 느끼고 있는 중이었다.

김산에게 이전의 정들은 환상 내지는 이상으로서의 여자일 뿐이었다.

비록 산사모를 통하여 적어도 학교 내의 그 어떤 남자보다도 그녀의 가까이에 머물고 있다고 할 수 있었고, 또한 그녀로부터 남들이 질시할 만큼의 관심을 받고 있는 것처럼 보였지만, 정작 김산은 내내 풀 수 없는 어떤 갈증 같은 것을 느끼고 있었다.

그에게 있어 정들은 바로 곁에 있으면서도 감히 손 한번 잡아볼 수 없는, 그저 일정한 거리를 두고 바라만 봐야 하는 그런 존재였기 때문이다.

그 거리의 크기는 다른 아이들이, 이승조가, 그리고 무엇보다도 정들 자신이 정해놓은 거리였다.

누구도 그 이상은 다가서지 못하도록 불문율로 정해놓은 거리였다.

그런데 지금 이 순간 정들은 스스로 그 거리 제한을 일시 해제하여 놓고 있었다.

아니, 사실은 그녀에게는 그런 의도가 조금도 없을 것이나, 적어도 김산은 그렇게 느끼고 있었다.

지금의 그에게 정들은, 그녀의 적나라한 실루엣은 한 번만 손을 뻗어보고 싶은 그런 간절함을 솟구치게 만들고 있었다.

"김산 너, 그런 눈빛을 하고 있으니까 제법 늑대다운 태가 난다?"

무엇에 홀린 듯이 멍해져 있는 김산의 눈길에 대해, 그리고 그 멍한 눈길이 바로 자신의 몸매에 머물러 있다는 것을 문득 깨닫게 된 스스로의 당혹스러움에 대해 정들은 짐짓 흥미롭다는 체를 하며 그렇게 쏘아붙였다.

그러자 김산은 마치 무엇에 씌어 있다가 깨어나기라도 하듯이 화들짝 놀라는 모습이 되고 말았다.

"어? 아니… 나, 나는……."

그런 김산의 모습에 덩달아서 더욱 어색해졌거나, 혹은 약간의 반발 같은 것이라도 느끼게 되었는지, 정들은 사뭇 다그

치듯이 김산을 몰아붙였다.

"나는 뭐? 나 좋아한다고? 홋! 그럼 어디 한번 좋아한다는 표시라도 해봐."

김산이 놀란 중에 더욱 놀라 얼떨결에 정들의 말을 확인하는 반문을 하고 말았다.

"뭐?"

그제야 정들은 자신이 방금 무슨 말을 했는지를 되새기곤, 그만 제풀에 당황하고 말았다.

그러나 동시에 다시금 반발하듯 튕겨져 올라온 정들의 자존심은 그 당황을 용납하지 못하였다.

정들은 오히려 가슴을 쑥 내밀며 도발하듯 말했다.

"왜? 우린 고3이야. 누구를 좋아한다면 키스 정도는 시도해도 될 나이잖아? 다른 여자애들 얘기하는 거 들어보면, 아직까지 키스 한번 못해본 애는 아예 희귀 동물 취급을 하더라? 홋! 사실은 내가 바로 그 희귀 동물이야. 아마도 남자 애들은 내가 겁나는가 봐. 아직까지 내게 키스하자고 대시한 애가 한 명도 없는 걸 보면 말이야. 그러니까 김산 네가 그 처음을 한번 장식해 보는 것도 괜찮지 않니? 호호호! 물론 정말로 키스를 한다는 것과는 전혀 다른 차원의 얘기지만 말이야."

정들은 지금의 자신에 대해 강하게 부정하는 심정이 되어 있었다.

그녀 스스로 느끼기에도 지금의 그녀는 전혀 그녀 같지 않았고, 또한 전혀 그녀답지 않았다.

어쩌면 이런 비정상적인 상황―자정이 가까워지는 한밤중에 비는 억수같이 쏟아지는데, 아무도 지나다니지 않고 드문드문 세워진 가로등 불빛만 희미한 본관 뒤의 화단 길에, 아무리 편한 사이라지만 어쨌든 남자와 단둘이서 일부러 우산을 접고 흠뻑 비를 맞고 있는 그런 지극히 비정상적인 상황―이 이런 묘한 분위기를 연출해 내고 있는 것이리라.

그리고 그 묘한 분위기가 그녀로 하여금 평소의 그녀로서는 감히 상상도 못할 이런 이상한 말을 거침없이 내뱉게 만들고 있는 것이리라.

한편으로 생각하면, 어쩌면 이런 이상한 말들은 그동안 그녀의 마음속 한구석에 실제로 쌓여 있었던 것일지도 몰랐다.

다만 그녀의 자존심이, 그녀의 주변 모든 상황과 여건들이 그녀로 하여금 그런 말을 내뱉기는커녕 생각조차도 떠올리지 못하게 만들고 있었는지도 모를 일이었다.

그녀는 충분히 그런 위치였고, 그런 입장이었으니까.

그런데 지금의 이런 상황과, 그 상황이 만들어낸 묘한 분위기, 그리고 무엇보다도 그 속에서 자신과 마주하고 있는 상대가 바로 김산이라는 이유가 그녀로 하여금 감히 상상도 못했던 그 말들을 입 밖으로까지 내뱉게 만들고 있는 것이리라.

절대로 하면 안 될 말들을, 그리고 절대로 내비쳐서는 안 될 속내들을 말이다.

그러나 김산에게라면, 다른 누구의 관심도 지켜보지 않는 김산과 둘만이 있는 닫힌 공간에서라면 할 수 있을 것 같았다.

아니, 해도 괜찮을 것 같았다.

그만큼 김산이 평범하기 때문에?

아니, 좀 더 솔직하게는, 그녀와는 도저히 상대가 되지 않을 만큼 만만한 존재이기 때문에?

그래서 그녀에게 어떤 해도 끼칠 수 없는, 아예 그럴 가능성조차도 없는 미미한 존재이기 때문에?

아마도 그런 게 아니라고는 할 수 없을 것 같았다.

그러나 또한 그것만이 다는 아닌 것 같았다.

김산에게는 그 외의 다른 어떤 것이 조금은 더 있는 것 같았다.

다른 아이들에게서는 느껴본 적이 없는, 만만하다는 것과는 조금 다른 편안한 어떤 느낌 같은 것 말이다.

그것은 뭐랄까?

굳이 말하자면, 경쟁심이야 당연히 들지 않지만 경계심마저 들지 않는 그런 느낌이랄까?

누구에게도 보이지 못했던 그녀의 부끄러움, 그래서 꽁꽁 숨겨놓았던 감정들이 있었다.

그러나 언젠가 한 번쯤은, 그런 감정들의 유효기간이 다 지나가기 전에 한 번은 꺼내보고 싶었던, 그래서 그 부끄러움의 실체가 과연 어떻게 생긴 것인가를 꼭 확인해 보고 싶었던 그런 감정들.

그중에는 여자로서의 호기심 같은 것도 있었다.

비록 유치하기 짝이 없다고 생각하는 호기심이었지만, 그러나 한 번은, 꼭 한 번은 정말로 어떤 느낌인지 경험해 보고 싶었던 그런 것들 말이다.

정들에게 김산은 그런 존재였다.

정말로 아무런 수치심이나 부담이나 걱정 같은 것들 따위는 가지지 않고, 그녀가 그동안 숨겨놓았던 그 부끄러우면서도 한 번은 경험해 보고 싶었던 그 호기심들을 직접 경험해 보아도 괜찮을 것 같은 상대.

그 경험이 아무리 어색하고 부끄러운 것이라도 해도, 그저 겸연쩍게 싱긋 한번 웃는 것으로 모든 감정들을 훌훌 털어내 버릴 수 있을 것 같은 상대.

어떤 일을 함께해도 그녀에게 절대로 어떤 손해도 끼치지 않을 것 같은 상대.

그녀 자신은 다만 편안하고 부담없는 정도 이상의 것을 느끼지도 기대하지도 않는 상대이지만, 상대는 진정으로 그녀를 좋아해 주고, 나아가 이상형으로서 받들어주고 스스로를 희생하는 정도로까지 경애해 주는 상대.

그런 상대가 바로 김산이었다.

"나, 나는……."

정들은 문득 김산이 여전히 말을 더듬고 있다는 사실을 깨달았다.

그리고 그 깨달음은 그녀에게 돌연 이 상황을 느긋하게(?) 주도할 여유를 가지게 해주었다.

"훗! 아까부터 계속 나는 뭐?"

"그게, 그러니까……."

김산이 당황해서 어쩔 줄을 몰라 하다가 언뜻 내놓는 말이 또한 엉뚱하기 짝이 없었다.

"난 니가 승조하고 가깝게 지내는 걸로 알고 있었는데……?"

뜻밖의 말이면서도 김산의 입장에서는 어쩌면 당연한 의문이기도 할 그 말에 대해 정들은 잠시 묘한 표정이다가, 문득 가볍게 웃고 말았다.

"훗? 이승조? 그래서? 내가 이승조하고 벌써 전에 키스라도 했어야 되었지 않느냐, 뭐, 그런 말을 하고 싶은 거야?"

"아, 아, 아… 아니, 그런 게, 그런 게 아니고……."

아예 당황의 극치로 치닫는 듯한 김산의 말더듬에 정들이 다시금 픽 웃으며 말을 이었다.

"풋! 가깝지. 가깝기로 치자면 거의 한집안 식구나 비슷할 걸? 이승조와 난 유치원 때부터 지금껏 계속 붙어 다녔으니까."

그때 정들의 말을 감당하기 어렵다는 듯 김산은 희미하고도 모호한 의미의 신음 소리 같은 것을 흘렸다.

"음."

그 신음 소리가 퍽이나 무겁고도 여리다는 느낌을 가지면서 정들은 잠시 김산의 얼굴을 바라보았다.

그러다가 정들은 문득 빗물에 흠씬 젖은 김산의 얼굴이 애처롭다는 생각을 떠올렸다.

사실은 빗물에 흠씬 젖어 있기는 그녀 또한 마치가지였는데도 말이다.

정들이 마치 김산의 편에 서기라도 하듯 조금은 부드러운 목소리로 다시 말을 이었다.

"그런데 이승조 걔는 너무 신사 틱해. 아니, 어떨 때는 억지로 그렇게 보이려는 것 같은 데가 있어. 그래서 싫어."

그리고 정들은 말을 돌렸다.

"누가 그러더라? 남편감과 애인감은 다르다고. 홋! 이승조는 나중에 결혼 상대로는 모르겠는데, 애인으로는 빵점이야. 난 차라리 풋풋한 사람 냄새 나는 상대가 좋아."

김산은 마치 넋을 잃은 것 같은 모습이 되어 있었다.

그런 김산을 한참이나 가만히 바라보고 있다가 정들이 문득 나직이 속삭였다.

"하고 싶다면 해봐, 바보야!"

그 순간 김산은 마치 벼락을 맞은 듯 온몸을 부르르 떨고 말았다.

그리고는 숨 쉬는 것조차도 힘이 드는지 거칠게 어깨로 숨을 몰아쉬기 시작했다.

정들이 달래듯 가만히 김산의 어깨를 감싸 안았다.

그리고 김산의 귓가에다 나직이 속삭였다.

"키스가 누구나 언젠가는 하게 되는 것이라면, 난 그 첫 경험을 너하고 하고 싶어. 바로 지금."

어느 한순간 두 사람은 마치 자석이 된 듯했다.

와락 서로에게 이끌리듯 그렇게 둘은 동시에 서로를 끌어안았다.

힘주어 안고 있는 두 개의 젖은 몸 사이로는 금방 따뜻한 온기가 번져 나갔다.

서로의 체온이었다.

김산은 거세게 뛰노는 심장의 박동에 가만히 호흡을 맞추고 있었다.

스스로의 심장 박동에 또 하나의 박동이 마치 박자라도 맞추듯 함께 뛰놀고 있는 중이었다.

쿵쾅!

쿵쾅!

지금 이 순간에는 김산 그 자신뿐만이 아니라 그녀 또한 주체하기 어려울 정도로 설레고 있는 것이다.

그 힘찬 정들의 박동은, 그리고 그녀의 설레임은 김산에게 무한한 용기를 북돋워 주고 있었다.

평상시라면 감히 꿈도 꾸어보지 못했을 그런 대단한 용기를.

그러한 용기는 다시금 김산에게 남자로서의 책임과 의무를 떠올리게 만들었다.

적어도 지금 이 순간 정들은 여자였고, 김산 그는 남자로서 그녀를 리더해야 할 책임과 의무가 있었다.

김산은 천천히 그녀의 허리와 등을 감싸고 있던 손을 풀어낸 다음, 가만히 그녀의 고개를 받쳐 올렸다.

김산의 눈이 두려운 듯 파르르 떨리며 감겼다.

그러나 그 순간에도 정들은 뚫어지듯 김산의 눈을 바라보고 있었다.

그녀의 눈빛에는 조심과 경계가 아니라 뜨거운 열기와, 그리고 어떤 갈망과 기대 같은 것이 강렬하게 녹아 있었다.

김산이 가만히 자신의 입술을 그녀의 입술에다 포개어갔다. 극한의 두려움과 떨림으로.

정들은 거부하지 않았다.

두 사람의 입술이 맞닿는 순간, 김산의 몸이 부르르 떨었다.

그리고 그 순간에는 정들 역시도 어쩔 수가 없었는지, 그녀의 젖은 목과 어깨 또한 애처롭게 떨리고 있었다.

아마도 그녀의 의지와는 전혀 무관한, 혹은 결코 어떻게 억제해 볼 수 없는 그런 떨림이었으리라.

김산은 떨리는 몸짓으로 한동안이나 가만히 입술을 대고만 있는 중에 문득 자신의 허리에 감겨 있던 정들의 양팔에 힘이 들어가고 있다는 것을 느꼈다.

그 순간 김산은 자신이 무언가를 해야만 한다고 생각했다.

무엇을 어떻게 해야 하는 건지는 알 수 없었지만.

김산은 천천히, 아주 천천히 그녀의 입술에 자신의 입술을 비볐다.

"아!"

누구에게서 나온 것인지 알 수 없는 희미한 신음 소리가 났다.

그리고 그것은 곧 도화선이 되어 두 사람에게서는 갑작스러운 격정이 솟구쳤다.

격정은 이내 두 사람을 거칠게 만들었다.

누가 주도적이라고 할 것도 없이 두 사람은 서로의 입술을 무작정 빨아들였다.

이 순간에는 그렇게 하지 않으면 안 될 것 같은 강렬한 격정이 그들을 완전히 지배하고 있었다.

한 치의 틈도 없이 그토록 밀착되어 있음에도 그들의 입술 사이로는 빗물이 흘러들었다.

빗물의 맛은 달콤하고도 짭짤하였다.

"아아!"

누군가의 입에서 어지러움을 호소하는 신음 소리가 흘러나왔다.

그러나 한번 불붙기 시작한 격정은 도저히 어떻게 다루어야 할지를 모르게 마구 타올랐다. 삽시간에 두 사람 모두를 한 줌의 재로 만들고야 말겠다는 듯이.

겨우 입술을 떼어낸 정들은 숨이 가쁜 듯 헐떡였다.

힘겹게 김산의 얼굴을 밀어내며 정들은 대신 그의 목을 끌어안았다.

그리고 주체하지 못할 열기에 달뜬 목소리로 속삭였다.

"지금이 지나면 이런 느낌… 이런 감정을 다시는 느껴보지 못할지도 몰라. 아니, 꼭 그럴 것 같아. 나중에 후회하지 않게

끔… 나중에 조금이라도 덜 후회하고, 덜 미련을 가질 수 있게끔… 뚜렷한 기억을 만들어놓고 싶어."

그녀의 뜨거운 속삭임은 어쩌면 김산에게가 아닌 그녀 자신에게 하는 것인지도 몰랐다.

김산은 문득 그녀의 가슴이 일시 더욱 세차게 뛰논다고 느꼈다.

그리고 그녀가 뜨거운 입김으로 다시 속삭였다.

약간의 망설임과, 그리고 그 망설임에 대한 반사적인 도발을 담고서 그녀의 속삭임은 사뭇 떨려 나오고 있었다.

"너한테… 가슴 만지게 해줄게. 나… 오늘 브라 하지 않았어. 훗! 난 가끔씩은 그런 걸 즐겨. 그게 좋거든? 자유롭고 당당하거든? 비록 보이지 않는 부분이지만, 누구의 시선과 관심에도 신경 쓰지 않겠다는 내 당당함과 자부심을 표현하는 것 같거든? 그래서 난 가끔씩 그래."

김산은 마치 금방이라도 '펑' 하고 가슴이 터져 버릴 것만 같았다.

온몸의 피가 온통 머리로만 솟구쳐 오르는 것처럼 고막이 멍해지면서 아찔한 현기증이 돌았다.

온몸이 불덩이같이 달아오르면서, 이러다 정말로 심장이 파열되어 버리거나, 혹은 시커멓게 타버리는 게 아닐까 하는 막연한 두려움이 스멀거리며 피어오르는 것이었다.

그러나 지금 온통 그를 지배하고 있는 열기와 격정에 비하면, 그따위 두려움쯤이야 저 까마득한 밑바닥에서 겨우 스멀거리는 정도일 뿐이었다.

그의 의지가 따라가기도 전에 그의 손은 이미 본능을 따라 그녀의 옷 속을 헤집고 있었다.

그런데 거침없이 밀고 들어갈 듯하던 김산의 손이 일시 멈칫하고 말았다.

손가락에, 그리고 손바닥에 와 닿는 그 한없이 부드러운 촉감 때문이었다.

아아! 그 부드러움이란…….

그 여린 속살의 애처롭고도 절박한 느낌이란…….

김산의 손은 한 치, 한 치를 힘겹게… 힘겹게, 겨우 겨우 한없이 느리게 전진해 나아갔다.

"바보야!"

어느 순간 정들의 손이 김산의 손을 잡아 이끌었다.

그리고 곧 김산은 너무나 포근한, 그리고 너무나 따뜻한 감촉 하나를 만났다.

그 뭉클하고 한없이 매끈거리는 느낌은, 그 옛날 엄마의 젖가슴을 만질 때의 느낌과도 비슷했다.

그러나 엄마와는 달랐다.

엄마의 가슴은 만질 때마다 김산에게 한없는 안도감과 포만감을 주었었다.

그러나 지금 정들의 가슴은 포근하고 따뜻한 가운데서도 무언지 모를 불안감과 열기와 더불어 어쩌면 영원히 채워지지 않을 것 같은 기이한 갈증과 욕구를 불러일으키고 있었다.

"아!"

아마도 김산이 자신도 모르게 세게 움켜잡았던 것인지, 정들의 입에서 약간의 고통과 놀라움, 그리고 당혹감을 호소하는 신음 소리가 흘러나왔다.

그리고,

"바보야!"

마치 질책하듯, 그리고 자신의 고통을 하소연하듯 다시금 작게 속삭이는 소리가 있었다.

그러나 김산은 이미 스스로를 멈출 수가 없는 상태였다.

정들의 질책과 하소연에도 불구하고 그의 손은 거침없이, 그리고 거칠게 정들의 양 가슴의 융기를 번갈아 유린하며 마구 헤집고 있었다.

마치 목말라 죽기 직전의 사람이 헐떡이며 마실 물을 찾듯이, 혹은 야만으로 가득 찬 정복자가 자신의 전리품을 난폭하게 희롱하며 농락하듯이.

그리고 정들은 빈사 직전의 어린 양에게 손바닥에 고인 물을 먹이는 애틋한 마음으로, 혹은 난폭한 정복자에게 무참히

농락당하는 피정복자의 무력감으로 김산의 목에 매달리듯이 의지한 채, 두 눈을 꼭 감고서 그저 김산의 거친 손길에 자신을 맡기고만 있었다.

김산은 오로지 온몸을 태우고 말 듯한 격정과 흥분에만 몰입해 있었다.

정들의 양 가슴만으로는 도무지 갈증을 채울 수 없었던 것인지, 어느 순간 그의 손길은 정들의 가슴 아래쪽으로 급하게 미끄러져 내리고 있었다.

그러나 바로 그 순간 정들이 퍼뜩 정신을 차리면서 힘겹게 외쳤다.

"그만!"

그리고 그 힘겨운 외침이 항거 불능의 명령이라도 된다는 듯이, 김산의 손이 순간 멈칫하며 멈추었다.

그러나 김산은 여전히 불타는 본능과 정들의 제지 사이에서 치열하게 갈등하고 있는 듯, 정들의 치마 속으로 진입해 들어간 상태 그대로 그의 손은 심하게 부들거리며 떨리고 있었다.

"이제 그만. 더 이상은 안 돼."

나직이, 그러나 이미 약간의 냉정을 되찾은 목소리로 타이르듯 속삭이며 정들은 자신의 치마 속에서 떨리고 있는 김산의 손을 찾아 가만히 잡았다.

쏴아아아아!

후두두두둑!

비는 여전히 억수처럼 쏟아지고 있었다.

두 사람은 지금껏 자신들이 그 세찬 빗줄기를 고스란히 맞고 있었다는 사실조차 까마득히 잊고 있다가 문득 그 통쾌하도록 차가운 촉감을 다시금 느끼게 되었다.

쏟아지는 빗줄기 속에서 둘은 서로를 바라보고 있었다.

마치 언제까지나 그러고 있을 것처럼.

정들은 가만히 손을 뻗어 김산의 손을 잡았다.

그녀의 얼굴에는 이미 좀 전의 격동이나 흥분 같은 것들은 남아 있지 않는 것 같았다.

그녀가 차분하게 말했다.

"오늘 일… 다른 뜻으로는 생각하지 말기를 바래. 그냥 비 때문이었던 거야. 우리는 잠시 쏟아지는 비에 취했던 것일 뿐인 거야. 알지?"

정들은 다시 우산을 폈다.

이미 다 젖었지만, 그래서 우산은 소용도 없었지만, 그러나 그 우산 하나가 다시 펴지는 것으로써 그들의 관계가 다시 본래대로 돌아가는 것을 선언하는 것 같았다.

잠시 비에 취했던 그 이전의 관계로.

"넌 나랑 많이 달라."

우산 속에서 정들이 하는 말에 대해 우산 밖의 김산이 자조하며 대답했다.

"훗! 그래, 넌 특별하고 난 보잘것없을 뿐이지."

"처음 볼 때부터 네게 끌렸던 부분이 있었던 건 사실이야. 그동안 그게 무엇인지에 대해 생각하다가 얼마 전에야 어렴풋이나마 알게 되었어. 그건 바로 너의 평범함이었어."

"그만 해! 꼭 날 조롱하는 것처럼 들려."

"언젠가 멘사가 그랬지? 네 평범함은 오히려 우리들의 특별함보다도 더욱 특별한 평범함이라고. 그 말이 맞는 것 같아. 난 너의 평범함이 편안해. 아니, 편안함을 넘어서 참 안락하다는 생각까지 들 때도 있었어. 그건 내가 이때까지 살아오면서 만났던 그 어떤 특별한 사람에게서도, 그리고 그 어떤 평범한 사람에게서도 느껴보지 못했던 너무도 특별한 느낌이야. 이렇게 멀어져야 하는 것이 정말 싫을 만큼 너무도 즐겁고 행복한 느낌이야. 아마도 난… 오늘 이후로는 다시는 그런 느낌을 만나지 못할지도 몰라. 그리고 내내 그 느낌을 그리워하게 될지도 모르고……."

문득 정들은 걷기 시작했다.

김산이 그녀의 곁을 따라 걸으며 우울하게 반문했다.

"멀어져야 한다고?"

정들은 엷게 미소를 떠올렸다.

적어도 김산이 보기에 그녀의 그 미소는 처연하고도 슬퍼 보였다.

그러나 이어지는 그녀의 목소리만큼은 사뭇 차분하여 냉정하게까지 들렸다.

"지금의 이 순간을 마지막으로 나는 나의 소녀 시절을 마감하려고 해. 이제부터 나는 본격적으로 재벌의 상속녀로서 살아가게 될 거야. 나도 내 앞에 어떤 과정들이 놓여 있는지 지금으로써는 자세히 알지 못해. 그러나 조금도 빈틈없이, 세밀한 과정들이 빽빽하게 채워져 있다는 것은 알아. 나를 상속녀로 사육시키기 위한 과정들이 말이야."

여전히 기세를 줄이지 않고 퍼붓는 빗줄기 사이로 우중충하게 서 있는 교문이 보이고 있었다.

그리고 교문 옆에는 미등을 켠 채 세워진 중형 승용차 한 대가 있었고, 그 곁에 중년 남자 하나가 우산을 받쳐 든 채로 서성거리고 있었다.

남자의 서성거림에는 걱정과 초조함이 짙게 배어 있었다.

그는 바로 김산도 언젠가 한번 본 적이 있는 정들의 수행원이었다.

정들이 문득 걸음을 멈추었다.

"훗! 나 때문에 저 아저씨는 지금 애가 타 죽기 직전일 거야. 내가 핸드폰을 꺼두었거든."

잠깐 김산을 바라보고 나서 그녀가 짧게 덧붙였다.

"나 먼저 갈게."

그리고 그녀는 쓰고 있던 우산을 김산에게 넘겨주고는, 김산이 뭐라고 말할 틈도 주지 않고서 빗속을 뛰어가 버렸다.

김산은 건물의 그늘 속으로 숨어들었다. 마치 당연히 그래야 하기라도 하는 것처럼.

그의 흐릿한 시야에 그녀의 '아저씨'가 놀라서 마주 뛰어오며 우산을 받쳐 주는 모습이 가로등 불빛에 산란하게 번지고 있었다.

10. 싸움

　김산에게 비 오던 날 밤 정들과의 그 순간이 사랑이었다면, 그것은 아마도 꿈같은 사랑이었으리라.

　온몸을 태워 버릴 듯하던 그 뜨거웠던 격정도, 금방이라도 심장이 터져 버리고 말 것 같던 그 치열했던 흥분도 잠을 깨는 순간에 마치 신기루처럼 아스라한 환상 속으로 스러져 버리고 마는 그런 사랑.

　그러나 타고 남은 잔재일까, 마침내 터져 버리고 난 다음의 포말(泡沫)일까?

　김산의 가슴속에는 아직도 그때의 격정과 흥분의 자국이

생생하게 남아 있었다.

아프게…….

슬프게…….

사랑!

그것은 순진하던 사춘기 소년을 한순간에 고뇌하는 청년으로 성숙시켜 놓았다.

'그 순간에는, 그 순간만큼은 그녀에게도 그것은 과연 사랑이었을까, 아니면 나 혼자만의 착각이었을 뿐인가? 사랑이 아니었다면, 그때 그녀가 내게 느낀 감정은 무엇이었을까? 연민이었을까? 동정이었을까? 아니면 잘난 자로서의 못난 자에 대해 누리는 유희 같은 것이었을까?'

요즘 들어 김산은 괜스레 멍해져 있는 경우가 많아졌다.

수업 시간 중에 간혹 눈치를 주는 선생들도 있었지만, 그 눈치마저 알아채지 못할 정도로 김산의 증세는 심해 보였다.

그나마 다행인 것은, 이즈음에는 선생들도 웬만한 일로는 학생들에게 간섭을 거의 하지 않는다는 것이었다.

특별히 다른 아이들에게 방해만 되지 않는다면 말이다.

그런 김산을 조유진은 그냥 지켜보기만 했다.

지난번 부산의 아버지에게 다녀온 이후 조유진은 더욱 과묵해진 것 같았고, 그 때문인지 한 번쯤 김산에게 무슨 일 있느냐고 지나가는 말로나마 물어볼 법도 한데, 조유진은 그런 가벼운 관심의 표현조차 일절 하지 않았다.

다만 조금은 걱정스러운 눈치로 그저 묵묵히 지켜보고만 있을 뿐이었다.

아마도 김산이 먼저 말을 건네기 전에는 조유진이 먼저 말을 시키는 일은 결코 없을 것 같았다.

8교시가 끝났다.

식당에서의 줄을 조금이라도 앞에 서기 위해 극성스러운 아이들 몇몇은 벨이 울리자마자 총알처럼 교실 뒷문을 향해 달렸다.

그러나 막 교실의 뒷문을 열어젖히던 녀석들이 주춤거리며 멈춰 섰다.

문 앞에 서너 명의 건장한 덩치들이 버티고 서 있었기 때문이다.

아직 뒷문의 상황을 알지 못하는 다른 아이들은 저마다 자리에서 일어나 분주하게 교실을 나설 준비들을 하고 있었다.

그때 방금 선생이 나간 교실의 앞문이 요란한 소리와 함께 거칠게 열어젖혀졌다.

드르륵! 쾅!

그리고 서너 명의 덩치들이 교실로 들어서며, 마치 문을 가로막듯 일렬로 늘어섰다.

동시에 뒷문으로도 서너 명의 덩치들이 들어서며, 그중 하나가 가라앉은 목소리로 명령했다.

"모두 제자리에 앉아라."

손일중이었다.

그의 한마디에 교실 안의 공기는 즉시 싸늘하게 얼어붙어 버렸다.

아이들은 영문을 몰라 하면서도 은근히 머리끝을 눌러오는 불안과 두려움 때문에 조용히 각자의 자리로 돌아갈 수밖에 없었다.

"조유진이 하고 김산이 누구냐?"

손일중의 것이 아닌 그 목소리는 아주 조용하고도 나직한게 교실 내의 모든 아이들을 꼼짝없이 주눅 들게 만드는 묘한 힘이 있었다.

그것은 아이들 모두가 그 목소리의 주인공이 누구인지를 너무도 잘 알고 있기 때문이기도 할 것이다.

박일우였다.

그는 바로 극진회의 짱이었고, 또한 보국고의 짱이었다.

그리고 그의 주위로 늘어선 일곱 명의 덩치들이야말로 명실공히 보국고를 대표하는 주먹들이었고, 또한 극진회의 핵심 멤버들이기도 했다.

박일우는 대상을 정하지 않고 조유진과 김산이 누구냐는 물음을 던져 놓았지만, 그것은 다분히 분위기를 잡기 위한 형식적인 물음인 것 같았다.

처음부터 그와, 그리고 나머지 덩치들의 노려보는 시선은 김산과 조유진을 향해 꽂혀 있었기 때문이다.

그때 이승조가 조용히 자리에서 일어났다.

그러자 반 아이들의 눈에 대번에 한가닥의 밝은, 한편으로는 간절한 기대감이 일었다.

아무리 극진회라도, 그리고 박일우라 할지라도 이승조에게는 함부로 하지 못한다는 것을 믿고 있기 때문일 것이다.

아니, 함부로 하지 못한다기보다는 이승조의 한마디면 그것이 어떤 일이든 간에, 또 누구이든 간에 양보하지 않을 수 없을 것이라는 것이 대부분의 아이들이 믿고 있는 바였다.

그만큼 이승조의 위상은 박일우에 비해 월등한 것이었다.

박일우가 보국고의 짱이라면, 이승조야말로 보국고의 킹인 것이다.

학생회장이며, 걸출한 용모, 전교 2, 3위를 다투는 성적.

이승조가 보국고의 킹이 되기에 그런 것들만으로도 충분한 것인지, 혹은 그 외에 능히 그를 킹이 되도록 만들어주는 또 다른 어떤 특별한 점들이 있는지에 대해 자세히 알고 있는 아이들은 별로 없었다.

그러나 이승조가 킹이라는 것에 대해서 부정하거나, 혹은 부정할 수 있는 아이는 거의 없다고 해야 했다.

그것은 배신이었다.

이승조는 너무도 간단히 자신에 대한 반 아이들의 간절한 기대를 배신해 버렸다.

자리에서 일어난 그는 조금의 주저함도 없이 곧바로 뒷문으로 가서는 교실을 나가 버린 것이다.

탁!

이승조의 뒤로 조용히 닫히는 미닫이 문소리가 유난히도 크고 선명하게 아이들의 귓전을 울렸다.

당연히(?) 아무도 그를 막지 않았다. 손일중도, 그리고 박일우도.

그것은 방관임과 동시에 어쩌면 인계의 표시인지도 몰랐다.

자리를 피해주겠으니 너희들 마음대로 해보라.

짝!

경쾌하기까지 한 그 소리는 홱하고 돌아가는 조유진의 뺨 어림에서 터져 나왔다.

조유진의 앞에 박일우가 서 있었다.

특별히 어깨에 힘을 주거나 가슴을 편 것은 아니지만, 그냥 서 있는 것 자체로 박일우에게서는 사람을 기죽게 하는 포스와 오만한 기세 같은 것이 느껴졌다.

박일우가 나직한 목소리로 물었다.

"니가 번개라고 불린다며?"

조유진의 고개는 바닥을 향해 떨구어져 있었다.

감히 박일우의 시선을 마주 보지 못하겠다는 듯이.

박일우가 가볍게 툭 조유진의 어깨를 건드리면서 다시 말했다.

"새끼, 번개도 좋고 벼락도 좋은데, 적당히 알아서 기었어야지? 꼭 이렇게 사람을 귀찮게 만들 것까진 없었잖아? 안 그래?"

그러나 조유진은 조금도 움직이지 않고 고개를 숙인 그대로 여전히 바닥만 바라보고 있었다.

그러나 다른 아이들은 몰라도 김산은 알았다.

내리깔린 조유진의 눈빛에 서서히 차가운 빛이 감돌기 시작한다는 것을.

김산이 엉거주춤 자리를 옮겨 조유진의 곁으로 붙어 서면서 가만히 조유진의 팔을 잡았다.

그러자 비록 직접적인 느낌은 아니었지만 막 거칠어지려던 조유진의 호흡이 다시금 가만히 가라앉는다는 것을 김산은 느낄 수 있었다.

"니가 김산이냐?"

박일우의 짧은 물음에 김산은 곧바로 얼어버렸다.

지금 김산의 생각으로는 '당당하자'는 다짐이 무수히 되뇌어지고 있었지만, 막상 그의 정신과 육체는 움츠러들고만 있었다.

어떤 것이든 경험한 만큼 내성이 생기는 법이라지만, 김산에게 있어 두려움이란 것에 대해서만큼은 도무지 적응이 되지 않는 것 같았다.

와중에도 김산은 자신의 이런 심약함이 아마도 타고난 것으로, 도저히 극복해 내기 어려운 한계와 같은 것인지도 모르겠다는 생각을 했다.

힘겹게 고개를 끄덕이는 것으로 자신의 물음에 대한 대답을 겨우 해내고 있는 김산을 보고, 박일우는 어이없으면서도 한편으로는 재미있다는 듯이 피식 웃고 말았다.

그리고 사뭇 장난스럽게 손가락으로 김산의 가슴을 두어 번 꾹꾹 찌르며 다시 물었다.

"니가 김산이냐고 묻고 있잖아, 임마? 너 혹시 우리나라 말도 제대로 독해가 안 되는 거냐?"

김산이 얼떨결에 반걸음을 밀려나며 어정쩡한 대답을 내놓았다.

"어."

그리고 자신의 목소리가 여실히 떨려 나왔다는 것을 느끼면서 김산이 느끼는 두려움은 한 단계 더 증폭되고 있었다.

"지금 '어'라고 했냐?"

다시금 압박해 드는 박일우의 물음에 대해 김산이 당황을 주체 못하는 표정을 짓고 마는데, 돌연 박일우의 표정이 슬쩍 굳어 들었다.

"야, 이 새끼 봐라? 누가 들으면 너하고 나하고 친구 사인 줄 알겠다?"

이어 박일우는 김산의 눈을 직시하며 나직이 말했다.

"꿇어."

그 말이 나직하면서도 느릿하였기에 김산은 그 말이 뜻하는 바에 대해 곧바로 적응하지를 못하고 있었다.

그러자 박일우가 차갑고도 단호하게 끊어서 다시 명령했다.

"꿇으라니까, 새끼야!"

그 명령에는 김산의 모든 생각과 판단을 일시에 가차없이 짓눌러 버리는 기세가 담겨 있었다.

그리고 그 기세가 주는 감당하지 못할 공포는 김산의 의지에 앞서 김산의 본능을 먼저 지배하였다.

김산의 무릎이 순간적으로 휘청거리고 있었다.

바로 그때였다.

극한의 두려움과 지독한 자괴감의 혼돈 중에도 김산이 언뜻 자극을 느낄 만큼의 특기할 만한 것이 있었다.

하나는 무의식적으로 잡고 있는 조유진의 팔을 통해 전해지고 있는 미세한 반응이었다.

얇은 옷을 통해 조유진의 팔 근육이 섬세한 움직임으로 뭉쳐 들고 있다는 것이 느껴지고 있었다.

그것은 긴장이었다.

그러나 두려움의 긴장이 아닌, 금방이라도 폭발을 하기 위한 응축의 긴장이었다.

또 하나는 김산의 내부에서 돌연 생겨나서 외치며 사라져 가는 한자락의 생경하면서도 뚜렷한 생각이었다.

'두려움에 굴복하지 마라. 너는 이미 두려움에 맞서 이겨 낸 경험이 있지 않느냐? 지금의 이 두려움은 다만 그때보다 조금 더 강한 두려움일 뿐이다. 네 자신의 의지와 자존심으로 능히 이겨낼 수 있는 정도에 불과하다.'

"이러지 마!"

처음에는 아무도 그 소리가 김산으로부터 나왔다는 것을 인정하기 어려웠다.

그러나 김산이 자신의 가슴을 장난삼아 꾹꾹 찌르던 박일우의 손목을 움켜잡고 있는 광경을 보고서야 비로소 아이들은 그 목소리가 바로 김산의 것이었다는 것을 실감할 수 있었다.

김산은 지금 왼손으로 박일우의 오른 손목을 잡고 있었다.

박일우는 잠시간 자신이 처해 있는 의외의 상황에 대해 적응하고 있는 모습이었다.

그러나 박일우에게서 당황스러운 기색이 보이는 것은 결코 아니었다.

엷게 미소마저 떠올려 놓은 그의 입가에는 가소롭다는 약간의 조롱과, 그리고 오랜만에 재미있는 일을 접해본다는 듯한 흥미로움이 함께 떠올라 있었다.

"훗! 지금 뭐 하자는 거냐?"

그 물음도 느긋하였지만, 박일우는 김산에게 잡힌 손목에 전혀 힘을 주지 않고 있었다.

보기에 따라서 그는 지금 자신의 손목을 잠시 김산에게 맡겨놓고 있는 것으로 보이기도 했다.

"무슨 일인지 모르겠지만, 다짜고짜 싸우려고만 하지 말고 말로 해."

비록 가는 떨림은 여전하였지만, 이어지는 김산의 말은 보다 구체적인 문장을 이루고 있었고, 또한 한결 침착해져 있었다.

그에 대해 교실 안은 쥐 죽은 듯 조용해졌다.

사실 박일우 등 극진회 멤버들이 처음 들어왔을 때부터 교실은 조용했으나, 지금 이 순간의 조용함은 거기에다 경악이 더해져 있는 것이었다.

박일우의 표정이 설핏 일그러졌다.

"허! 이 새끼 말하는 뽄새 좀 보소? 새꺄! 너 오늘 점심때 뭐 잘못 처먹었냐?"

김산은 대답하지 않았다.

다만 박일우의 손목을 잡고 있는 왼손 손아귀에 좀 더 힘을 주었을 뿐이다.

그 힘을 느꼈는지 박일우의 입가에 어이없다는 웃음기가 스쳤다.

"이 새끼 봐라?"

그러나 박일우의 표정은 금방 약간 딱딱하게 굳어졌다.

그가 험악하게 인상을 일그러뜨리며 사뭇 위협적으로 소리쳤다.

"새끼! 너, 좋은 말로 할 때 이 손 못 놔?"

그러나 박일우의 그 위협에는 미처 감추지 못한 약간의 당혹감이 담겨 있었다.

겉으로 표시를 안 내려 하고 있었지만, 사실 박일우는 지금 김산에게 잡혀 있는 손목을 빼내려고 전력은 아니더라도 제법 강하게 힘을 쓰고 있는 중이었다.

그러나 김산의 손아귀 힘은 상상 밖으로 만만치 않아서, 그의 손아귀는 조금도 느슨해지지 않고 있었다.

오히려 김산의 손아귀에 잡혀 있는 그의 손목 부분이 은근하게 뻐근해져 오고 있는 중이었다.

순간적으로 박일우의 내심에 갈등이 스쳤다.

'날려 버려?'

그에게는 손목 하나를 잡혀 있는 상태에서도 얼마든지 상대에게 강력한 한 방을 날릴 수 있는 수단이 최소한 몇 가지는 있었다.

그러나 동시에 박일우는 망설이지 않을 수 없었다.

그것은 만약 그가 '짱'이 아니었다면 애초에 생기지도 않았을 망설임이었다.

공식적이든 비공식적이든 모두가 인정해 주는 지금의 위치에 오르기 전이었다면 이런 망설임이 생길 틈도 없이 벌써 그의 몸이 먼저 반응하였을 것이다.

빡빡한 싸움이든 헐렁한 싸움이든, 일단 싸움에 있어서는 선방을 치는 쪽이 절대적으로 상황을 주도할 수 있다는 것은 거의 진리에 준하는 법이었으니까 말이다.

문제는 그가 '짱'이라는 점이었다.

3학년에 올라오면서 졸업하는 선배로부터 짱의 지위를 물려받으며 박일우는 짱으로서 유념해야 할 몇 가지의 강령과 도 같은 행동 요령을 전해받은 바 있었다.

그리고 이후로 짱으로 군림하면서 그 행동 요령들에 대해 나름으로 수긍하게 된 바도 있었다.

행동 요령의 핵심은, 요컨대 짱은 함부로 움직여서는 안 된 다는 것이었다.

짱의 권위는 가히 무소불위에 가까웠지만, 역으로 한순간 에 무너져 버릴 수도 있는 것이었으니까.

"짱은 주먹을 아껴야 한다. 직접 승부할 때는 장소와 상황과 상 대를 신중하게 가려야 한다. 위협적인 상대가 있다면 부딪치기 전 에 일단 끌어들여라. 끌어들이기 어렵다면 위협이 되지 않도록 잘 관리하라. 보다 중요한 것은, 남들이 인정하는 상대에게만 주먹을 쓰라는 것이다. 그래야만 짱으로서의 권위를 원만히 유지할 수 있 다. 가장 중요한 것은 일단 붙은 다음에는 수단과 방법을 가리지 말고 무조건 확실하게 상대를 깨야만 한다는 것이다. 만약 상대를 깨지 못하고 너 자신이 깨진다면, 바로 그 순간 너는 이미 짱이 아 니다."

교실의 분위기는 조금 묘하게 변해가고 있었다.

이제는 다른 아이들도 김산과 박일우 사이에 어떤 일이 벌어지고 있는지 대강은 짐작해 가고 있는 듯하였다.

그러나 박일우는 문득 느긋한 얼굴로 돌아가고 있었다.

"이 새끼, 이거, 보기보단 제법 깡이 있는 놈이네?"

그사이 김산의 얼굴도 많이 차분해져 있었다.

좀 전까지만 해도 김산은 거의 제정신이 아니었다.

감히 박일우의 손목을 움켜잡고 버틴 일이 그렇고, 또한 그에게 무엇인가를 충고한 것도 결코 김산 자신의 본래 정신으로 한 일은 아닌 것 같았다.

사실 김산은 자신이 박일우에게 무슨 말을 했는지에 대해서조차 방금 전에서야 겨우 되새겨 낼 수 있을 정도였다.

김산이 그 극한의 당황과 두려움에서 조금씩 벗어나기 시작한 것은, 자신이 박일우의 손목을 능히 제압하고 있다는 사실을 실감하면서부터였다.

물론 그것만으로 자신이 박일우에게 맞설 수 있으리라고는 여전히 꿈도 꾸지 못했지만, 적어도 이대로 놈의 한쪽 손을 붙들고 늘어질 수는 있겠다는 심산은 가져 볼 수 있었기 때문이다.

그리고 그런 각오와 약간의 자신감은 김산으로 하여금 전혀 계획하지도 않았던, 지금 바로 머리 속에 떠오르는 생각 그대로를 입 밖으로 뱉어낼 수 있도록 만들었다.

"교실에서 이러지 말고, 시간과 장소를 정해서 따로 해결하기로 하자."

점점 더 뜻밖의 모습을 보이고 있는 김산에 대해 박일우의 두 눈이 잠깐 치켜떠졌지만, 그는 기왕에 느긋하기로 작정했다는 듯 이내 익살스럽게 인상을 찡그려 보이며 반문했다.

"후후! 그러니까 지금 너하고 나하고 나중에 한번 붙어보자는, 뭐, 그런 말이냐?"

김산이 당연히 거기까지는 미처 각오가 되어 있지 못했으므로 그만 멈칫하는 기색이 되고 말았다.

그때였다.

"아니, 나하고 붙기로 하지. 나 조유진과 너 박일우가 깨끗하게 일 대 일로 말이다."

선뜻 끼어든 것은 조유진이었다.

김산에 이은 조유진의 도발(?)에도 불구하고, 박일우는 이제 오늘의 일에 대해서는 일단 마음을 비운 듯 보였다.

박일우가 싱긋이 웃으며 마치 확인이라도 하듯 조유진에게 되물었다.

"큭! 일 대 일로 말이지?"

그리고는 조유진에게서 확답을 듣는 대신 자유로운 왼손으로 김산의 어깨를 가볍게 두드리며 짐짓 장난스럽게 말했다.

"야, 새끼야! 이 손은 그만 좀 놓자! 땀 차잖냐? 누가 사귀는 줄 오해라도 하면 기분이 좀 더럽지 않겠냐, 새끼야?!"

그 농담(?)에 담긴 묘한 뉘앙스에 김산은 퍼뜩 박일우의 손목을 놓아주었다.

박일우의 왼손이 번뜩하고 김산의 복부로 날아든 것은 바로 그 순간이었다.

그 찰나의 순간에 김산은 피해야 한다고 생각했다.

박일우의 주먹은 번개처럼 빨랐지만, 그 주먹이 자신의 배로 날아오는 과정이 이상하리만치 선명하게 보였기 때문이다.

그러나 생각뿐이었다.

눈으로 뻔히 보고 머리로는 피해야 한다는 생각을 절박하게 하면서도, 막상 김산의 몸은 눈과 머리와는 전혀 별개였다.

다만 짧게 흠칫한 것을 제외하고는 김산은 꼼짝도 못한 채로 복부로 꽂혀드는 박일우의 주먹을 고스란히 맞고 말았다.

퍽!

"욱!"

순간적으로 호흡이 끊어졌다.

그리고 뒤이어 엄습해 드는 생경하고도 지독한 고통에 김산의 허리는 직각으로 접히고 말았다.

"개새끼!"

날카롭게 외치며 조유진의 몸이 제자리에서 간단하게 공중으로 도약해 올랐다.

이어 조유진의 허리가 공중에서 짧은 비틀림을 일으키면서, 동시에 마치 응축된 힘을 폭발시켜 내듯 그의 오른 다리가 박일우의 머리 어림을 향해 휘돌아 나갔다.

그러나 바로 그 순간, 허리를 숙이고 있던 김산이 끊어졌던 호흡을 겨우 이어내는 동시에 외마디로 외쳤다.

"그만 둬!"

그리고 김산은 허리를 숙인 채로 쓰러지듯이 자신의 몸으로 조유진과 박일우의 사이를 막아섰다.

그러자 조유진이 공중에서 휘돌려 차 나가던 동작을 억지로 멈추면서 바닥으로 내려섰는데, 무리한 동작으로 인해 미처 균형을 잡지 못한 그의 몸이 크게 휘청거렸다.

"뭐 해, 새끼들아?! 이 새끼들, 콱 밟아버려!"

박일우의 외침에 주변을 둘러싸고 있던 손일중 등 일곱 명이 일제히 주먹과 발을 휘두르며 조유진과 김산을 향해 덮쳐왔다.

"죽여!"

"아작을 내버려!"

놈들이 내뱉는 악다구니만으로도 교실 안은 삽시간에 살벌한 난장판으로 변해 버리고 말았다.

쾅!

쿠당탕!

주변의 책상과 의자가 사방으로 나뒹굴며 쿵쾅거리는 난리통의 소음을 만들어냈다.

조유진은 곧바로 몸의 중심을 잡으면서, 우선은 김산의 허리를 잡아당겨 자신의 뒤쪽으로 가게 했다.

그리고는 치고 들어오는 놈들을 향해 그야말로 번개같이 주먹과 발을 치고 날렸다.

그러나 놈들도 모두 한가락씩 한다는 놈들인 데다가, 일시에 사방에서 좁혀들며 쏟아지는 몰매를 그 혼자서 감당하기에는 아무래도 역부족으로 보였다.

더욱이 그의 등 뒤에 있는 김산이 급소를 얻어맞은 충격이 아직 가시지 않았는지 제자리에 쭈그리고 앉아버리면서, 상황은 완전히 일방적으로 변해 버렸다.

김산이 쭈그려 앉은 채 아예 두 손으로 얼굴을 감싸고서 떨어지는 뭇매를 맞게 되자, 조유진 또한 더 이상 놈들에게 맞서 대항하기를 포기하는 모습이었다.

대신 조유진은 쭈그려 앉은 김산의 주위를 돌면서 김산을 보호하기에 주력하는 편을 택했다.

조유진은 김산에게 떨어지는 주먹과 발길질을 쳐내면서 막상 자신에게 가해지는 타격에 대해서는 피할 여유도 없이,

다만 얼굴과 급소만을 피하여 등이나 어깨로 받아주고 있었다.

못매가 계속되었다.

그러나 조유진은 맞는 중에도 고개를 숙이지는 않았다.

그의 눈빛은 점점 더 차갑게 빛나서, 나중에는 마치 차가운 불꽃이 이글거리는 듯하였다.

그것은 마치 몰매를 맞는 중에도 자신과 김산을 치고 차는 놈이 누구인지를 분명히 확인하고 기억해 놓겠다는 듯한 섬뜩한 눈빛이었다.

아마추어들의 싸움에서는 흔히 맞는 쪽보다 때리는 쪽이 더욱 흥분하게 마련인 모양이다.

아무리 짱이니 극진회니 하지만 사람을 때리는 일에 대해서는 아직까지 그다지 익숙한 편이 못 되었는지, 놈들 중의 몇몇은 때리는 중에 제풀에 흥분을 키워가고 있었다.

한 놈이 주변에 굴러다니는 의자를 들어 조유진을 내려쳤고, 김산을 가로막고 선 터라 차마 피하지 못한 조유진은 팔로 그것을 막았다.

퍽!

그러나 조유진이 그 충격을 추스르는 사이에 뒤에서 다른 한 놈이 다시 의자를 휘둘렀고, 그것은 그대로 조유진의 머리 위로 내리찍혔다.

퍼억!

일순 조유진의 섬세한 몸이 휘청하였다.

곧바로 중심을 잡고 서기는 하였지만, 조유진의 얼굴로는 머리에서부터 타고 내린 한줄기의 붉은 핏줄기가 흐르고 있었다.

그러나 그런 중에도 조유진은 김산에게서 떨어지지 않았다.

그의 눈빛은 오히려 더욱 차갑게 번뜩이고 있었다. 처절할 정도로.

그런 조유진의 모습에 질려 버렸는지, 그리고 그것이 더한 자극이 되었는지 놈들은 더욱 미친 듯이 달려들어 조유진의 전신을 가리지 않고 치고 찼다.

가히 광란의 몰매였다.

극도로 질려 버린 반 아이들이 여기저기서 비명 소리를 삼켰고, 그중 몇몇은 재빨리 교실을 빠져나가고 있었다.

교실 바깥으로 아이들이 몰려들고 있었다.

아마도 2반 교실에서 싸움이 벌어졌다는 소식이 옆 반으로 쫙 퍼진 모양이었다.

그러나 상황이 너무 험악해서였는지 아이들은 앞문과 뒷문 쪽으로 몰려 웅성거리고만 있을 뿐, 누구도 그 살벌한 난투장 안으로 들어가 말릴 엄두를 내지 못하고 있었다.

얼마 지나지 않아 국어와 영어를 담당하는 선생들이 왔으나, 그들 둘 모두가 남자 선생들이었음에도 불구하고 일시 어떻게 사태를 수습해야 할지 몰라 허둥대기만 하였다.

교실 안의 광란을 잠깐이나마 멈추게 한 것은 뾰족한 소프라노 성의 외침이었다.

"이게 뭐 하는 짓들이야?! 당장 그만두지 못해?"

서영은 선생이었다.

선생의 목소리는 놀람에 가득 차서 비명을 지르듯이 하는 것이었고, 얼굴에도 질린 기색이 가득하였지만 선생은 주저 없이 뒷문 쪽의 구경꾼들을 밀치고 교실 안으로 들어섰다.

그리고 상황을 일별한 선생은 곧장 피투성이가 되어 있는 조유진과 김산 쪽으로 다가가려 했다.

바로 그때, 놈들 중에서 누군가가 악에 받친 목소리로 외쳤다.

"뭐야? 씨발! 뭔데 그만두라 마라야?"

이어 박일우가 외쳤다.

"야! 누가 선생 좀 나가 있게 해!"

나직하였으나 살벌함으로 가득 찬 그 외침에 서영은 선생은 그만 주춤 걸음을 멈추고 말았다.

마침 부반장인 정명훈이 급히 선생에게로 다가서며 사뭇 떨리는 목소리로 속삭였다.

"선생님, 저 애들, 극진회 애들입니다. 선생님이 말릴 수 있는 애들이 아닙니다. 어서 밖으로 피하십시오."

그러나 정명훈의 떨리는 목소리가 오히려 선생으로 하여금 용기를 내게 한 모양이었다.

"조유진이가 많이 다쳤잖아? 저대로 둬서는 안 돼. 이놈들! 너희들, 당장에 그만두지 못해?!"

선생의 외침은 떨리는 중에도 짜랑하게 교실을 울렸다.

그러나 그 외침은 곧바로 거친 반발을 불러일으키고 말았다.

"이런, 씨발! 나가! 나가라고! 안 나가?! 좋아! 그럼 일루 와 봐! 선생이든 뭐든 확 부숴 버릴 테니까!"

긴박하게 돌아가는 분위기 때문이지 제풀에 극도로 흥분해 버린 한 놈이 눈을 부라리며 곁의 의자를 집어 들며 악다구니를 썼다.

그리고는 정말로 선생을 향해 치켜든 의자를 집어 던질 것 같이 위협하자, 놀란 정명훈이 급하게 선생의 팔을 잡아끌었다.

"선생님!"

그러나 선생은 단호하게 정명훈의 팔을 뿌리쳤다.

그리고 방금 소리친 놈을 자세히 보면서 한결 침착해진 목소리로 말했다.

"너, 6반 박석균이지? 그래, 박석균이 맞구나. 그런데 너, 방금 뭐라고 했니? 선생님이 제대로 듣지를 못했으니까 다시 한 번 말해줄래?"

선생이 똑바로 눈을 맞추면서 그렇게 말하자, 놈은 멈칫하고 말았다.

그러나 그때 한쪽 옆에 섰던 다른 놈이 욕설과 함께 거칠게 소리를 질렀다.

"씨발! 다시 한 번 말해달라고? 안 나가면 확 부숴 버린다고 했다! 어쩔래? 정말로 확 부셔줄까?"

놈은 위협만으로는 성이 차지 않았던 듯 선생을 향해 곧바로 다가오기 시작했다.

정명훈이 급하게 놈의 앞을 막아서며 애원하듯이 말했다.

"왜… 왜 이래? 이러면 안 되는 거잖아?"

억지로 버티고 선 정명훈의 다리가 보기에 안쓰러울 정도로 부들부들 떨리고 있었다.

서영은 선생의 소프라노 성의 놀란 외침을 듣는 순간, 그리고 선생의 그 대담한 참견 덕분으로 사정없이 퍼붓던 몰매가 잠시 멈춘 틈을 타서 김산은 겨우 정신을 수습하고 있었다.

사실 그때까지도 그는 도저히 정신을 차리지 못하고 있었고, 그저 온몸으로 떨어지는 매에 대해 조금이라도 덜 맞으려는 본능에만 충실하고 있었다.

자신의 곁에 선 조유진의 처지까지 생각할 수 있는 여유는 더욱이 없었다.

그러나 문득 정신을 수습하면서 언뜻 주변 상황을 돌아본 김산은 부끄러움과 울분, 그리고 의무감 같은 것들을 한꺼번에 느끼게 되었다.

조유진의 얼굴이 피투성이가 되어 있는 것을 보았고, 또 그가 그렇게 된 것이 자신을 보호하느라 안 맞아도 될 매까지 자청하여 맞았기 때문이라는 것을 짐작할 수 있었기 때문이다.

또한 서영은 선생이 위협받고 있는 상황을 본 때문이었다.

한순간 김산은 주저앉은 자리에서 벌떡 일어서며 막 정명훈을 향해 펀치를 날리고 있는 놈을 향해 돌진해 갔다.

그러자 조유진이 미처 영문을 파악하지 못하였으면서도 반사적으로 김산의 뒤를 따라 뛰었다.

김산은 달려가는 탄력 그대로 놈을 향해 몸을 날렸다.

"어, 어? 이 새끼가?"

막 정명훈의 턱에 한 방을 먹인 놈은 김산의 돌진을 보면서도 전혀 예상치 못했던 사태라 어떻게 피해볼 새도 없이 그대로 김산의 왼 어깨에 가슴을 치받치고는 바닥으로 나뒹굴고 말았다.

콰당!

김산이 잽싸게 중심을 잡으면서 쓰러진 놈을 쫓아가 그대로 오른발을 내질렀다.

퍽!

김산의 오른발이 사정없이 녀석의 옆구리를 걷어찼다.

"크윽!"

김산의 발길질은 어색하게만 보였는데도 불구하고 옆구리의 급소를 제대로 채였는지, 혹은 그 일격에 담긴 위력이 보기보다는 대단하였는지 놈의 입에서는 순간적으로 호흡이 끊기는 비명이 토해졌다.

그리고 놈은 새우처럼 몸을 웅크렸는데, 숨을 잇기 어려워하는 폼이 아마도 한동안은 일어서지 못할 것 같았다.

"저 새끼들 잡아!"

놈들 중의 누군가가 외쳤고, 박일우를 제외한 나머지 여섯 놈 모두가 우르르 김산과 조유진을 향해 달려왔다.

김산은 뒤로 돌아서서 달려오는 놈들과 정면으로 마주 섰다.

그런 그의 모습은 자신의 뒤쪽에 서 있는 서영은 선생을 보호하려는 것으로 보였다.

그때,

"탓!"

짧은 기합성과 함께 조유진이 김산의 앞으로 달려나갔다.

그리고 조유진의 몸이 왼발을 축으로 간단하게 회전하면서 그의 오른발이 허공을 돌아 차 나갔다.

그 돌려차기는 마침 앞서서 달려오던 놈의 배에 정통으로 꽂혀 버렸다.

"욱!"

묵직한 비명 소리와 함께 놈은 허리를 꺾은 채로 주르르 밀려나더니 결국은 바닥으로 주저앉고 말았다.

쿠당탕!

와중에 놈의 몸에 부닥친 책상 하나가 요란한 소리를 내며 나뒹굴었다.

그사이 조유진은 다른 세 놈을 맞아서 치열한 난투를 벌이고 있었다.

그리고 손일중과 나머지 한 놈은 곧장 김산을 향해 달려오고 있었다.

손일중은 그 와중에도 지난번에 당했던 일을 떠올렸는지, 김산과의 거리가 두 걸음쯤으로 좁혀졌을 때 공중으로 뛰어오르며 달려가던 탄력을 그대로 살려 앞차기로 김산의 턱을 차갔다.

거구인 놈의 덩치로는 안 어울린다 싶을 정도로 날렵한 동작이었다.

"산아!"

조유진이 세 놈과 치열한 공방을 벌이고 있는 와중에도 김산을 살피고 있었던지 다급하게 외쳤다.

그러나 의외로 지금 김산에게서는 별로 당황하거나 허둥거리는 기색이 보이지 않고 있었다.

비교적 차분하게 손일중의 움직임을 지켜보고 있던 김산은, 공중에 뜬 손일중의 앞차기 일격이 바로 코앞까지 쇄도해온 순간이 되어서야 별로 급하지 않게 성큼 왼발을 물리며 뒤로 물러섰다.

동시에 왼발을 축으로 허리를 슬쩍 뒤로 제친 김산이 그 반동을 살리며 오른발을 쭉 앞으로 뻗어냈다.

다음 순간,

퍼억!

둘의 다리가 그대로 부딪쳤다.

김산의 오른발은 찼다기보다는 슬쩍 밀 듯이, 그러나 비교적 정확하게 마침 애초에 목표했던 지점을 지나 아래로 처지고 있는 손일중의 발을 맞이한 것이었다.

그것은 누가 보더라도 김산의 열세였다.

우선은 덩치에서 비교가 안 되는 데다, 더욱이 손일중의 앞차기는 달려오며 도약해 오른 탄력이 담겨 있었다.

그러나 결과는 뜻밖이었다.

김산은 부딪친 충격에 순간적으로 허리가 휘청하였으나 크게 밀리지는 않은 채로 균형을 잡고 바로 선 데 반해, 손일중은 상당한 충격을 받은 듯이 몸의 균형을 잃고 바닥으로 떨어지면서 그대로 엉덩방아를 찧어버린 것이다.

그런 틈에 김산이 잽싸게 놈을 덮쳤다.

그리고 곧 손일중에게서는 답답한 신음 소리와 약간의 억울함마저 녹아든 푸념 같은 소리가 새어 나왔다.

"큭! 이 새끼가 또!"

지금 손일중의 목은 김산의 왼팔에 단단히 제압당해 있었고, 손일중은 빠져나오려 발버둥을 치고 있었으나, 그의 목에 감긴 김산의 그 약해 보이는 왼팔은 도무지 꿈쩍도 하지를 않고 있었다.

지난번에 당했던 것과 비슷하게 말이다.

"비켜, 병신 같은 새끼들아!"

박일우의 성난 외침에 조유진과 한창 치열하게 펀치를 교환하고 있던 세 놈은 곧장 뒤로 물러섰다.

"이 새끼는 나한테 넘기고 너희들은 저 새끼나 좀 치워!"

박일우가 턱짓으로 가리키는 곳은 바로 김산 쪽이었다.

김산은 지금 손일중의 목을 제압한 채 손일중의 몸과 열십자의 형태가 되게 가로로 누워서 버티기를 하고 있었는데, 그것은 지금까지 그가 취한 동작들 중에서는 그나마 제법 그럴

듯해 보이는 것이었다.

그런 김산의 주위에서 다른 한 놈이 호시탐탐 덮칠 기회를 엿보며 주위를 돌고 있었지만, 김산은 와중에도 놈의 움직임까지 주시하면서 간간이 오른발을 차내며 녀석이 접근하는 것을 저지하고 있었다.

그런데 한차례 김산이 누워서 차내는 발길질에 맞아본 후로 놈은 주위를 돌기만 할 뿐, 함부로 접근할 엄두를 내지 못하고 있었다.

그럼으로 해서 어떻든 두 놈이나 상대를 하고 있으면서도, 김산에게서는 제법 여유가 비치고 있었다.

그러나 조유진에게 몰려 있던 세 놈이 이쪽으로 합세하면서부터 김산의 그런 여유는 간단히 끝이 나고 말았다.

손일중을 제압하고 있느라 바닥에 누워 있는 처지에서, 넷이나 되는 놈들이 주위로 둘러서서 사정없이 발길질을 해대는 데는, 김산의 그 강력한 오른발도 어떻게 위력을 발휘해볼 방법이 없었다.

퍽!

퍼억!

퍽!

그것은 다시 일방적인 몰매였다.

다만 그런 중에도 김산은 손일중의 목을 감은 손을 풀지 않았고, 오히려 더욱 힘을 주어 조이며 악착같이 버티고 있었다.

놈들이 내뱉는 거친 욕설과 악다구니, 김산의 몸에 발길질이 쏟아지면서 나는 소리, 그리고 그 소리들 속으로 금방이라도 숨이 넘어갈 듯한 손일중의 절박한 신음 소리가 섞여 들었다.

"컥!"

"커어억!"

곁눈질로 김산이 몰매를 맞는 것을 보면서도, 조유진은 지금 어떻게 해볼 수가 없는 처지에 놓여 있었다.

지금 그가 맞서고 있는 상대는 혼자였지만, 그러나 그는 바로 박일우였다.

좀 전까지 놈은 짱으로서의 위신을 지켜보려는 입장인 것 같았지만, 놈이 이제 자신과의 일 대 일 승부를 작정하였다는 것을 조유진은 본능처럼 느낄 수 있었다.

그리고 일단 놈이 정면 승부를 작정한 이상, 조유진으로서는 감히 조금이라도 신경을 분산시킬 여유가 없는 상황이었다.

'빨리 끝내는 수밖에 없다. 한 방, 단 한 방으로 끝내는 거다.'

조유진은 자꾸만 다급해지려는 마음을 지그시 억누르며,

박일우의 눈빛과 미세한 움직임에까지 자신의 모든 신경을 곤두세웠다.

그런 조유진의 긴장과 조급함을 느꼈는지, 박일우의 입가에는 차분하면서도 사뭇 느긋해 보이는 엷은 미소가 떠오르고 있었다.

그리고 두 사람은 천천히 자세를 갖춰갔다.

"이, 뭐꼬? 어이! 씨발 놈들아! 너그들, 지금 뭐 하는 기고?"

교실 뒷문에 몰려 있는 구경꾼들을 거칠게 밀어젖히며 들어와서는 우렁우렁한 고함을 토한 것은 바로 탱크 장훈이었다.

고함을 치는 한편으로 재빠르게 교실 안의 상황을 훑어본 장훈의 인상이 와락 일그러졌다.

"야, 이 개새끼들아! 너그들, 당장에 김산이한테서 몬 떨어지겠나?"

그러나 장훈의 엄포는 놈들에게 잠시간의 주의를 끌었을 뿐, 어떤 실질적인 변화를 가져오지는 못했다.

그러자 당장에 탱크의 눈빛이 희번덕거렸다.

손에 집히는 대로 곁에 있던 의자 하나를 집어 든 장훈이 고함과 함께 의자를 휘두르면서 그대로 김산의 주위를 둘러싼 놈들을 향해 맹렬히 돌진해 갔다.

"너그들, 오늘 다 죽었다이?! 우와아아앗!"

퍼어억!

와자작!

어느 놈인가의 등짝을 후려치면서 장훈의 손에 들렸던 의자가 그대로 부서져 나갔다.

그 거칠 것 없는 힘과 기세에, 김산에게 붙어 있던 네 놈은 놀라 제각기 뒤로 피해 물러나지 않을 수 없었다.

그리고 그것으로 교실 안의 모든 상황은 일시 정지 상태로 들어가 버렸다.

다만 그런 와중에도 김산은 손일중의 목을 풀지 않고 있었다.

일시 정지의 상황을 다시 푼 것은 역시 장훈이었다.

장훈이 슬쩍 장난을 거는 듯한 표정을 만들며 바닥에서 버티고 있는 김산에게 말을 건넸다.

"봐라, 봐라, 김산! 니 그라다가 그 자슥 숨 맥히가 죽는 수가 있데이. 지금 가 얼굴색이 우찌 되있는지 한번 보라카이! 누런 똥 색이 되있다 아이가? 자자! 됐다, 마! 인자 고마 하고 그 자슥 숨통 좀 틔워주거라."

장훈의 그 말이 즉각적인 효력이 있었던지, 죽어라고 버티고 있던 김산이 얼른 손일중의 목에서 손을 풀고는 슬그머니 일어섰다.

"봐라, 너그들도 고마 해라. 선생님까지 계신 자리에서 그카믄 되나?"

장훈이 여전히 대치해 있는 박일우와 조유진을 향해 다분히 능글맞게 던진 말이었다.

"탱크, 이 새끼! 죽기 싫으면 아가리 닥치고 구구로 한쪽에 처박혀 있는 게 좋을 거다."

박일우가 매서운 눈길로 장훈을 노려보며 목소리를 깔았다.

장훈이 조금도 겁이 안 난다는 듯 싱긋이 웃으며 놈의 말을 받았다.

"그래 몬하겠다면 우짤 낀데? 와? 내캉 한번 붙어볼라꼬? 마, 좋다. 니가 원한다카믄 내는 언제든지 니캉 붙어줄 용의가 있다. 다만, 두 가지 조건이 있데이."

장훈이 박일우를 향해 빙긋 웃고 나서 말을 이었다.

"하나는, 일 대 일로 붙자는 기다. 짱이면 짱답게 놀아야제. 지금 맹키로 대가리 수로나 밀어붙여서야 어데 짱이라고 할 수 있겠나? 까놓고 말해서 쪼매 쪽팔리지 않나?"

박일우의 인상이 대번에 험하게 일그러졌으나, 장훈은 그런 것에는 신경도 안 쓰인다는 듯이 여유있게 말을 계속했다.

"그라고 두 번째는, 아무래도 선점권이라는 기 있는 법이니까네, 여기 조유진이가 내한테 순서를 양보해야 한다는 조건이다. 안 글나? 니하고 조유진이 맞짱 직전까지 갔으니까네, 일단은 순서상으로도 너그 둘이의 승부가 먼저 아이겠나? 아, 물론 조유진이가 양보를 해준다면야 내한테는 참말로 고마운 일이제."

박일우의 표정은 다시 차분하게 진정되고 있었다.

오늘 일이 이렇게 되리라고는 그로서는 전혀 예상도 못한 일이었다.

사실은 처음부터 그가 직접, 그것도 극진회의 핵심 멤버들을 대거 대동하고 나설 일은 아니라는 생각이었다.

다만 거절하기 어려운 특별한 부탁이 있었기에, 생색을 내는 차원에서 나선 것이었다.

그런데 몇 가지 생각도 못한 변수가 생겼다.

우선은 조유진이란 놈이었다.

놈이 보통이 아니란 것에 대해서는 그동안 놈과 붙어보았던 녀석들을 통해 미리 말을 들은 바가 있었다.

그러나 오늘 놈을 직접 대면해 보니 예상했던 것을 한참이나 뛰어넘는, 결코 만만한 놈이 아니었다.

다음으로 손일중이 김산이란 놈에게 또다시 제압을 당했다는 것은 차라리 어이가 없는 일이었다.

아무래도 손일중에 대한 평가는 다시 해야겠다는 생각이

었다.

　물론 박일우 또한 김산의 완력이 뜻밖으로 제법 대단하다는 것을 직접 실감해 보기는 했지만, 그것은 다만 말 그대로 제법일 뿐이었다.

　그가 보는 한 김산은 우선 기질이나 체질부터가 절대로 싸움을 할 체질이 아니었다.

　그 점에 대해서만큼은 박일우는 자신있게 말할 수 있었다.

　가장 신경을 거슬리게 하는 것은 바로 탱크 장훈이었다.

　사실 정말로 일 대 일로 맞짱을 뜬다면, 그로서도 결코 만만하게 볼 수 없는 강자가 바로 장훈이었다.

　비록 저 혼자 독고다이로 노는 덕분에 그동안 크게 신경을 쓰지는 않았지만, 단순히 주먹으로만 따진다면 장훈이야말로 학교 내에서 가장 위협적인 존재라고 할 수 있었다.

　지난번 손일중이 애들 몇몇을 데리고 조유진과 김산을 손봐주려 했을 때, 그때도 장훈이 개입했었다는 말을 들은 바가 있었다.

　그러나 그때는 다만 우연한 일이겠거니 하고 넘겨 버렸는데, 오늘 보니 놈들 간에는 아무래도 어떤 관계가 있는 것 같았다.

　물론 그렇다고 하더라도 박일우가 놈들에게서 실질적인 위협을 실감하는 정도는 아니었고, 만약에 정말로 일 대 일로 붙는다고 해도 자신이 없는 것은 더욱이 아니었다.

　그는 명실공히 보국고의 짱이고, 당당히 자신의 실력으로 그 자리에 올라서 있는 것이다.

　박일우는 문득 한쪽에서 질린 얼굴로, 그러나 사뭇 꼿꼿한 모습으로 자신들을 지켜보고 있는 여선생을 힐끗 돌아보았다.

　자칫 뒤끝이 시끄러워질 소지가 다분히 있어 보였다.

　굳이 복잡하게 따져 볼 것도 없이, 역시 이쯤에서 그만 물러서는 게 좋을 것 같았다.

　물론 시끄러운 일이 생긴다고 해도 그런 것쯤이야 간단히 해결이 되겠지만, 어쨌든 이쯤에서는 일단 뒤로 몸을 빼는 것이 여러모로 좋을 것이다.

　"어이! 조유진이 하고 장훈이! 그리고 그쪽에 허접이!"

　박일우가 김산까지 셋을 한꺼번에 불러놓고는 여유있는 모습으로 싱긋이 웃었다.

　"한참 재미있게 되려는 판인데, 이대로 끝내기는 아쉽지만 아무래도 오늘은 그만 노는 게 좋겠지? 뭐, 앞으로도 시간은 많으니까 우리 이제부터는 종종 보기로 하자고!"

　그 말을 남기고 박일우는 느긋하게 뒷문 쪽을 향해 걸어갔다.

　그리고 서영은 선생을 지나칠 때는 가볍게 고개를 숙여 보이는 여유까지 부리면서 천천히 교실을 빠져나갔다.

손일중 등 패거리들이 잔뜩 인상을 그리면서 그 뒤를 따랐다.

김산이 서영은 선생에게로 다가서며 조심스럽게 물었다.

"선생님, 괜찮으세요?"

그러자 선생은 그제야 긴장이 일시에 풀리는지 얼굴빛이 창백하게 변하고 말았다.

그런 중에도 선생은 상황부터 수습하려고 했다.

"먼저 조유진이를 양호실로 데려가라. 그리고 안 되겠거든 나와 같이 병원으로 가도록 하자."

그때쯤 어느 정도 굳어지고 있는 피 때문에 조유진의 머리는 마치 무스로 스타일링을 해놓은 것처럼 보였다.

그때 마침 야자 1교시 시작을 알리는 벨이 울리고 있었다.

선생이 침착하게 상황을 마저 정리했다.

"모두들 책상과 의자를 정리하고 자리에 앉아라."

아이들이 부산하게 여기저기 나뒹구는 책상과 의자를 바로 세우고 옮기는 중에, 김산은 조유진과 탱크를 앞세우고 교실을 빠져나왔다.

11. 용기(勇氣)

그날 극진회의 2반 교실 난입 사건의 후폭풍으로 자칫 학교가 한바탕 뒤집히리라는 긴박한 분위기가 아이들 사이로 돌았다.

사실 근래의 일로는 전례를 찾기 어려울 만큼의 대규모의 폭력 사태라고 할 수 있는 데다, 그동안 학생들과 학교 측이 서로 알게 모르게 쉬쉬해 왔던 극진회의 존재가 공공연히 드러났고, 더욱이 사태를 말리려던 여교사가 폭력을 주동한 학생들로부터 욕설과 함께 직접적인 위협을 당하는 처지로까지 몰린 사건이었다.

따라서 아무리 가벼워도 몇몇 주동자들에 대한 어떤 징계 조치는 분명히 있을 것이라는 수군거림이 있었다.

그 일이 있은 지 며칠 후에는 징계위원회가 열렸다는 소문이 은밀히 돌았고, 그 결과로 누구누구는 정학이고, 또 누구누구는 퇴학이라는 구체적인 말까지 돌기도 했다.

그러나 그러한 분위기와 구체적인 소문에도 불구하고, 그로부터 이 주일여가 훌쩍 지나가도록 실제로 취해진 조치는 없었다.

그럼으로써 그 문제는 유야무야 넘어가는 것으로 여기는 축들도 생기게 되었다.

원래 진짜로 큰일은 그렇게 조용히 넘어가는 법이라고, 제법 세상 돌아가는 사정에 익숙한 척을 하는 녀석들도 있었다.

그런데 아무도 상상하지 못했던 문제가 터진 것은, 정말로 그렇게 조용히 문제가 덮어지나 보다 하고 모두의 관심마저도 차츰 퇴색이 되어가고 있을 때쯤이었다.

월요일 아침.

막 등교한 아이들은 한 가지 이슈에 대해 한바탕 떠들썩하였고, 뿐만 아니라 선생들의 분위기도 영 심상치가 않았다.

매월 초에 한번 열리는 전교 방송 조례가 돌연 취소되었고, 대신 전 교직원이 참석하는 확대회의가 긴급히 소집되었다는 소식이 돌았다.

그리고 그 모든 소동의 원인은 바로 일요일 밤에 학교 홈페이지에 올라온 장문의 기고문 때문이었다.

서영은 선생이 올린 기고문의 골자는 이랬다.

학교 내에 폭력 써클이 실재하고 있음에도, 그리고 그것을 인지하고 있음에도 불구하고 학교는 지금까지 그 사실을 묵인 내지는 방관해 왔다는 것이다.

그러한 학교 측의 무신경과 안일함이 이 주일여 전과 같은 감히 상상할 수 없는 교내 폭력 사태를 불러일으키는 데 보이지 않게 일조를 한 것이나 마찬가지이고, 그런 점에서 선생 자신 또한 학교를 구성하는 한 사람으로서 깊은 반성을 하지 않을 수 없다고 했다.

선생이 직접 목도하였던 바, 소위 극진회라는 불법 폭력 써클에 속한 아이들의 행태는 그야말로 사회에서 조폭이라 부르는 기성 폭력 조직의 행태를 그대로 답습한 끔찍한 것으로써, 배움의 터전인 학교 내에 더 이상은 그런 폭력 써클의 존재를 묵인하거나 방관해서는 결코 안 되겠다는 다급한 위기감을 가지게 되었다고 했다.

선생은 사건 바로 다음날의 교무회의에서 자신이 직접 겪은 그대로 사건의 진상을 모두 보고하였고, 아울러 당일 폭력을 주도했던 학생들에 대해 학칙에 준한 적법한 징계가 필요하다는 의견을 냈다고 했다.

　나아가 교내 폭력의 근저를 이루고 있는 극진회에 대한 실체를 지금이라도 엄밀히 조사한 다음 적법하고도 단호한 조치를 취함으로써, 그 어두운 뿌리를 완전히 제거해야 한다고 주장했고, 아울러 그러한 모든 조사와 조치의 과정과 결과를 학교 내외에 엄정히 공개함으로써, 학생들이 안심하고 공부에 전념할 수 있도록 하고, 또한 본교는 물론이고 다른 학교 사회에도 향후 이러한 폭력 써클의 음성적 자생 내지는 유사한 폭력 사태가 발생하지 않도록 경종과 타산지석이 되도록 할 것을 제안하였다고 했다.

　그러나 선생의 그 같은 주장과 제안에 대해, 특히 직책을 맡은 간부 교사들을 위주로 유보적 내지는 부정적인 의견들이 제시되었다고 했다.

　선생은 이후에도 여러 차례에 걸쳐 간부 교사들에게 자신의 주장과 제안을 거듭 토로한 바 있으나, 그때마다 그들은 오히려 너무 나서지 말라는 윽박지름이나, 괜한 분란으로 사실보다 과장되게 외부에 알려지기라도 한다면 교사들이나 학생들, 그리고 학교의 명예를 위해서도 좋을 것이 없다는 식의 회유, 혹은 아예 묵살하는 태도로 일관하고 있다는 것이었다.

　더욱이 일부에서는 극진회에 대해, 그저 몇몇 소수에 불과한 학생들이 일시적인 충동으로 그런 거창한 이름을 붙인 것일 뿐 뚜렷한 실체가 있는 것은 아니다라는 무책임한 주장을 하기도 했다고 하였다.

아울러 당일의 그 싸움의 실체 또한 다만 몇몇 불량 학생들끼리의 단순한 싸움에 불과한 것이니, 싸움에 가담한 학생들에게 자숙의 기회를 갖도록 하는 정도면 충분할 일이라고도 했다는 것이다.

또 한편으로는 선생에게 그들 불량 학생들 중의 일부를 맡고 있는 담임으로서, 징계보다는 오히려 포용을 얘기해야 하는 것 아니냐는 은근한 비난까지 있었다고 했다.

그러나 학교 내에 그 같은 폭력 조직이 계속 존재하도록 놓아둘 수는 결코 없으며, 더욱이 그 폭력 조직에 의해 선량한 학생들이 피해를 당한 만큼, 그에 대한 분명한 징계 조치를 함으로써 같은 일의 재발을 방지하고, 또한 교내의 기강을 반듯하게 세워야만 한다는 선생의 생각은 확고하였다.

교사로서의 포용이라는 것에 대해서도, 우선은 학교가 일부의 폭력 학생들이 아닌 대부분의 선량한 학생들의 울타리가 되어주어야 한다는 대 전제가 있고 나서야 비로소 고려가 될 수 있겠다는 생각이라고 했다.

어쨌거나 그 놀랍고도 끔찍한 폭력 사태가 일어난 지 이 주일여가 넘어가고 있는 지금까지도 학교는 아무런 조치도 취하지 않고 있고, 더욱이 대책과 조치를 강구하기 위한 어떠한

용기(勇氣) 243

가시적인 노력조차 이루어지지 않고 있는, 도무지 상식적으로 이해하기 어려운 상황이 이어지고 있는 지금, 선생은 다시 한 번 공식적으로 모든 학생들을 폭력과 공포로 몰고 가는 극진회의 실체에 대해 적극적으로 규명하고, 그 주동이 되는 학생들에 대한 적법한 징계 조치를 할 것을 교사들에게 뿐만 아니라 학교 사회를 이루는 주체인 학생들 모두에게도 공개적으로 주장한다고 했다.

또한 만약에 너무도 당연한 자신의 이러한 주장이 끝까지 무시될 때에는, 교사로서의 소명과 또한 명예를 걸고 가능한 모든 적법한 방법들을 동원하여 끝까지 싸우겠다는 각오를 밝혔다.

서영은 선생의 기고문은 학생들에게 상당한 충격으로 다가갔다.

선생이 평소에도 당차고 적극적인 면이 있기는 했으나, 열정적인 모습의 이면으로는 다분히 소박한 다정함이 돋보였었다.

그런데 기고문에서 보여주는 선생의 결의와 각오는 마치 결전을 앞둔 투사와도 같이 치열한 데가 있었다.

학교에는 바야흐로 폭풍 전야의 긴장감이 감돌기 시작했다.

그런 중에 학교의 모든 일상들 또한 재빠르게 돌아가고 있는 것 같았다.

보이는 것들도, 그리고 보이지 않는 것들도.

다음날로 곧바로 '학교 폭력 대책 자치위원회'라는 것이 소집되었다.

법조인과 경찰, 그리고 자원 상담 봉사자와 학교 운영위원들이 대거 참석하는 위원회라고 했다.

그러나 처음으로 소집되는 위원회이기도 했지만, 그렇게 긴 이름의 무슨 위원회가 있었다는 것에 대해서 아는 사람은 학생들은 물론이고, 교사들 중에서도 별로 없는 것 같았다.

어쨌든 일은 마치 막혀 있던 물꼬가 터진 것처럼 일사천리로 진행되는 것으로 보였다.

또한 그 모든 과정들은 이례적이게도 거의 실시간으로 학생들에게 전달되었다.

일이 이렇게까지 번져 버린 이상, 모든 것을 투명하게 처리하겠다는 교장의 의지 표명이 있었다고도 했다.

그리고 마침내 위원회가 결론을 내렸다.

그날의 폭력 사태에 대해 가장 주동적이었던 두 명에 대해서는 일주일간의 봉사 명령이 내려졌고, 나머지 아이들은 모두 당시의 상황에 우발적으로 휩쓸린 것으로 간주해서 주의 처분이 내려졌다.

주의 처분이란, 3학년 부장 선생에게 말 그대로 구두(口頭)로 주의를 받는 것을 의미했다.

주동자 두 사람.

그 둘은 바로 손일중과 김산이었다.

두 사람이 가장 주동적으로, 그리고 적극적으로 싸움을 벌였다는 이유에서였다.

징계 결과에 대해 누구보다도 크게 반발한 사람은 바로 서영은 선생이었다.

선생은 사건의 현장을 직접 목격한 입장으로서 주동자가 누구라는 것을 적시하였고, 또한 그 사실에 대해서는 교사들은 물론 상당수의 학생들까지 공공연하게 다 알고 있는 상황이었다.

그런데 어떻게 손일중은 그렇다고 치더라도, 오히려 피해자인 김산에게 주동자라며 징계를 가할 수 있느냐는, 선생으로서는 지극히 당연한 반발이었다.

더구나 그토록 누차 강력하게 주장하였던 극진회에 대해서는 일언반구의 언급도 없이 말이다.

서영은 선생은 곧바로 서면으로써 위원회의 재심의를 요청하였다.

그리고 만약 자신의 재심의 요청이 받아들여지지 않으면 학교를 벗어나 상급 기관으로 직접 중재를 요청하는 조치도 불사하겠다고도 했다.

그러나 학교 측은 선생이 애초에 요구한 대로 적법한 절차를 거쳐 조치를 한 것이니, 더 이상의 혼란을 일으키지 말라고 주의를 주었다.

특히 지금 일분 일초가 아까운 3학년 담임으로서 더 이상 아이들에게 혼란을 일으킬 시에는, 학교로서도 더 이상은 좌시할 수 없다고 선생에게 경고했다.

서영은 선생의 결심은 확고하게 굳어진 것 같았다.

학교 측의 경고에도 불구하고 선생은 일과 중 시간이 나는 대로 주로 젊은 층의 동료 교사들에게 자신의 생각과 주장을 이해시키려는 노력을 계속해 나가는 모습이었다.

그러나 선생의 그 같은 노력은 그다지 결실을 거두지 못하는 것으로 보였고, 시간이 지날수록 다른 교사들로부터의 동조를 얻기는커녕 은연중 따돌림을 당하는 것 같았다.

일주일은 금방 지나갔다.

그 기간 동안 김산은 충실히 봉사 명령을 이행하였다.

예전 같았으면 징계를 받는다는 그 상징적 의미만으로도 그에게는 무지하게 큰일이었을 것이다.

그러나 김산은 어떤 불안감이나, 더구나 불만의 마음 없이 그냥 편안한 마음으로 화장실 청소를 하고, 휴지와 담배꽁초를 줍고, 복도에 눌어붙은 껌을 제거하고, 화단의 잡초를 뽑는 등등의 일을 묵묵히 했다.

김산에게 내려진 봉사 명령에는 또 한 가지의 제재가 추가되어 있었는데, 봉사 기간 중에는 일절 교실 출입을 금한다는 것이었다.

그 추가적인 제재에 어떤 교육적인 의도나 배려가 있는지에 대해서 김산은 알지 못했다.

물론 제재를 결정한 사람 역시 의도한 바가 아니겠지만, 그러나 제재를 받는 입장에서는 자칫 느낄 수도 있는 일종의 박탈감 같은 것에 대해서도 김산은 사실 별로 느낌이 없었다.

그동안 서영은 선생이 두세 번 김산을 찾아왔었다.

그때마다 김산은 먼저 밝은 웃음으로 선생을 맞았다.

자신이 괜찮다는 것을 보여주기 위함이었고, 또한 오히려 선생에 대한 염려와 위로가 담긴 웃음이었다.

선생 또한 그런 김산의 마음을 알았는지, 잠시 담담한 미소로 지켜보다 아무 말 없이 가곤 하였다.

쉬는 시간이나 점심, 저녁 시간에는 조유진과 장훈이 거의 빠지지 않고 오곤 했다.

조유진은 와서 거의 말없이 김산이 하는 일을 거들다가 가는 편이었고, 장훈은 괜히 싱겁게 시시덕거리다 가곤 했다.

그들 둘만큼 자주는 아니었지만 여동훈 또한 그래도 하루에 한 번 정도는 얼굴을 비쳤다. 역시 별다른 얘기 없이 그냥 시시덕거리다 가는 것이었지만.

그래도 여동훈이 지금 얼마나 입시 준비에 전심전력을 기울이고 있을 것인지를 짐작하는 김산인지라, 고마운 마음이 없을 수는 없었다.

여동훈은 꿈이 있는 녀석이었고, 또한 그 꿈을 이루기 위해 자신의 모든 열정을 후회없이 바칠 줄 아는 녀석이었다.

정들이 한 번쯤 와주리라는 기대는 김산도 하지 않았다.

사실은 그날, 그 격정의 시간 이후로는 그녀와 우연이라도 마주칠까 봐 오히려 걱정을 하는 편이었다.

만약에 예기치 않게 갑자기 마주치기라도 한다면, 그 쑥스러움과 부끄러움을 어떻게 감당할 것인가.

역시 그녀는 한 번도 오지 않았다.

다행이라고 생각을 하면서도, 김산의 가슴 한구석으로는 무언지 모를 아쉬움이 남았다.

김산이 다시 교실로 돌아왔을 때, 그곳에서는 또 한 가지의 묘한 상황이 벌어지고 있는 중이었다.

저녁 시간이 끝나고 야자 1교시 시작 벨이 울렸는 데도 아이들은 교실로 들어오지 않았다.

교실 안에는 김산과 조유진만이 덩그러니 앉아 있을 뿐이었다.

의아해 있는 김산에게 조유진이 간결하게 설명을 해주었다.

어제부터 반 아이들이 단체 행동을 시작했다는 것이다.

담임 교체를 요구하는 단체 행동이었다.

담임인 서영은 선생이 입시를 코앞에 둔 시점에서 3학년의 담임으로서의 책무에 충실하기보다는 학교와의 끊임없는 분쟁에만 주력하고 있어서 아이들이 정신적인 불안감을 느낄 뿐 아니라, 공부에도 막대한 지장이 있으므로 즉시 담임을 교체해 달라는 요구였다.

그리고 자신들의 요구를 관철시키기 위해 우선은 야자를 보이콧할 것이고, 다음 단계로는 서영은 선생의 수업을, 마지막으로는 전체 수업을 다 보이콧하겠다는 얘기였다.

반 아이들의 그런 단체 행동에는, 굳이 깊게 생각해 보지 않아도 이승조의 주도가 있는 것이었다.

그러기에 아이들이 이토록 한마음(?)으로 일사불란하게 움직일 수 있는 것이리라. 자의든 타의든 말이다.

그리고 사태를 조금 더 자세히 들여다보면, 생각 이상으로 조직적인 측면이 있어 보였다.

아이들은 사전에 미리 할당을 받은 듯 서너 명씩 나누어 각

반으로 흩어져 들어갔는데, 각 반에서는 별 혼란도 없이 그 껄끄러운 이방인(?)들을 받아들이고 있었던 것이다.

그런 것이 그토록 조직적으로 가능하자면, 역시 아이들에게 작용하는 이승조의 영향력과, 그리고 그 외에 최소한 3학년 각 반 담임과 학년부장 선생의 암묵적 동조는 있어야 하는 일이었다.

텅 빈 교실에 김산과 조유진만을 앞에 두고 교탁에 기대 선 서영은 선생의 얼굴은 몹시도 초췌해 보였다.

김산은 몇 번이나 망설이다가 겨우 자신의 내심을 말했다.

"만약 저희들 때문이라면… 저희는 괜찮습니다. 그러니 선생님께서도 이 정도에서 그만……."

선생은 김산의 말을 끝까지 듣지 않았다.

"김산."

나직이 김산을 부르는 선생의 목소리는 부드러웠다.

"넌 지금 내게 타협을 하라고 말하려는 거구나. 그렇지?"

김산이 슬며시, 그러나 침울한 표정으로 고개를 끄덕였다.

선생은 잠시 김산과 눈을 맞추고 있다가 문득 가볍게 웃었다.

"호호호! 그래, 어쩌면 그게 맞을지도 모르겠다. 언젠가 나 또한 네게 그렇게 말한 적이 있으니 말이다. 그때 상담실에서 내가 했던 말 기억나니?"

김산이 뭐라고 대답할 말이 언뜻 생각나지 않아 가만히 있자, 선생은 빙그레 미소 지으며 말을 이었다.

"그때 이승조하고 화해하라고 하면서 네게 그런 말을 했었지. 세상에는 현실적으로 넘지 못할 벽이란 게 분명 존재하고 있다고. 훗! 네 표정을 보니 넌 벌써 잊어버린 것 같구나."

선생은 우스갯소리를 한다는 것처럼 분위기를 만들려 하고 있었으나, 김산은 선생을 따라서 웃을 수가 없었다.

"아, 아닙니다."

겨우 대답을 내놓는 김산의 얼굴이 여전히 정색이어서 그랬는지 선생 또한 문득 차분한 얼굴이 되었다.

"아니야. 사실 그때 네게 그 말을 하고 나서 난 금방 후회했다. 그래, 그때는 내 생각이 짧았던 것이고, 더군다나 교사로서 제자에게 그런 말을 해서는 안 되는 것이었어."

그리고 선생은 잠시 무슨 결의라도 다지는 듯 사뭇 무겁게 침묵하였다.

이윽고 선생의 눈길이 다시 김산을 응시했을 때, 선생의 표정은 다시금 밝게 변해 있었다.

"그래, 결국 진리는 그게 아니었던 거다. 나는 그때 네게 타협하라고 얘기할 것이 아니라, 스스로 옳다고 믿는 것이 있다면 꿋꿋하라고 말했어야 했다. 옳은 일을 위한 용기란 처음에는 내기 어려우나, 일단 내고 나면 그 자긍심으로 힘은 배가되고, 나아가 주위에서 힘을 보태주는 사람이 반드시 생기게 마련인 법이다. 그래서 결국은 승리하게 되어 있는 것이다. 왜냐하면 이 세상의 정의란 것은 사람들의 마음을 편안하게 해주는 것이고, 그러므로 사람들은 누군가 정의를 외치는 사람이 있다면 반드시 그 사람에게 호응하고자 하는 본능을 가지고 있기 때문이다. 그 누구에게나, 아무리 못나고 약한 사람이라고 하더라도 말이지. 세상은 바로 그들, 정의를 이루고자 먼저 용기를 내는 그 사람들에 의해 발전되어 온 것이다. 나는 지금 그런 용기를 흉내내고자 하고 있다. 비록 그 용기의 결과로 내가 어떤 피해를 입고 또 어떤 절망을 맛본다고 해도, 나는 다만 내가 처음 교사가 되고자 뜻을 세웠을 때 이루고자 했던 정의를, 그러나 어느 틈엔가 나도 모르게 잊어버리고 둔감해지고 만 그 정의를 다시 일깨우는 것만으로도 충분히 가치있는 일이었다고 만족할 각오와 심정이 되어 있다. 그러니 너희들은 달리 생각할 것 없다. 이 일이 너희들로부터 시작된 것인지는 모르겠으나, 이미 이 일은 그 누구의 일도 아닌 바로 나의 일이 되어 있단다."

12. 저항

어머니회에서는 서영은 선생 건에 대해 학교에다 항의 겸 건의를 전달했다고 했다.

전후의 모든 사정을 다 제외하고라도, 자신이 가르치는 학생의 징계를 발벗고 나서서 요구하는 교사라면 근원적으로 교사로서의 자격이 없고, 무엇보다도 일분 일초가 급하고 소중한 아이들을 위해서라도 더 이상은 용납할 수 없으니, 우선은 선생의 담임 직분과 3학년 담당 수업을 해지시켜 줄 것을 요구했다고 하였다.

아울러 어머니회의 회장인 이승조의 어머니는 직접 서 선생에게 이번 사태에 대한 책임을 지고 스스로 교직을 떠날 것을 요구했으며, 만약 그렇지 않으면 절차를 밟아서 반드시 떠나게 만들 것이니, 과연 어느 쪽이 그나마 명예를 지킬 수 있는 길인지 잘 생각하라고 충고했다는 것이다.

학교 운영위원회가 열렸다.

교장과 학년부장 선생 등 직책 간부, 그리고 학부모 위원과 재단 측 관련 인사 등으로 구성된 운영위원회는 서영은 선생의 징계를 논의했다.

논의 결과, 우선은 선생의 담임 직을 박탈하고 할당되었던 3학년 수업 시간을 회수하였다.

또한 이후에도 선생이 계속 항명할 경우에는 상급 기관으로 교사 직위 해제를 건의할 것을 결의하였다.

그리고 며칠이 지나지 않아 학교에서는 기어이 시 교육청에다 서영은 선생에 대한 징계위원회 회부를 요청했다.

또한 선생이 교사와 학생, 학부모와 학생 간의 심각한 불신을 조장하는 등 교사로서의 품위를 크게 손상시켰기에 징계하지 않을 수 없다는 학교 측의 주장이 학교 홈페이지에 공개되었다.

학교 측의 그런 일련의 발 빠른 조치들은 학생들의 여론을 확실하게 한쪽 방향으로 몰고 가려는 의도인 것 같았다.

그러나 학교도 하나의 사회인 다음에야, 또 다른 한쪽에서는 학교 측의 그런 일방적이고도 극단적인 조치에 대한 반대의 움직임이 시작되고 있었다.

비록 아주 미약하고 느린 움직임에 불과하였지만.

김산은 자신이 이대로 있어서는 안 될 것 같은 어떤 책무랄까, 아니면 의기랄까, 여하간 서영은 선생을 위해 무언가를 하지 않으면 안 될 것 같은 그런 답답한 심정을 가지게 되었다.

그것은 뭐랄까.

이대로 선생의 파국을 지켜보고만 있어서는, 나중에 두고두고 스스로를 용납할 수 없게 될 것만 같은 그런 심정이랄까.

여하간 그런 가슴을 답답하게 만드는 느낌이었다.

선생은 이 일이 이미 누구의 일도 아닌 바로 자신의 일이라고 했지만, 일의 발단이 김산 자신으로부터 시작이 된 이상—선생의 이유가 결국에는 보다 큰 어떤 이상의 추구와 같은 것으로 된 것 같았지만, 어쨌든 그 처음이 김산을 보호하는 마음에서 시작된 이상—김산은 여전히 스스로가 이 일로부터 자유롭게 되었다는 마음이 되지를 못하고 있었던 것이다.

"우리도 뭔가를 해야겠다."

김산의 막연한 의지에 대해 조유진과 장훈 역시도 어느 정도는 김산과 비슷한 심정이 되어 있었던지, 조유진은 묵묵히 고개를 끄덕였고, 장훈은 대번에 무슨 일이라도 벌이고 말 듯이 적극적인 반응이었다.

그러나 역시 뭘 어떻게 해야 하는지, 할 수 있는 일이 있기나 한 것인지 셋 모두는 막막하기만 했다.

다행스러운 것은, 요즘 들어서는 며칠에 한 번 얼굴 보기도 어려웠던 여동훈이 셋의 모의─사실은 아직까지 모의라고 할 만한 그 어떤 논의에도 이르지 못하고 있었지만─에 은근슬쩍 동참을 했다는 것이다.

"웬일이고? 우리야 대충 포기했다 치고, 넌 지금 이런 데 신경 쓸 여가가 없을 텐데? 안 바쁘냐?"

장훈의 은근한 빈정거림이 녹아 있는 걱정에 대해 여동훈이 그다운 명쾌함으로 대답했다.

"1차 수시 원서 넣었다."

장훈이 조금은 과장된 표정으로 자신의 어이없음을 표시했다.

"원서? 크! 겨우 원서 넣어 놓은 놈이 꼭 미리 합격까지 다 한 놈처럼 말을 하는구나."

여동훈은 싱긋이 웃기만 했다.

그러나 그 웃음에서는 조금의 여지도 없는 확고한 자신감이 비치고 있었다.

장훈 역시 이윽고는 인정을 하고 말았다.

"하긴, 결과야 보나마나 한 거겠지. 천하의 멘사가 떨어지면 걸릴 놈이 또 어딨겠노?"

그리고 장훈은 한결 신이 난 얼굴로 물었다.

"그래, 인자 우리가 우짜믄 되겠노?"

잠시간의 생각 끝에 싱긋한 웃음을 떠올린 여동훈은, 문득 조유진을 향해 툭하고 농담이라도 던지듯 말했다.

"야, 조유진이! 아예 니가 짱을 먹으면 어떨까?"

그러자 조유진은 이유를 묻지도 않고, 그리고 의아해하지도 않고 다분히 정색하며 자신의 입장을 분명히 했다.

"난 그런 거 안 좋아한다."

'싫다' 가 아니고 '안 좋아한다' 였다.

그 두 개의 말은 같은 것 같으면서도 미묘하게 차이가 나는 의미를 가진다.

바로 '싫다' 에 비해 '안 좋아한다' 는 말이 완전한 부정의 의미가 아니라는 점이다.

즉, '안 좋아한다' 는 것에는 비록 싫지만 상황에 따라서는 억지로 할 수도 있다는 약간의 미묘한 여지 같은 게 남아 있다고나 할까.

여동훈에게 이유를 물은 건 오히려 장훈이었다.

"그기 무슨 소리고?"

여동훈이 여전히 싱긋 웃음으로 대답했다.

"방법은 두 가지가 있다."

"방법이라꼬?"

"한 가지는 공격적 방법이다."

"야야, 말 돌리지 좀 말고 똑바로 얘기해 봐라."

장훈이 약간의 조급함을 부렸으나, 여동훈은 마치 스무고개를 즐기는 듯한 느긋함으로 얘기를 풀어 나갔다.

"이 일의 핵심에는 극진회가 있다."

"그래서?"

"괜히 복잡할 필요 없이 그냥 그 핵심을 확 깨버리는 거다."

"깬다꼬? 극진회를 깬다 이 말이가?"

"음."

"허! 꼴랑 우리만 가꼬 말이가? 그라다가 무슨 험한 꼬라지를 당하라꼬?"

"호랑이를 잡으려면 호랑이 굴로 들어가야 된다 안 카더나? 우리가 극진회와 정면으로 충돌하게 되면, 최소한 그 과정에서 극진회는 더 이상 지금처럼 공공연한 비밀로 있을 수는 없게 될 거다."

"그 다음에는? 설마 극진회를 끌어안고 자폭이라도 하자는 기가?"

"이런 일일수록 그만한 각오가 있어야 하는 법이다. 일단 시작하면 죽기 살기로 해야 한다는 거지."

장훈은 잠시 멍해 있다가 갑자기 무슨 억울한 일이라도 생각난 듯이 여동훈에게 따져 물었다.

"그런데 와 하필이면 조유진이가? 내는?"

여동훈이 피식 웃었다.

"훗! 너는 어쩔 수 없는 독고다이잖아? 그리고 이 일에는 되든 안 되든 어쨌든 짱을 목표로 한다는 명분이 있어야 하거든?"

"명분이라꼬? 그라모 내는 아예 처음부터 짱이 될 자격이 없다 이 말이가?"

"그렇지. 내가 보기에 너는 체질적으로 무슨 짱이니 보스니 하는 것하고는 아주 상극이다. 너는 타고나기를 딱 독고다이인기라. 그리고 또 하나의 이유는 나뿐만이 아니라 모두가 너에 대해 그렇게 인정하고 있다는 거다."

"그라모 조유진이는?"

"조유진이에게는 너한테 없는 일종의 신비주의 같은 게 있다. 아마도 처음부터 철저히 자신을 드러내지 않았던 데서 오는 느낌인지도 모르지. 그런데 어쨌든 보스란 것은 본래 주먹 실력 외에 약간의 신비주의가 있어야 하는 거거든? 그리고 조유진이한테는 짱으로서 가져야 할 또 하나의 자질이 있다. 일종의 카리스마 같은 거지. 그것 또한 타고나야 하는 거란 말이거든."

선명한 거부로 장훈과 여동훈이 주고받던 스무고개를 깬 것은 조유진이 아니라 김산이었다.

"아무래도 그건 안 되겠다."

그러자 여동훈은 미련없이 자신의 첫 번째 방법을 거두어 들였다.

"그래? 그럼 뭐 안 되는 거지. 넘버원이 안 된다면 안 되는 거 아니겠어?"

장훈이 그런 여동훈의 반응이 의외인 듯 흘깃 쳐다보며 물었다.

"방법이 두 가지가 있다 안 캤나? 두 번째의 방법도 마저 들어보자."

여동훈이 빙그레 웃으며 대답했다.

"두 번째 방법은 완전히 다른 접근 방식이다. 철저히 비폭력, 무저항주의를 고수하면서 우리의 주장을 하는 거지."

"뭐? 비폭력 무슨 주의?"

"간디나 마틴 루터 킹이 썼던 그 방법을 우리도 간단하게 차용해 보잔 말이다."

"제기랄, 끝까지 거창하군."

"후후후! 거창할 것 없다. 시간이 좀 걸리더라도 명분을 우리 쪽으로 가져오자는 거고, 그럼으로써 우리의 희생과 피해는 최소한으로 하고 상대에게는 결국 굴복하지 않을 수 없도록 압박을 해가자는 것이니까."

"그 참, 까놓고 말해서 도대체 뭘 어떻게 하자는 거야?"

"먼저 총대를 멜 사람이 필요하다. 음! 어쨌든 산이 네가 우리의 대표니까 당연히 그 총대도 네가 메야 하는 게 맞지 않을까?"

그렇게 여동훈의 말은 김산에게로 돌려졌으나 그것마저도 가로채 버리는 장훈 덕분에 막상 김산은 끼어들 기회를 잡지 못했다.

"무슨 총대를 메?"

그러나 여동훈의 대답은 여전히 김산에게로 향해 있었다.

"대표라는 것은 언제나 정당해야 한다. 따라서 김산이는 지금부터 어떠한 경우에도 불법 내지는 부당한 것과 연관이 되어서는 안 된다는 거다. 때리면 맞고, 징계가 내려지면 징계를 감수할 각오를 하라는 거지."

그러나 이번에도 장훈이 다시 물었다.

"뭐냐? 그럼 그냥 백기 들고 무조건 항복하라는 얘기야?"

그러자 이윽고 여동훈이 노골적으로 인상을 찡그리면서 빈정거렸다.

"어이, 탱크! 무식하면 무식한 대로 좀 가만히나 있어라, 자식아! 그래, 니 말대로 그렇게 단순한 계산 같았으면 내가 왜 지금 이 아까운 시간에 이렇게 열나게 머리를 쥐어짜고 있겠냐?"

장훈은 툭하고 성질머리를 찔러보는 눈치였다.

"새끼, 그냥 한번 물어보는 걸 가지고 갑자기 성질은 내고 지랄이냐?"

그러나 여동훈이 사뭇 차갑게 노려보고 있자, 장훈은 금방 한풀이 꺾이고 마는 기색이었다.

"제기랄! 그래, 니 잘났다, 자식아! 알았으니까 말이나 계속해 봐라!"

그런 장훈에 대해 한 번 더 눈을 째려주고 나서야 여동훈은 하던 말을 계속했다.

"쉽게 말해서 모두가 보는 데서는 무조건 착하고 순하게, 그리고 까야 할 일이 있다면 안 보이는 쪽으로 해서 돌려 까자는 거다. 거기에서 김산이는 철저히 착하고 순한 역할을 하고, 번개하고 탱크 니가 돌려 까는 역할을 좀 맡으라는 그런 말이다."

"……?"

한번 쓴소리를 들은 터라 장훈이 궁금한 것을 쉽게 물어보지는 못하고 눈만 끔뻑거리고 있자, 여동훈이 픽하고 웃으며 말했다.

"돌려 까라는 것은… 가려서 까라는 뜻이다. 학교 측의 공식적인 징계 외에 만약 산이에게 다른 어떤 불법적인 폭력이 가해질 때만, 그때 너희 둘이 산이를 보호하는 차원에서만 힘을 좀 쓰라는 거다. 그러면 그것은 폭력에 대한 방어가 되는 것이니까 그냥 싸움을 벌이는 것과는 의미가 많이 다르게 된다는 거지."

장훈이 힐끗 여동훈의 눈치를 보면서 짐짓 투덜거렸다.

"뭐야, 그럼? 조유진이 하고 나는 몸으로 때우라는 거 아냐?"

그리고 장훈은 여동훈이 뭐라 하기 전에 얼른 말을 돌렸다.

"헐! 좋다. 일단 그건 그렇다 치고, 그럼 니하고 정들이는 뭐 할 낀데?"

"정들이?"

"야, 우리가 남이가? 니하고 정들이도 엄연히 산사모 소속 아이가? 그라모 각자 뭔가 하는 게 있어야제?"

여동훈이 짐짓 고개를 한번 갸웃해 보이고 나서 느긋하게 말했다.

"흠, 나하고 정들이는 그래도 네임 밸류라는 게 있으니까, 아무 때나 함부로 움직일 수는 없는 일이지. 결정적인 순간에 짠 하고 나타나야 안 되겠나?"

장훈이 여동훈의 그 느긋함을 그냥 넘기지 못했다.

"큭! 지금 짠이라 캤나? 그래, 뭘 갖고 짠 하고 나타날 낀데?"

그러나 그 말에 여동훈은 빙그레 웃으며 느긋함을 더하고 있었다.

"자식, 성질 급하기는. 임마, 그거사 인자부터 천천히 고민을 좀 해봐야 안 되겠나?"

등교 시간.

학교 정문에 김산이 피켓을 들고 서 있었다.

피켓에는 교내 폭력에 의한 피해 당사자로서 향후 유사한 피해의 재발을 막기 위해, 학생들 사이에서는 이미 공공연한 비밀로 되어 있는 극진회에 대해, 그 실체의 규명을 위한 학교 차원에서의 조속한 조사 실시와, 아울러 그 조직의 완전한 추방으로 학생들이 안심하고 공부할 수 있는 학교를 만들어주기를 요구하는 내용이 쓰여 있었다.

아울러 제자를 위해 앞서 같은 요구를 하다 여러 가지 위협과 불이익, 그리고 끝내는 교직의 포기까지 강요당하고 있는 서영은 선생에 대한 구명을 호소하는 내용이 쓰여 있었다.

소위 1인 시위의 시작이었다.

TV나 신문을 통해서는 한 번쯤 보았음 직한 광경이었을 것이나, 막상 실제로는 생경하기만 한 그 풍경에 대해 아이들이 보이는 관심과 호기심은 대단했다.

그러나 김산이 그 침묵의 시위를 할 수 있었던 것은 잠깐뿐이었다.

겨우 십여 분도 지나기 전에 황급히 출동한 골든벨 선생과 몇몇의 남자 선생들이 바로 그 현장에서 피켓을 빼앗아 부숴버리고, 거칠게 김산을 끌고 가버렸다.

그 모습에 주변에서 지켜보던 아이들 사이에서는 약간의 웅성거림이 일었고, 그중에는 다른 아이의 등 뒤에 숨어서 슬며시 내놓는 야유의 소리도 섞여 있었다.

김산은 그날 점심시간과 저녁 시간에는 본관 건물 앞에서 피켓을 들고 서 있었다.

아침에 들었던 피켓은 이미 부서졌지만, 미리 여분을 준비한 듯 그는 아침과 똑같은 피켓을 들고 있었다.

물론 그때마다 오 분도 채 지나지 않아 피켓은 압수당했고, 김산은 더욱 거칠게 끌려가고 말았다.

하지만 그 잠깐 잠깐의 소동으로 인해 학교는 하루 온종일 김산의 1인 시위에 대해 웅성거렸고, 더불어 그가 요구하고 주장하려는 요지에 대한 작은 토론들이 이루어지기도 했다.

김산이 피켓을 들고 섰을 때, 조유진과 장훈은 그에게서 조금 떨어진 곳에 있었다.

물론 그들은 선생들이 피켓을 압수하고 김산을 끌고 갈 때도 다만 지켜만 보고 있었을 뿐 나서지는 않았다.

그러나 사실은 그들도 나름대로의 은근한 시위를 하고 있었다.

바로 극진회에 대한 시위였다. 김산을 건드리면 그냥 두지 않겠다는.

김산의 1인 시위에 대해 비록 뚜렷이 겉으로 드러나는 정도는 아니더라도 어느 정도 학생들의 동요가 있어 보이자, 학교는 바로 적극적인 수습에 나섰다.

교무회의를 통해 지시를 받은 듯, 수업 시간마다 선생들은 과목 내용에 상관없이 학교 내 시위의 불법성과, 아울러 김산이 주장하는 바에 대한 반박을 조목조목 설명하였다.

그런데 그 반박의 타당성 유무를 따지기 이전에 선생들의 논리는 거의 판박이처럼 같은 것이어서, 그것만으로도 오히려 아이들에게 반감을 가지게 하는 데가 있었다.

협박과 회유가 있었다.

학교 측은 김산에게 당장에 그만두지 않으면 중징계가 따를 것이라는 예고를 했고, 총학생회에서는 비난 성명과 함께 당장에 불법 1인 시위를 중단해야 한다는 입장을 공식적으로 표명했다.

그러나 김산은 어떠한 변명도, 항변도, 그리고 말로 하는 어떠한 주장도 하지 않았다.

다만 매일 등교시 교문 앞에서, 그리고 점심과 저녁 시간에는 본관 앞에서 여전히 피켓을 들고 섰다.

물론 매번 미처 피켓을 들기도 전에 압수를 당하고 끌려가기는 했지만.

그렇게 김산의 1인 시위는 계란으로 바위 치기쯤으로, 그리고 잠깐 아이들의 관심을 받았다가 사라지고 마는 반짝 에피소드쯤으로 끝나고 마는 것처럼 보였다.

김산의 외로운 1인 시위가 다시 스포트라이트를 받은 것은 바로 하나의 사건 때문이었다.

그 사건은 곧바로 학교를 뜨겁게 달궈놓았다. 입시를 향해 빡빡하게 고정된 3학년들의 관심까지도 한순간에 돌려놓고 말 정도로.

바로 인터넷에 올라온 한 편의 동영상 때문이었다.

말 한마디 없고 음향 효과 하나 없는 침묵의 동영상이었다.

그러나 그 동영상은 하나의 사실을 비교적 상세하게 알리고 있었다. 교복을 입은 한 학생이 들고 있는 피켓을, 그 피켓이 웅변하고 있는 내용을 가만히 비추고 있는 것으로써.

또한 그 동영상은 보는 사람으로 하여금 묘한 반감적인 공감을 호소하고, 그럼으로써 가슴 깊은 곳에서 아주 은은하게 일어나는 울분같이 울컥하는 느낌을 끌어내는 데가 있었다.

동영상 속에서 선생으로 보이는 다수의 어른들이 학생이 들고 있는 피켓을 압수하여 그 자리에서 부수는 장면과, 또 학생을 거칠게 끌고 가는 장면을 잔잔한 침묵으로 비춰줌으로써.

동영상 속에서 피켓 든 학생의 옆으로 언뜻 비치는 교문에는 '보국고'라는 이름이 비록 잠깐 스쳐 갔지만 비교적 선명하였다.

동영상은 빠르게 전파되고 있었다.

김산에게는 곧바로 일 개월간 교내 봉사 활동의 징계가 내려졌다.

입시를 앞둔 고3에게 일 개월간의 공백과 격리라는 것은, 받아들이기에 따라서는 마치 사형과도 같은 조치가 될 수도 있는 것이었다.

그러나 그에 대해 김산은 아무런 소명도 하지 않았으며, 또한 여전히 하루 세 차례의 일인 시위를 계속해 나갔다.

비록 징계 중이긴 했으나, 학교에서는 아침 등교 시간과 점심, 저녁 시간에 행해지는 김산의 시위를 원천적으로 봉쇄하지는 못했다.

아마도 이미 많은 시선의 한가운데에 서 있는 김산에게 더 이상의 제재를 가하기에는 무리가 있다는 판단이었을 것이다.

그리고 어쩌면 지난번의 동영상 사건도 있고 해서, 학교 측에서는 차라리 무시하고 방관하는 쪽으로 방향을 잡은 듯도 했다.

매일 아침 김산의 앞을 지날 때마다 잠시 멈춰 서서 짓곤 하는 서영은 선생의 무기력하고 슬퍼 보이는 미소 외에는, 학교의 다른 모두는 김산에 대한 학교 측의 방관과 무시에 뚜렷이 표시 나게, 혹은 피동적이거나 암묵적으로라도 동조하고 있는 듯했다.

그러나 그런 중에도 학교 내의 분위기 가운데는 아주 약간의 표시 나지 않는 술렁임이 있기도 했다.

비록 약자였으나 도저히 상대할 방법이 없어 보이는 거대 강자에게 끝까지 굴복하지 않고, 자신이 할 수 있는 역량의 한도 내에서 최선을 다해 꿋꿋하게 자신의 주장을 계속해 나가는 김산의 모습에 점차 관심을 기울이기 시작하는 일부의 학생들이 생기고 있었다.

그리고 개중에서는 몰래 나름의 방식으로 응원과 격려를 보내는 아이들도 있었다.

등교 시간.

오늘도 변함없이 김산은 교문 앞에 서 있었다.

그런데 어느 때 같았으면 자의로, 혹은 타의로 못 본 척 지나쳤을 아이들의 발걸음이 멈칫 멈춰지고 있었다.

김산의 옆에 또 한 사람이 서 있었기 때문이다.

그는 바로 멘사 여동훈이었다.

여동훈이 김산의 1인 시위에 동참했다는 것은 단순히 시위자 한 사람이 늘어났다는 의미로는 도저히 설명할 수 없는, 엄청나게 다른 파장을 불러일으키는 것이었다.

그만큼 멘사 여동훈이 가지는 비중은 컸다.

그것은 그에게 얼마나 많은 친분과 지지자가 있느냐 하는 것과는 또 다른 차원이었다.

바로 누가 뭐라고 하더라도 여동훈은 현재의 보국고를 대표하는 인물 중의 한 사람이었기 때문이다.

여동훈의 시위 또한 말로 하는 것이 아닌, 다만 피켓만으로 하는 시위였는데, 그는 김산이 이미 이슈화하고 있는 사항들에 더하여 조금 더 민감한 이슈를 추가로 주장하고 있었다.

그것들은 바로 학생들의 인권 문제라고 할 수 있는 부분으로, 체벌 문제와 두발 문제 등에 관한 것이었다.

그러한 이슈들은 또 다른 차원에서 거의 대부분의 아이들의 동감을 이끄는 바가 있었다.

그러나 무엇보다도 아이들의 관심이 집중된 것은 바로 여동훈이 들고 있는, 그 빽빽하게 갖가지 주장들이 쓰여져 있는 피켓의 하단에 가장 작은 글씨로 명기되어 있는 하나의 예고 때문이었다.

바로 이 1인 시위가, 아니, 지금은 2인 시위가 되어 있는 이 시위가 앞으로도 시위자를 바꾸어가며 계속될 것이라는 예고였다.

그리고 다음 차례의 시위자로 예고된 인물이 바로 정들이었던 것이다.

그 가장 작은 글씨의 예고는 학생들에게 글자의 크기와는 비교할 수도 없는 커다란 파장을 예고하고 있었다.

이승조와 정들은 운동장 가의 쉼터 벤치에 마주 앉아 있었다.

그들 둘 역시 멘사 여동훈과 마찬가지로 이번 1차 수시에 원서를 접수해 둔 상황이었고, 또한 마찬가지로 합격할 것이라는 것에 대해 주변에서도, 그리고 그들 스스로도 크게 의심하지 않고 있는 바였다.

따라서 다른 아이들과는 사뭇 다른 처지였으니, 이렇게 조금의 여유로운 시간을 가지고 있다 해서 별로 이상할 일은 없었다.

"야, 너 진짜 왜 그래?"

이승조의 나직한 목소리에는 일종의 격앙 같은 것이 담겨 있었다.

그리고 정들은 누군가에게 그런 격앙된 목소리를 듣는 것만으로도 불쾌함을 참지 못하겠다는 듯 사뭇 싸늘한 인상이 되어 있었다.

"학교에서 잘못하고 있다는 게 명백하잖아? 그럼 그 잘못을 바로잡아야 하는 건 당연한 일 아니니? 너야말로, 그리고 학생회야말로 왜 이 일에 대해 애써 모른 체하고 있는 거니?"

정들의 쏘아붙임에 이승조의 언성이 조금 높아졌다.

"그래, 그래! 이번 일에 대해 학교 측이든 누구에게든 다소간의 잘못이 있고, 또 조금의 꼬인 점이 있다고 해. 그러나 그게 이 정도로 일을 확대시킬 정도는 아니잖니?"

그러다 문득 이승조의 말은 약간의 흥분과 또 약간의 하소연 같은 느낌을 담아가고 있었다.

"그리고 그 자식들은 또 그렇다고 쳐. 하지만 왜 너까지 나서려는 거야? 그렇게 해서 지금 상황에서 변할 게 무엇이 있다는 거니? 까놓고 얘기해서, 여기에서 일을 더 복잡하게 만들어서 너한테 얻어지는 게 무엇이냐고?"

정들의 표정으로 언뜻 웃음기가 피어올랐다.

그것은 비웃음의 조각 같기도 했고, 어찌 보면 묘한 득의의 의미 같기도 했다.

정들이 문득 짧게 웃었다. 그리고 다분히 단호한 기색으로 입을 열었다.

"홋! 넌 벌써 오너라도 된 것 같은 말투로구나? 그래, 니 말대로 나중의 나도 어차피 너와 같은, 아니, 어쩌면 너보다 더욱 분명하게 모든 일의 이해득실을 따지게 될 것이지만, 그리고 이미 그럴 각오도 되어 있지만, 그러나 지금은 아니야. 지금의 난 그냥 내 마음이 시키는 대로 행동할 거라고."

그리고 정들은 한결 차분한 어조로 말을 덧붙였다.

"그리고 너야말로 이쯤에서 그만두는 게 어떻겠니?"

"내가 뭘? 난 이 일과는 아무 상관이 없다고?"

이승조가 그렇게 끝 말을 흐리고 말자, 정들의 눈빛에는 다분한 조롱기가 어렸다.

"홋! 이승조, 언제나 당당하기만 한 줄 알았는데 지금의 그 말은 너무 유치하다고 생각하지 않니? 나는 네가 어떤 식으로든 지금까지의 일에 관련이 되어 있다는 걸 알고 있어. 그러나 그딴 걸 따지고 싶은 생각은 조금도 없어. 다만 이유가 무엇이든, 그리고 경위가 어찌 되었든 김산에게 내려진 징계는 철회시켜 주기를 바래. 그리고… 한마디 더 하자면… 산이는 네가 그렇게 마음대로 휘둘러도 되는 그런 애가 아니라는 거야. 다른 건 제외하고라도… 산이의 곁에 있는 친구들이 네가 함부로 하도록 보고만 있지는 않을 테니까."

그에 대해 이승조는 당장에 비아냥거리는 투가 되고 말았다.

"후훗! 지금 그 말, 은근히 사람을 겁주는 말 같군? 그리고 내가 함부로 할 수 없는 친구들이라……. 궁금하군. 혹시 그 친구들 안에 정들이 너도 포함되는 거니?"

그리고 이승조는 갑자기 화가 치민다는 투로, 그리고 약간은 억울하다는 심경이 된 것 같은 얼굴로 말을 이었다.

"산이? 꽤나 가까운 사이처럼 들린다? 너에겐 겨우 몇 달밖에 안 된 새로 사귄 녀석들의 특별함만 눈에 들어오는 거니? 어릴 때부터 늘 함께 붙어 다닌 나에 대해서는 너무 익숙해져 버린 거니? 후후후! 그런데 과연 누가 더 특별한 걸까? 과연 어느 쪽이 어느 쪽을 더 조심해야 하는 걸까? 나일까, 그 녀석들일까?"

정들은 사뭇 차갑게 말을 받았다.

"이상한 비교 하지 마. 그리고 다시 말하지만, 김산의 징계는 철회되도록 해줘. 또한 내가 일단 말을 한 이상, 지금 이 시간부터 만약 네가 어떤 식으로든 계속하여 이 일에 관련이 된다는 것이 지금, 혹은 앞으로라도 밝혀진다면 그 순간부터 나는 너를 어떤 이유로든 다시는 보지 않을 거다. 영원히 말이야. 내가 한번 한다고 하면 하고 마는 성격인 것은 너도 잘알 테니까, 이걸로 충분히 내 뜻이 전달된 것으로 알게."

그때 이승조의 얼굴에는 약간의 홍조가 떠오르고 있었다.

자신의 가슴속에서 솟구치는 흥분을 억지로 누르는 듯이 이승조가 조금은 힘겹게 말했다.

"그럼 너는? 너도 그따위 놈들과 어울리는 짓은 이제 그만 둬! 놈들과 함께 있을 때의 네 모습이 얼마나 어색하고 억지스럽게 보이는지 아니? 네가 놈들과 어울리는 것에 어떤 흥미와 재미를 느끼는지 모르겠으나, 결국에 가장 큰 피해를 입는 것은 바로 그놈들이라는 것을 너도 모르지는 않을 거잖아? 네가 그들을 진정으로 염려하고 위한다면, 네가 먼저 그들과 멀어져야 한다는 것을 너도 모르지는 않잖아?"

이승조의 말은 진지한 설득 같기도 했고, 한편으로 그가 오랫동안 눌려 지내온, 그래서 도저히 극복해 내기 어려운 어떤 견고한 권위의 벽에 대한 힘겨운 저항 같기도 했다.

정들이 차갑게 웃으며 말을 받았다.

"훗! 너 지금 너무 잘난 체하고 있다는 거 아니? 내 일은 내가 알아서 해. 네가 함부로 평가하고 판단할 일이 아니야. 앞으로는 모르겠지만, 어쨌든 지금은 그들의 일이 곧 내 일이라는 것을 명심해 줬음 해."

획 돌아서는 정들의 입가에 문득 한가닥의 미소가 어렸다.

그것은 도도함이었고, 또한 오만함이었다.

그것은 늘 이기기만 해보았지 한 번도 져보지 않은 자의 오만한, 그러나 그러기에 오만한 그대로가 지극히 자연스러워 보이는 그런 성질의 미소였다.

그것은 또한 본래부터 타고났거나, 혹은 늘 그래 왔기에 지금은 아예 그녀의 몸에 배어버린 그런 미소여서 어쩌면 그녀 자신도 이런 순간에 자신의 입가에 그런 종류의 미소가 머금어져 있다는 것을 알지 못할 그런 미소일지도 몰랐다.

자신이 피켓을 들기로 예고된 날, 정들은 학교에 나오지 않았다.

어제 하교시까지도 전혀 어떤 언급이 없었기에 갑작스러운 그녀의 결석은 그들 산사모의 나머지를 당황스럽게 만들기에 충분했다.

다만 그런 중에도 멘사 여동훈만은 그다지 당혹스러운 내색을 하지 않았다.

"걱정할 것 없다. 사실 이번 일에 이름을 빌려준 것만으로도 정들이는 이미 자신의 역할을 충분히 다 했다고 할 수 있는 거니까."

여동훈의 짐짓 태연한 체하는 말을 김산이 우울한 기색으로 받았다.

"역할을 하고 못하고의 문제가 아니잖아? 그녀가 지금 어떤 처지에 몰려 있을지를 걱정하는 거다."

김산은 진정으로 지난 며칠 동안 정들이 받았을 회유와 압력, 그리고 지금 이 순간에도 받고 있을 어떤 구속 같은 것을 걱정하고 있었다.

그러나 여동훈은 그런 김산의 걱정을 일축해 버리겠다는 듯 피식 웃고 마는 것이었다.

"짜식, 진짜로 걱정도 팔자네. 걱정할 게 따로 있지, 뭘 그딴 게 다 걱정이 되냐?"

"……?"

"이런 촌놈, 진짜로 정들이 어떤 신분인지 모른다는 거냐? 정들의 집안이 어떤 곳인지를 몰라? 대한민국 최고의 재벌이자, 글로벌 기업으로 세계적으로도 손꼽히는 대진 그룹의 무남독녀이자 유일한 상속녀가 바로 그녀야, 임마! 그런데 천하의 누가 감히 그녀를 건드릴 수 있을 거냐고?"

결국 그날의 시위는 김산과 여동훈 둘이서 했다.

그리고 다음날 김산은 여전히 정문 앞에서 피켓을 들고 서 있었다. 혼자서.

그러나 마치 세상을 떠들썩하게 만들었던 스캔들이 실제로는 별게 아니란 것이 밝혀졌을 때처럼, 김이 다 빠져 버려 그 신선함과 상큼한 향의 유혹이 사라져 버린 탄산음료처럼 하룻밤 사이에 모두의 관심은 확연히 표시가 나도록 김산에게서, 그리고 그가 들고 있는 피켓으로부터 멀어져 있었다.

학생들의 등교가 거의 끝나갈 무렵,

한산해진 교문 앞으로 마치 지나가는 행인이기라도 한 듯이 청년 하나가 슬쩍 다가와 김산이 들고 있는 피켓에, 그리고 이윽고는 김산에게로 관심을 보였다.

청년은 자신을 소규모 인터넷 신문의 기자라고 소개하며 김산에게 인터뷰를 청했다.

그리고 김산은 외로움과 피곤에 지쳐 있을 때 불쑥 손을 내미는 모르는 누군가를 만났을 때처럼 잔잔한 반가움으로, 그러나 결코 흥분하지 않은 진솔함으로 그 인터뷰에 응했다.

며칠 뒤.

여느 날 아침처럼 교문 앞에 선 김산의 옆에는 한 사람이 함께 서 있었다.

여동훈은 아니었고, 정들일 리도 없었다.

서영은 선생이었다.

선생은 피켓을 들지는 않았지만, 다만 김산의 곁에 가만히 서 있는 것만으로도 충분히 자신의 입장을 웅변하고 있었다.

처음 선생이 곁으로 와서 섰을 때 김산은 고개를 숙여 인사를 했을 뿐이었고, 선생 또한 슬픈 미소 외에는 따로 말을 하지 않았다.

선생과 제자 사이인 그들이 그간의 사정이야 어찌 되었건 이제 이런 사태에 대해 뜻을 같이하는, 말 그대로의 동지(同志)가 된 것은 참으로 구차하다 하지 않을 수 없었으니, 무슨 따로 할 말이 있으랴.

두 사람은 다만 애틋하게, 그리고 슬픈 미소로 잠시 서로를 바라보았을 뿐, 곧 마치 사전에 약속이라도 한 것처럼 묵묵한 시위에 들어갔다.

등교하는 아이들의 시선이 무수히 두 사람에게로 와 닿았지만, 누구도 나서서 두 사람의 입장 내지는 심경에 동조하거나, 혹은 반대의 뜻도 표하지 않았다.

두 사람의 앞을 지나는 모두는 마치 아무런 생각도 없이 그저 공간을 부유해 다니는 무기(無機)의 존재들 같았다.

학교는 다시 한바탕의 난리를 겪고 있었다.

겉으로 보기에는 모두의 철저한 무관심과 방관 속에 오로지 김산과 서영은 선생만이 반향도 없는 주장을 극단의 고집으로 이어가고 있는 것 같았는데, 그렇게 학교라는 철저히 폐쇄된 사회 속에서 그들 소수의 무력한 주장 따위는 그대로 스러져 가고 있는 줄 알았는데, 그 여파는 엉뚱한 곳에서 상상

할 수 없는 파장으로 불씨를 새로 살리고 있었던 것이다.

누군가에 의해 이번 사건에 대한 전말이 시교육청 홈페이지에 올랐다.

그것뿐이었다면, 막강한 보국고의 재단 이사회에서 어떻게 하든 손을 쓸 수 있었을 것이다.

그러나 지역 신문에 관내 한 고등학교에서 벌어지고 있는 한 학생의 1인 시위에 대한 기사가 실리고, 그 상세한 전말과 더불어 이전에도 몇 차례 제기된 바가 있었던 보국고 학교 재단의 비리 문제까지 상당히 구체적으로 언급이 되고 보자, 사태의 흐름은 바야흐로 급전직하의 급물살을 타게 되는 것 같았다.

힘있는 자들이 가장 싫어하는 것이 번거로움이라 했던가.

차라리 피를 보아서 될 일이라면 두려움없이 밀어붙이고 말 것이나, 시끄럽고 번거로운 것에 대해서는 일단 한 발을 물려 피하고 보는 것이 그들의 속성이라고 누군가는 말했다.

그러나 귀찮고 번거로워서 잠시 피하는 것치고는, 학교 측의 그 조치는 과감하고도 단호한 데가 있었다(물론 시교육청에서 엄중한 경고가 있었다는 말이 있기도 했지만, 또 어쩌면 재단 이사회에서 볼 때 그 정도의 조치는 조족지혈, 그야말로 아무것도 아닌 일일 수도 있었을 것이다).

교장이 이번 사태의 책임을 지고 재단 산하의 중학교로 전보 조치가 되었다.

명목상 학교의 최고 책임자인 교장이 모든 책임을 지고 경질된다는, 그 상징적인 조치가 내포하는 유, 무형의 위력은 상상외로 컸다.

당장에 학교 내외의 분위기는 그 조치만으로도 마치 그동안 문제가 되었던 모든 것이 단숨에 해결되고 덮어질 것 같은, 아니, 해결되고 덮어져야만 한다는 그런 분위기로 되어버리는 듯했다.

그리고 학교 자체적으로 극진회의 실체에 대한 재조사가 있었다.

그러나 그 결과는 역시 극진회는 실재하는 무슨 조직이 아니라 소위 짱이라는 한 학생의 개인적인 영향력이 지나치게 확대되어 비쳤을 뿐이라는 것이었고, 다만 짱이 주도하여 벌인 일련의 폭력 행사는 사실로 밝혀졌다는 정도였다.

어쨌든 학교 폭력 대책 자치위원회가 다시 열렸고, 일벌백계의 의미로 박일우의 중징계를 결정하고, 그 결정을 학교에 건의했다.

그러나 그 징계는 결국 실제적으로 조치가 되지는 못했다.

며칠 뒤 박일우가 전학을 가는 것으로 결정되었기 때문이다. 물론 자발적인 전학이었다.

그 외의 것들은 그대로였다.

서영은 선생의 담임 직 박탈과 3학년 수업 시간 회수 조치는 끝내 그대로였다. 다만 시 교육청에 제출되었던 선생에 대한 징계위원회 회부 요청 건의는 다시 거두어들였다.

김산에게 내려진 일 개월간의 징계 조치 또한 그대로였다.

그러니 학교 내 폭력에 대한 무슨 근본 대책이니 예방 조치 같은 논의가 더 있을 리 없었고, 지역 언론에서 보도되었던 재단의 비리 문제 등에 대한 해명 같은 것이 있을 리는 더욱 없었다.

김산에게 그 조치들은 결코 만족스러울 수 없는 것이었지만, 또한 더 이상 무엇을 어떻게 해야 하는지에 대해 알 수도 없었다.

서영은 선생은 미흡하지만 실은 이 정도만으로도 기대하지 못한 성과라고 했다.

큰 변화는 천천히 이루어지는 것이니만큼, 또한 현실적인 한계라는 것도 고려하지 않을 수 없는 것이니만큼, 이쯤에서 이번 일을 마무리짓고 또 다른 계기를 기다려 보는 것이 좋겠다고 했다.

또한 바깥에서는 상상도 못할 만큼 폐쇄적이고 아집에 사로잡힌 곳이 바로 교육계이고, 그중에서도 사학 재단인데, 이제 이만큼의 변화라도 일구어내서 앞으로의 더 큰 개혁을 이루는 데 시금석은 되었으니, 그것만으로도 충분히 만족할 만하다고 하였다.

여동훈 등은 달리 말을 하지는 않았지만, 선생의 말에 그대로 수긍을 하는 기색들이었다.

저녁 시간에 이승조가 김산에게로 찾아왔다.

그리고 이승조의 충고 겸 경고를 통해서 김산은 미처 알지 못했던 몇 가지 사실들을 알 수가 있었다.

"이번 일의 결론이 이렇게 난 것이 순전히 너희들 몇몇의 힘으로 되었다고 생각한다면… 그래서 혹시나 너희들이 이겼다고 생각한다면… 그건 너희들이 정말로 너무 순진한 거라고밖에 할 수 없을 거다. 너희들이 전혀 짐작도 못하는 것 같아 말해주는 것이다만, 담임 선생을 교직에서 파면시키고, 그리고 너를 이번 일을 주도한 책임을 물어 퇴학시키는 것으로 이미 방침이 굳어졌었다. 후후후! 교육청의 압력과 언론 보도 때문이라고 생각했겠지? 천만에! 보국고의 재단이 가진 힘과 영향력은 너희들이 상상하는 것보다 훨씬 더 크고 강력한 것이다. 교육청의 방침쯤 쉽게 조정하고, 언론의 입을 틀어막아버리는 정도는 아주 간단히 할 수 있을 정도로 말이다."

김산은 처음에 되도록 이승조와는 말을 섞지 않으려 했으나, 이승조의 말이 거기에까지 이르자 어쩔 수 없이 반문하고 말았다.

"그러니까 지금 네 이야기는 누군가 우리를 도왔다는 거냐?"

그러자 이승조는 피식 웃으며 차갑게 쏘아붙였다.

"홋! 정말로 그랬었군. 하긴, 그게 너희들의 한계겠지. 정들이다. 정들의 집안에서 학교의 재단 이사회에 간접적으로 영향력을 행사했다."

"음!"

김산이 짧게 흘려내는 신음 같은 소리를 듣고서 잠시 가소롭다는 듯이 김산을 보고 있던 이승조가 다시 말을 이었다.

"내가 너한테 군이 이런 말을 해주는 것은 정들이에게 감사하라고 하는 것이 아니다. 네가 정들이에게 감사하다는 마음이 있다면… 그래, 설령 네게 정들이를 좋아하는 마음이 있다고 치자. 그렇다면 더욱이… 처음부터 그녀를 이런 일에는 끌어들이지 말았어야 했다. 정들이와 나 같은 사람은 너희들과는 아주 다른 세계의 사람이라고 이미 깨우쳐 준 바도 있었다만, 그 말을 고깝게만 받아들이지 말아라. 그건 어디까지나 사실이니까."

김산은 문득 지금의 이승조가 그저 오만하기만 한 것이 아닌, 그 나름의 어떤 진정과 호소 같은 것을 말하고 있는 건지도 모른다는 생각을 하였다.

물론 그것은 그가 그러한 이승조의 진정과 호소를 이해하고 못하고 하는 문제와는 전혀 별개인 관점의 것이었다.

이승조의 말은 더욱 진지해지고 있었다.

"이제 곧 졸업을 하고 대학에 들어가게 되면 우리는 너와는 아주 다른 길을 걷게 될 거다. 그 길은 가다가 아니다 싶으면 언제든지 돌아가거나 아예 피해갈 수도 있는 너희들과는 아주 다른 길이고, 겉으로 보이는 부러움과 화려함과는 달리 조금의 실수도 용납되지 않는 그런 험난한 길이지. 후후훗! 지금 나의 이런 말에 대해 네가 이해할 거라곤 조금도 기대하지 않는다. 하지만 이 말만큼은 명심해라. 이건 내가 네게 하는 마지막 경고이자 부탁이기도 하다. 지금부터라도 정들이 자신이 해야 할 일을 할 수 있도록, 자신이 걸어야 할 길을 걸을 수 있도록 그녀의 곁에서 어른거리지 말고 조용히 물러나 줘라."

김산이 약간은 멍한 기분이 되어 있는데, 이승조는 한마디를 더 남기고 차갑게 돌아섰다.

"지금까지 정들이 네게 가졌던 느낌들이 동정이었는지, 아니면 조금 색다른 흥미 같은 것이었는지는 잘 모르겠다만… 그것이 무엇이었든 이제부터 그녀에게는 더 이상 너희들과 어울릴 여유가 없을 것이다. 더욱이 그녀의 주변에서 그녀의 그러한 일탈을 결코 용납하지 않을 것이다. 또한 누구보다 그녀 자신이 그러한 사실들을 잘 알 것이기에 그녀 스스로가 너희들과 거리를 두려고 할 것이다."

이승조가 던져 주고 간 말들은 김산에게 그대로 격정이 되었고, 그 격정은 쉽게 가라앉지 않았다.

물론 이승조의 말이 모두 사실이라면―김산의 마음속에서는 이미 그것이 사실일 거라고 믿고 있었지만―김산의 심정 또한 이승조의 말에 대해 별다른 이의를 가질 수는 없었다.

이승조의 말에 왜 동조 내지는 동의를 해야 하느냐 하는 차원이 아니라, 그가 가진 상식과 관념이 그래야만 한다고 은근한 압박을 가하고 있었다.

상식과 관념.

그것은 말하자면, 그처럼 대단한 정들의 집안이기에, 그리고 혼자만으로도 이미 충분히 대단한 존재인 그녀이기에, 사실은 처음부터 김산 자신과 같이 평범한 존재와는 어울릴 수 없는 존재였다는 당위성 같은 그런 것들이었다.

지난 몇 달 동안 김산으로서는 도저히, 아마도 평생 동안 잊지 못할 몇 가지의 우연과 사연들이 그와 그녀와의 사이에서 있었음에도 불구하고 말이다.

한편으로 김산에게는 비록 그들 상식과 관념들에 맞서기에는 아예 상대가 되지 않을 미약하기 짝이 없는 것이었지만, 그러나 선연하게 그것들에 대한 반감이라고 할 만한 그런 감정들이 또 있었다.

　일요일 저녁.
　가족들이 다 모여 저녁 식사를 마친 다음 할아버지는 김산에게 오래간만에 같이 정원 산책을 하자고 했다.
　그 가만가만한 제의에 김산은 할아버지께서 하실 말씀이 있구나 하는 것을 바로 눈치 챌 수 있었다.
　"너는 아직까지 이 할애비에게 그다지 많이는 마음을 열지 않은 것 같더구나."
　"예?"
　"허허허! 학교 생활에 관해서는 한번도 얘기를 해준 적이 없으니 말이다."
　김산은 쓰게 웃으면서도 우선은 말을 둘러댈 수밖에 없었다.
　"뭐, 특별히 화제로 삼을 만한 게 없거든요. 매일 등교하고, 공부하고, 또 하교하고… 그렇게 조금도 변화없는 일상의 반복이죠 뭐."
　할아버지가 웃으며 김산의 말을 듣고 있다가 가만히 물었다.
　"이번 서영은 선생의 일도 말이냐?"
　김산이 어느 정도는 할아버지가 하려는 말씀에 대해 짐작하고 있었으면서도, 그래도 놀라움을 완전히 누르지는 못하며 물었다.

"알고 계셨어요?"

"허허허! 며칠 전에야 알았다."

"죄송해요. 걱정하실까 봐 말씀을 드리지 못했어요."

"걱정할 줄 알았으면 오히려 미리 말을 해주었어야지? 그랬더라면 일이 그 지경까지는 가지 않도록 이 할애비가 어떤 수를 써볼 수도 있었을 것을. 쯧쯧쯧! 아무래도 너는 이 할애비를 네게 전혀 도움이 되지 않는 쓸모없는 늙은이로만 생각하는 것 같구나."

순간 김산은 말문이 콱 막혀 버리는 듯했다.

할아버지의 말대로 도움을 청할 누군가가 옆에 있다는 사실을 실감하지 못하고 있었다는 것이 그의 숨을 막히게 하였고, 또한 그의 곁에 기꺼이 그를 돕겠다는, 그의 편이 되어주겠다는 사람들이 있다는 그 새삼스러운 사실 자체가 또한 새삼스럽게 그의 코끝을 찡하게 만들었기 때문이다.

"아, 아니에요, 할아버지. 그냥… 처음에는 일이 그렇게까지 크게 번질 거라곤 생각을 하지 못했고, 또 일이 어느 정도 벌어지고 난 다음에는 너무 급박하게 진전되는 바람에 어떻게 대처해야 할지 차분히 생각할 여유가 없었어요."

김산의 변명 아닌 변명에 할아버지는 짐짓 단호한 얼굴이 되었다.

"음, 좋다. 하지만 다음에 네게 다시 어떤 일이 생겼을 때, 이번처럼 또 이 할애비를 무시한다면 그때는 나도 너를 달리 생각할 게야."

김산이 마치 사면받은 죄수라도 된 심정으로 얼른 대답했다.

"예, 할아버지."

"흠! 그래, 내 따로 알아보니 일은 그럭저럭 마무리가 되었다고 하더라마는……."

"그게……."

"왜, 아직도 무슨 문제가 남아 있는 것이냐?"

김산이 나직한 한숨을 삼키며 대답했다.

"서영은 선생님께 취해진 몇 가지 징계 조치들이 끝내 철회되지 않았습니다."

할아버지가 가만히 되물었다.

"네게 내려진 징계는 괜찮고?"

김산이 대답하는 대신 가만히 할아버지와 눈을 마주치고 있다가 문득 물었다.

"정의는 항상 이겨야 하는 것 아닌가요? 서 선생님께서는 잘못하신 일이 전혀 없는데 왜 그런 일을 당해야 하는 건지 저는 여전히 수긍할 수가 없습니다."

말끝에 김산의 표정은 상당히 분개한 것으로 되었다.

아마도 할아버지 앞이기에 그는 지금 이처럼 여과없이 있는 그대로의 자신의 속 감정을 내비치고 있는 것이리라.

할아버지 또한 김산과 가만히 눈을 마주치고 있다가 손자를 달래듯이 가만가만히 말을 내놓았다.

"이 할애비도 정의는 항상 이긴다고 생각한다. 아니, 반드시 이겨야 한다고 생각한다. 그러나 이 나이 때까지 살아오면서 느낀 바로는, 정의는 단숨에 이루어지는 것이 아니라는 것이다. 사실 단숨에 이루어지는 것은 어쩌면 이미 정의가 아닌지도 모른다. 정의란 것은 가치나 평가가 시간이 흘러서 나중에 보면 종종 변하기 때문이지. 역사적으로 보더라도 오늘날 우리가 정의라고 하는 것들은 보통 그 시대에서는 반 정의라고 여겨지는 것들이었다. 그 시대의 질서에 반하는 것들이었기에 새로운 정의는 대개 기존의 질서와 충돌을 하곤 했지. 허허허! 내가 이렇게 거창하게 말을 하는 것은, 정의라는 것을 절대 악이나 절대 선의 개념으로만 생각해서는 곤란하다는 말을 하고자 함이다. 또한 보통의 경우, 정의를 추구하는 쪽이나 반대로 반 정의의 편에 서서 정의의 도전을 받는 쪽이나 사실은 양자 모두가 고통을 받게 되는 경우이기 쉽다는 얘기를 하기 위해서이다. 그런 측면에서 가장 바람직한 것은 그들 양쪽의 고통을 가능하면 최소화하면서 궁극적으로는 정의

를 실현하는 것이라고 하겠지. 그리고 그것을 위해서는 점진
적인 변화의 노력이 필요한 것이고, 그래서 시간이 필요한 게
다. 또한 그래서 역사에서 보더라도 하나의 큰 정의가 실현이
되는 데는 보통 수십 년이 걸리고, 때로는 수백 년 이상의 장
구한 세월이 소요되기도 하지 않더냐?"

　할아버지의 말은 그 자체로도 쉽지 않은 의미이면서, 더욱
이 젊은 혈기로 듣기에는 지나치게 보수적인 측면이 있다고
할 것이었으나, 김산은 지금 왠지 모르게 그 말씀에 동조하는
것까지는 아니더라도 수긍 정도는 하는 심정이 되어서 차분
하게 듣고 있었다.

　할아버지는 지긋한 눈길로 김산을 바라보다가 다시 천천
히 말을 이었다.

　"그리고 이 말은 다만 늙은이의 노회함과 교활함이라고 생
각해도 좋을 것이다만… 서로 충돌이 있는 경우 어느 한쪽에
서는 조금 돌아가는 여유를 발휘해야만 한다는 것이다. 그것
은 양쪽 모두의 충격과 피해를 최소화하기 위해서이고, 또한
결국에는 자기 자신에게 이득이 되기 때문이다. 비유를 하자
면, 상대를 굳이 쳐야겠다는 작정이 들 때도 정면에서 치지
말고 옆구리나 뒤를 치는 것이 좋다는 것이다. 젊은 네가 듣
기에 이런 말은 곧 비겁한 술수로 들릴 것이나, 허허허, 이 할
애비가 한평생 살아보니 결국은 그런 방법이 가장 좋더구나.

물론 자신이 옳다고 생각하는 일을 행할 때의 경우이다. 스스로가 옳다는 신념이 없는 일에 그러한 편법까지 썼다가는 남에게 피해를 당하기 이전에 스스로가 무너지는 자괴지경(自壞之境)을 면하기가 어렵게 되겠지."

13. 어떤 열망

학교의 평화는 멀쩡하게 되찾아진 듯했다.

그들 중의 누군가는 아직도 상처가 아물지 않았건 말건, 그들 중의 누군가는 여전히 소외받고 있건 말건, 학교는 다시금 대학 진학이라는 최고의 명제이자 숙명적인 목표를 향해 모든 초점을 맞추어 치열하게 나아가고 있었다.

치열한 중에서 더욱 치열한 사람들이 있었다.

1차 수시에 서류 합격을 해놓고, 논술 시험을 앞둔 아이들이었다.

그들 중에는 정들도 있었다.

그녀는 벌써부터 김산 등과는 사뭇 다른 일과를 보내고 있는 중이었다.

8교시 정규 수업이 끝나고 나면 곧바로 하교 길에 오르는 그녀를 김산은 매일의 습관처럼 복도의 창문을 통해 멀거니 지켜보곤 했다.

교문을 나서면서부터 그녀의 주변에는 보이지 않게 여러 사람이 따라붙는 것 같았다.

아마도 그녀의 일거수일투족을 수행하고 관리하는 사람들일 것이다.

그리고 그러한 것이야말로 '귀족'으로서의 그녀의 본모습인지도 모른다고 김산은 생각했다.

그녀는 이제 보통 사람들과는 확연히 차이가 나는, 귀족 본연의 신분으로 돌아가고 있는 것이다.

아니, 이미 돌아간 것이다.

"잠깐만! 얘기 좀 해."

몇 날 며칠을 망설인 끝에 하교하는 정들의 뒤를 따라 나섰으면서도 다시 무수히 망설인 끝에야 김산은 겨우 그렇게 소리 내어 부를 수 있었다.

정들은 멈칫하고 걸음을 멈춘 채 잠시 그대로 서 있더니 다소 힘겨운 듯 뒤를 돌아보았다.

아주 잠깐 그녀의 눈빛이 왠지 애틋하게 느껴진 것은 단지 김산의 착각일 뿐이었을까.

정들의 표정은 금방 차갑게 변해 있었다.

그녀는 사뭇 매몰차게 들리는 목소리로 빠르게, 그리고 짧게 말했다.

"나 바빠!"

그리곤 다시 몸을 돌린 그녀는 정말로 시간에 쫓기기라도 하듯, 혹은 다른 무엇에 쫓기기라도 하듯 빠르게 걸음을 옮겨 갔다.

"잠깐만, 정말 잠깐이면 돼!"

그녀의 걸음을 뒤쫓아가며 김산이 다급하게 외쳤다.

그러나 김산의 그 절절함이 오히려 그렇게 만들어 버렸는지 정들은 마치 뛰듯이 더욱 빠르게 걸었다.

그녀의 뒤를 따라잡은 김산이 막 손을 뻗어 그녀의 어깨를 잡으려 하다가는, 그만 멍하니 제자리에 멈춰 서고 말았다.

그들은 어느새 정문 바로 밖에 대기하고 있던 두 대의 승용차 가까이까지 와 있었고, 한 대의 차에서는 검은 정장의 사내 하나가 뒷문을 연 채로 정들을 기다리고 있었다.

정들은 조금의 망설임도 없이 차에 올라탔고, 차 문을 닫은 수행원은 곧바로 운전석에 올라 차를 출발시켰다.

김산은 망연한 시선으로 벌써 저만치 멀어져 가는 차를 쫓고 있었다.

뒤 차창을 통해 보이는 정들의 머리는 꼿꼿하게 내내 앞을 향해서만 고정되어 있었다.

남아 있던 승용차의 뒷문이 열리며 회색 정장을 입은 중후한 인상의 중년 남자 하나가 천천히 내렸다.

"자네가 김산이라는 학생인가?"

김산은 미처 망연함에서 벗어나지 못하고 있는 중이라 별다른 경계심조차 없이 그저 고개를 끄덕였다.

"김 군, 나는 정들 아가씨를 수행하는 사람 중 한 사람일세. 잠깐 차에 타서 나랑 얘기 좀 할까?"

이번에도 김산은 남자가 권하는 대로 순순히 차에 올라탔다.

그러는 김산의 눈빛에는 여전히 멍한 기색이 남아 있었다.

"자네에 대해 좀 알아보았더니, 자네, 고아더군. 주소지는 이모님 집으로 되어 있고."

남자의 어조는 나직하면서 부드러웠으나, 상당히 사무적이고 직접적이어서 냉정한 느낌이 들었다.

김산의 표정이 살짝 일그러지는 것에는 조금도 개의치 않는다는 듯이 남자는 여전히 사무적인 태도로 말을 이었다.

"지금쯤에는 자네도 충분히 깨닫고 있으리라고 생각하네만… 자네는 우리 아가씨와는 절대로 어울릴 수가 없네. 혹여

자네가 우리 아가씨와 가까운 사이라고 생각하는 부분이 있다면, 그건 아주 커다란 오해고 착각일세. 우리 아가씨가 자네에게 잠시 관심을 보였었다면, 그 관심의 본질은 다만 동정일 뿐이라는 것을 분명히 알아주었으면 하네. 지금은 우리 아가씨께도, 그리고 물론 자네에게도 무척이나 중요한 시기야. 그러니 자네도 자네의 할 일에 충실하여야 할 것이지만, 더하여 만에 하나라도 우리 아가씨를 번거롭게 만드는 일은 없었으면 하네. 내 말은… 우리 아가씨께 방해가 되지 말라는 의미도 있지만, 자네를 위해서이기도 하네. 이런 말까지는 좀 뭣한 것 같지만, 우리 아가씨야 아주 어렸을 적부터 인간 관계를 관리하는 특별한 교육과 훈련을 받아온 처지이니, 동정이 되었든 무엇이 되었든 그까짓 감정쯤은 필요에 따라 얼마든지, 그리고 언제든지 가볍게 정리할 능력이 있다고 할 것이지만, 아마도 자네는 그렇지가 못할 것이기 때문이네. 결국 상처를 받는 것은 자네 혼자가 될 뿐이라는 말이지. 김 군, 김 군이 내 말에 대해 무슨 뜻인지 이해를 했다면… 앞으로는 김 군이 스스로 알아서 잘 처신을 해줄 것이라고 믿고 있겠네."

*　　　　　*　　　　　*

여동훈과 이승조, 그리고 정들.

그들 보국고의 성적 순위 원, 투, 쓰리는 나란히 1차 수시에 최종 합격했다.

보국고 모두의 믿음과 기대 그대로 대한민국 최고의 대학에 당당히 합격한 것이었다.

그들 셋을 포함한 수시 합격자들의 학교 생활은 그렇지 못한 학생들의 그것과는 완연히 달라졌다.

정규 수업만 하고 야자를 하지 않는 정도는 이미 벌써 전부터이니 그렇다 하더라도, 눈에 보이는 그들의 일상이 모두 다 여유로 가득 차 보였다.

그것은 어쩌면 먼저 성공한 자들의 당연한 특권인지도 몰랐지만, 그러나 한편으로 그렇지 못한 아이들의 부러움은 상상을 넘을 정도였다.

멘사 여동훈 같은 경우는 수업 시간 내내 자신이 읽고 싶은 책을 읽으며 지냈으나, 다른 특별한 몇몇 아이들의 학교 생활에 비하면 소박하다 할 만치 평범함을 유지하고 있는 것이라 할 수 있었다.

정들의 경우는 학교의 허락을 구해 오전 수업만 하였다.

들리는 말로 그녀는 그동안 공부에 밀려 하지 못했던 여러 가지 소양들을 배우는 중이라고 했다.

소양?

그녀에게는 기본 소양이겠지만, 다른 애들에게는 역시나

특별할 수밖에 없는 그런 공부들일 것이다.

추측인지 실제인지 모르나 아이들이 하는 말로는, 운전은 기본이고, 동서양의 기본 에티켓 수업, 그리고 승마에다 골프에다 각종의 스포츠, 말 그대로 귀족 수업을 하는 거라고 했다.

특별하기는 이승조 역시 마찬가지일 것이다.

그들은 원래부터 같은 등급의 특별함을 누리는 동급의 계층이니 말이다.

가끔씩 오전 수업이 끝난 뒤 나란히 운동장을 가로질러 교문으로 향하는 정들과 이승조의 모습이 보일 때가 있었다.

어쩌면 그들에게 기본 소양이라는, 소위 귀족 공부를 함께하러 가는 길인지도 모를 일이었다.

김산은 이제야말로 그들과는 같은 학교에 다니는 같은 고3의 같은 입장이 아니라, 이승조가 언젠가 말했던 것과 같이 그들과는 완전히 다른 세계에 산다는 것이 실감이 나기도 했다.

1차 수시에 붙지 못한, 혹은 원서를 접수시켜 볼 엄두조차 내보지 못했던 대부분의 다른 아이들에게는 여전히, 아니, 시간이 갈수록 더욱 치열해져 가는 고3의 나날이 계속되고 있었다.

다만 김산, 조유진과 탱크는—정들과 여동훈이라는 특출한 멤버들이 이탈해 간 뒤 남은 그들 산사모의 나머지 떨거지들은—주위의 치열함에 덩달아 휩쓸려 있는 듯하면서도 뭔가 모르게 겉돌고 있는 듯한 묘한 소외적인 위치에 있었다.

장훈과 조유진은 이미 나름대로 지망 학과를 정해놓은 바가 있긴 하였지만, 단지 대학만 가면 그뿐, 굳이 대학의 일류, 삼류를 따지고 싶은 마음이 전혀 없었기에 입시를 앞둔 치열함과는 조금 거리를 둘 수 있는 모양들이었다.

번개 조유진은 행정학과를 지원하려 한다고 하였다.

언뜻 뜻밖이다 싶기도 했지만, 사실 조유진의 원래 성격이 누가 건드리지만 않으면 차분하고 고분고분한 것이니 공무원과는 잘 맞겠다 싶기도 하였다.

무엇보다도 부산에 홀로 계시는 그의 아버지의 평생소원이 바로 아들이 공무원 되는 것이라고 하였다.

조유진은 아버지에 대해서는 김산에게도 거의 얘기를 하지 않았는데, 다만 평생을 거칠게만 살아온 분이고, 하나뿐인 아들 조유진에 대해서는 시골 면사무소의 서기를 해도 좋으니 그저 공무원만 되면 소원이 없겠다고 하신단다.

그리고 조유진의 내신과 모의고사 성적은 아주 형편없는 것은 아니어서, 잘만 줄을 서면 서울 대학교—서울에 소재하는 4년제 대학교—의 행정학과 중 하나에 지원할 만은 하였다.

탱크 장훈은 체육학과를 가서 나중에 여고—놈은 꼭 여고라 야만 된다고 강조하곤 했다—에서 인기있는 체육 선생이 되겠다고 했다.

장훈의 바람도 이루기에 그다지 어려울 것 같지는 않았다.

녀석의 말을 들어보면, 소싯적에 심심풀이로 따놓은 각종 무술의 단증이 박스로 쌓였고, 그중에는 어떤 종목인가에서 전국대회 입상 경력도 있다는 것 같았다.

그리고 녀석의 운동신경이나 능력으로야 실기 시험에 대해 100%의 자신감을 가져도 좋을 만하였다.

다만 녀석이 삼류를 불문하고 무사히 체육학과를 들어가서, 또 무난히 졸업을 하고 교사가 된다고 하더라도, 그 떡두꺼비 같은 형상(?)으로 과연 어느 여고의, 그것도 인기있는 체육 선생이 될 수 있을지에 대해서 다분히 회의적인 생각이 드는 것만큼은 김산이나 조유진 등으로서도 어쩔 수가 없는 일이었다.

여하튼 조유진과 장훈이 바라는 학과는 그들이 이미 확보하고 있는 조건으로 보자면 그다지 욕심이라고 할 것은 아니어서, 사실 그들이 입시에 대해 그다지 치열하지 않아도 되는 이유가 되는 것이었다.

조유진이나 장훈의 그러한 점이 입시에 치열하지 않아도 되는 이유가 되는 것이라면, 김산 역시도 충분히(?) 이유가 될 만한 것을 가지고 있긴 했다.

'특별하게 되고 싶다. 그러나 대학을 간다고 해서 특별하게 될 것인가? 과연 이승조나 정들이 속해 있는 그 특별한 그룹에 들어갈 수 있을 만큼?'

김산의 이유는 그러한 자문(自問)에서부터 비롯되었다고 할 수 있었다.

그 자문에 대한 결론은 당연히 부정적이었다.

그것이 불가능하다는 것을 김산은 이미 알고 있기 때문이었다.

그래서 김산은 이제 다른 꿈을 꾸고 있는 중이었다. 이제부터의 자신에 대해.

김산이 꾸고 있는 꿈은 아직까지는 조금도 구체적이지 못했지만, 그는 이제부터의 앞날을 지금까지와는 완전히 다른 각도에서 완전히 새로운 생활로 경험해 보려는 열망과 같은 것을 품고 있는 중이었다.

그 열망은 김산이 지금까지와는 완전히 다른 자신―평균이나 평범이 아닌, 그야말로 특별한 자신―을 한번 만들어보고 싶다는 절실함이기도 했다.

그리고 그러한 열망이 김산에게 당장의 대학이라는 목표에 대해서는 그다지 치열하지 않아도 되도록 만들고 있는 것이었다.

그렇게 김산은 주변의 치열함에 덩달아 휩쓸리기보다는 그냥 묻어가고만 있었다.

치열함을 오히려 관조하면서, 혹은 느긋하게.

14. 특별한 나

일찍 하교하는 멘사가 자연스럽게 어울림에서 빠진 뒤 김산과 조유진, 그리고 탱크는 이전보다 더한 찰떡궁합으로 붙어 다녔다.

사실은 조유진과 김산이야 본래부터 찰떡이었으니, 이전까지 여동훈과 찰떡이던 탱크 장훈이 새로이 이쪽의 찰떡 멤버로 합류하였다고 할 것이다.

야자 4교시를 모두 마친 시간.

김산 등 찰떡들은 여느 때와 마찬가지로 자연스럽게 뭉쳤다.

장훈이 다른 반이라 종례를 마치는 시간이 조금씩 다른 까닭에 김산과 조유진이 탱크를 기다렸다 만나는 길이었다.

그들은 운동장 가의 벤치에 앉아 그날 있었던 시시콜콜한 일들에 대해 얘기를 주고받았다.

그러다 교문을 빠져나가는 아이들이 좀 한산해졌을 때에야 학교를 나온 그들이 버스 타는 곳으로 가기 위해 골목길을 터덜터덜 걸어갈 때였다.

"어이, 조유진이! 탱크! 오랜만이다? 그리고 거기 허접이도?"

골목길 맞은편에서 짐짓 반가운 목소리를 내는 치는 바로 얼마 전에 서울 근교의 다른 학교로 전학을 간 박일우였다.

그때 이후로 극진회는 비록 내놓고 활동을 하지는 못하였지만, 그래도 그들끼리는 여전히 조직의 틀을 유지하고 있는 것 같았으니, 당연히 그들의 짱이었던 박일우와도 서로 연락을 유지하고 있었을 것이다.

그러나 그간 한 번도 박일우가 학교 근처로 왔다는 소리를 들은 적이 없었기에, 적어도 수능이 끝날 때까지는 볼 일이 없을 거라고 생각하던 차에 이렇게 불쑥 나타난 그의 출현은 김산 등에게는 뜻밖일 수밖에 없었다.

장훈이 나직이 뇌까렸다.

"니미! 아주 떼거리로 몰려왔구나."

장훈이 노려보는 쪽으로 특유의 껄렁거리는 모습으로 길가 담벼락에 기대어 선 애들이 적어도 대여섯은 되어 보였다.

그리고 조금 떨어져 길모퉁이에서 갈래로 뻗은 작은 골목길 안에도 몇몇의 그림자가 어른거리는 것으로 보아 패거리는 상당수 더 있는 것 같았다.

장훈이 이빨 물린 소리로 나직이 말했다.

"야, 일단 큰길로 나가자. 전부 다 몇 놈이나 되는지 일단은 새끼들 숫자라도 파악하고 봐야 할 거 아이가?"

조유진도 어느덧 긴장한 모습으로 김산 쪽을 흘깃 보았다.

"싸우는 건 안 돼!"

약간 떨려 나오면서도 한편 사뭇 단호한 느낌이 나는 김산의 말이었다.

"무슨 소리야?"

장훈의 강한 반문에 조유진도 조심스럽게 말했다.

"피한다고 해서 될 상황이 아닌 것 같다."

그러자 장훈은 아예 목소리를 높여 버렸다.

"씨발! 우리가 저 새끼들한테 꿀릴 게 뭐 있다고 피하냐? 새끼들이 수작 부리면 아주 아작을 내놓는 거지!"

그러나 김산은 한결 더 단호하게 말을 잘랐다.

"안 돼! 졸업 얼마 안 남겨놓고 퇴학당하고 싶냐? 지금 다시 문제를 일으켰다가는 이번에는 빼도 박도 못하게 된다. 일단 얘기를 들어보자. 그리고 몇 대 맞아서 해결될 일 같으면 그냥 맞아주는 게 차라리 낫다."

김산의 말은 단호하면서도 언뜻 명령조인 것 같기도 해서, 특히 장훈의 경우에는 김산에 대해 낯설다는 생각까지 잠깐 들게 만들었다.

장훈이 당황스럽다는 듯 잠시 김산을 바라보고 있다가 이윽고는 그 특유의 입에 붙은 욕설을 툭하고 뱉어냈다.

"씨발! 난 그렇게는 못하겠다."

그러자 곁에 있던 조유진의 인상이 슬며시 일그러졌다.

조유진이 장훈에게 조용한 목소리로 말했다.

"산이가 하라면 해라."

"뭐, 새꺄? 내가 왜, 새끼야?"

"산이가 넘버원이니까. 넘버원의 말을 깔아뭉개면 넌 내 주먹에 먼저 맞아야 할 거다."

사뭇 진지하고도 차갑기 이를 데 없는 조유진의 표정과 말에 장훈은 아주 어이가 다 없다는 기색이 되고 말았다.

그러다,

"이 새끼가 정말!"

하고 한 방을 날리기라도 할 듯 짐짓 위협적인 어깻짓을 한 번 해 보이고는 장훈은 이내 투덜거리고 말았다.

"제기랄! 좋다. 우쨌든 간에 산이 저놈 넘버원 시켜줄 때

내도 좋다고 했으니… 흐흐, 넘버원이 까라고 하면 까야 된다 그거지? 좋다! 그래, 함 까보자, 씨발!"

퍽!
퍽!
퍽!

박일우는 주먹으로 조유진과 장훈, 그리고 김산의 가슴을 차례로 한 대씩 쳤다.

제대로 힘을 싣지는 않았고, 그냥 지금 형세에서 우위를 잡고 있는 쪽이 어느 쪽인가를 확인시켜 주는 의례쯤으로, 소리만 나게 손바닥으로 치는 타격이었다.

김산은 묵묵히 맞았고, 조유진은 눈길을 바닥으로 깔고 맞았다.

그리고 장훈은 사나운 눈빛으로 박일우를 노려보았으나 다만 이빨을 악물었을 뿐 순순히 맞았다.

"오? 그새 성질들 많이 죽였나 보네? 어이, 조유진이! 그때는 주변 환경이 좀 그랬지? 어때, 오늘은 제대로 한번 붙어볼까?"

박일우가 빙글거리며 하는 말에 조유진은 여전히 시선을 들지 않은 채로, 그러나 덤덤한 목소리로 대답했다.

"맞짱이라면 얼마든지!"

그때 여전히 사납게 박일우를 노려보고 있던 장훈이 불쑥 끼어들었다.

"어이! 맞짱이라면 나도 있다고!"

박일우가 슬며시 인상을 굳혔다.

"이 새끼들이 정말?!"

그러나 박일우에게 막상 더 이상의 진도(?)를 나갈 생각까지는 없는 모양이었다.

"너희들 밟아주는 것은 다음으로 미룬다. 오늘은 따로 할 일이 있거든? 너희들을 보자고 하는 분들이 계시다."

장훈이 다시 빈정거렸다.

"니미! 분들이고 놈들이고 간에, 우리는 보고 싶은 생각이 전혀 없다고 좀 전해줄래?"

박일우의 인상이 이윽고는 험하게 일그러졌다.

"너, 이 새끼! 아가리 함부로 놀리지 마라. 그러다 정말로 가는 수가 있다?"

그런 박일우의 분위기는 왠지 심상치 않은 것이어서, 장훈도 일시 눈치를 굴려보는 기색이었다.

박일우가 노려보는 눈빛에 힘을 더하며 목소리를 깔았다.

"죽도록 맞고 나서 개처럼 끌려가지 않으려면 곱게 따라와라."

그리고 박일우는 성큼 몸을 돌려 앞장을 섰다.

장훈과 조유진이 언뜻 김산의 눈치를 보는대, 잠시 생각하는 기색이던 김산은 이내 박일우의 뒤를 따라 걸음을 옮겼다.

　지하로 들어간 그곳은 말로만 듣던 무슨 룸살롱 같은 유흥업소인 것 같았다.

　좌우로 은은하게 음악 소리가 울려 나오는 방들 사이로 난 흐릿한 조명의 미로 같은 통로를 지나서 들어간 그곳은, 제법 넓은 공간의 사방 벽면으로 맥주 박스가 쌓여 있는 가운데에 몇 개의 책상이 자리 잡고 있는 것으로 보아 창고 겸 사무실 같은 곳인 모양이었다.

　안에는 짧은 머리에 양복인지 유니폼인지를 입은 청년 십여 명가량이 있었고, 안쪽에는 삼십대 초반쯤으로 보이는, 역시 검은색 정장 차림의 사내 하나가 책상 위에 두 다리를 올리고 앉아 있다가 마침 안으로 들어오는 박일우와 김산 등의 모습을 보고 천천히 다리를 내리며 자리에서 일어섰다.

　"걔들이냐?"

　박일우가 허리를 깊숙이 접어 인사하며 대답했다.

　"예, 형님!"

　그런 박일우에게서는 지금까지 그가 보여주던 것과는 전혀 다른 이미지가 풍겼다.

　그것은 두려움과 무조건적인 복종 같은 것이었다.

그런 박일우의 생경한 이미지는 김산 등에게도 모르는 사이에 은근한 충격과 두려움으로 전염이 되는 바가 있었다.

그들이야말로 정말로 조폭이라 불리는 자들이었다.

"물론 너희들은 몰랐겠지만, 너희 학교의 극진회는 오래전 너희 선배 세대 때부터 우리가 뒤를 봐주고 있었다. 그런데 이번에 너희들 덕분에 우리 동생들이 이런저런 피해를 봤고, 더욱이 조직을 맡고 있던 일우가 전학을 가게 되는 바람에 우리까지 여러 가지 막대한 차질을 맞게 됐다. 자, 우리 동생들과, 그리고 우리가 당한 피해와 차질에 대해 너희들은 어떻게 책임을 질래?"

이런 장소가 아니었고, 또 분위기가 아니었고, 그리고 또 그 말에 담긴 다분한 억지성의 비약이 아니었다면 사내의 말은 너무나 조근조근하여 점잖게까지 들릴 정도였다.

김산 등이 어떻게 대답을 해야 할지 감도 잡기 전에, 사내의 말은 이제 좀 더 본격적인 위협으로 이어지고 있었다.

"몇 가지의 방법이 있다. 우선은 간단하게 몸으로 때우는 방법이다. 흐흐! 예를 들면, 섬으로 가든지 배를 타든지 하는 거지. 근데 아는지 모르겠는데… 그런 건 좀 위험하거든? 잘못하다간 평생을 노예처럼 사는 수가 있고, 재수없으면 쥐도 새도 모르게 묻히거나 풍덩 수장되는 수도 있어. 하지만 우리는 계산에 철저한 사람들이라서, 학생이라고 봐주는 법은 없어. 일단 우리에게 빚을 진 놈들에게는 절대 사정을 봐주지를 않거든?"

사내는 시종 조유진과 장훈을 향해 말하고 있었다.

그런 덕분에 김산은 사내가 가하는 위협으로부터 조금은 비켜나 있는 듯한 안도감을 느낄 수 있었다.

조유진은 여전히 바닥만 바라보고 있어서, 그가 두려움을 느끼고 있는지, 혹은 오히려 분노를 느끼고 있는지 알 수가 없었다.

다만 장훈은 가끔씩 부딪치는 사내의 눈을 피하지 않고 정면으로 마주 응시하고 있었는데, 그의 눈빛은 두렵다기보다는 차라리 도전적이었다,

사내의 말투가 문득 은근하게 변했다.

"그러나 또 하나의 방법이 있다. 조금 전의 방법보다는 훨씬 괜찮은 방법이고, 너희들이 하기에 따라서는 꽤나 매력적인 데가 있는 방법이지."

그렇게 말한 사내는 빙그레 웃으며 슬쩍 조유진과 장훈의 반응을 살피는 기색이었다.

그러나 둘에게서 별다른 반응을 찾아볼 수가 없자 사내는 보다 은근한 목소리로 말을 이었다.

"너희들, 제법 잘 친다면서? 어때? 그 실력들 한번 살려볼 생각 없나? 그리고 임마들아, 너희들, 공부도 시원찮다며?

그렇다면 일찌감치 생각을 돌리는 게 백번 낫지. 요즘 세상은 뭐든지 어중간해서는 밥 먹기도 힘든 세상이다. 그리고 기왕에 타고난 실력이 있다면, 사나이 한세상 폼나게 한번 살아봐야 하는 거 아니겠어? 화끈하게 내 밑으로 와라. 사나이답게 멋지게 살도록 내가 길을 열어주마. 우선은 너희들 때문에 짱 자리가 비어 있으니 일우 대신에 너희들한테 극진회를 맡기도록 하지. 어이, 이건 정말로 파격적인 제안이야? 후후! 앞으로 천천히 알게 되겠지만, 너희들이 누릴 수 있는 혜택은 아마도 상상 이상이 될 거다. 그리고 앞으로 너희들이 하기에 따라서는 보다 규모가 큰 연합 조직의 짱 자리 같은 것도 얼마든지 노려볼 수가 있고, 또 그렇게 된다면… 자식들아, 그 길로 너희들 인생은 그냥 쫙 펴지는 거란 말이다!"

사내는 조유진과 탱크를 회유하는 데 사뭇 표시나게 공을 들이고 있었다.

그러나 사내의 그 같은 제안(?)에 대해 대답을 한 것은 엉뚱하게도 김산이었다.

"저희들은 고등학생입니다. 지금은 오직 대학 입시를 위해 공부만 해야 할 때입니다."

사내가 김산의 참견에 잠깐 어이없다는 눈빛으로 쳐다보다 문득 박일우를 향해 다분히 신경질적으로 소리를 질렀다.

"야, 이 새낀 왜 데리고 온 거야?"

박일우는 뭐라고 대답할 말이 있는 듯하였지만, 사내의 기세에 선뜻 말을 꺼내지 못하는 눈치였다.

사내가 인상을 찡그린 채 김산을 향해 나직하게 목소리를 깔았다.

"마, 넌 좀 빠져 있어. 어쩌다가 덤으로 끌려온 것 같은데, 너한테는 별로 관심이 없거든? 그러니까 가만히 찌그러져 있는 게 좋을 거다. 알겠니?"

사내의 은근한 위협에 김산이 저도 모르게 움찔하고 말았다.

그때, 내내 고개를 아래로 떨구고 있던 조유진이 문득 눈을 들며 특유의 차고 덤덤한 목소리로 불쑥 한마디를 뱉었다.

"우리도 조직이 있습니다."

조유진의 그 말에 대해 사내는 잠시가 지난 다음에야 이해를 한 모양이었다.

"조직? 큭! 그래서?"

"여기 이 친구가 우리 조직의 넘버원입니다."

사내가 묘한 표정이 되었다가 곧 재미있다는 투로 물었다.

"넘버원? 그러니까 얘가 너희 둘의 오야지라 이거냐?"

사내의 물음에 대해 조유진은 대답하지 않음으로써 강한 긍정을 표시했고, 장훈 역시 사내를 빤히 쳐다봄으로써 자신에게도 또한 이의가 없음을 표시했다.

"호! 이 자식들, 꽤나 사람 재미있게 만드는 재주가 있네? 근데 말이야, 너희들 아직까지도 상황이 어떻게 돌아가고 있는지 판단이 그렇게 안 되냐? 내가 지금 너희들하고 장난하고 있는 것 같냐? 야, 이 새끼들아! 정신 차려! 난 지금 너희들에게, 너희들이 제 발로 걸어서 여길 나갈 수 있는 단 하나의 방법을 얘기하고 있는 거야, 자식들아! 너희들에게는 선택의 여지가 없어! 내가 하라는 대로 하든지, 아니면 너희들이 오늘 여기서 죽든지, 최소한 병신이 되어서 기어나가는 거야! 알아, 이 새끼들아?!"

사내의 언성은 급기야 거친 고함으로 터져 나왔다.

조유진과 장훈의 전신에 잔뜩 움츠린 긴장이 서렸다.

그것이 설사 두려움이 아니라고 하더라도, 그리고 그들이 아무리 오기와 배짱으로 버티고 있다고 해도, 이런 세계를 처음으로 겪어보는 그들로서는 어쩔 수 없이 움츠러들 수밖에 없는 일이었다.

상대는 의심할 여지없는 오리지널 조폭들이었다.

조폭들이 눈 하나 까딱하지 않고 사람을 찌르고 베고, 심지어는 묻어버리기도 한다는 것에 대해서는, 그 무자비한 폭력과 잔인성에 대해서는 이미 그것들을 여러 각도로 지나칠 정도로 상세하게, 그리고 과장되게 다룬 뉴스나 영화나 드라마

등을 통해 넘치도록 보고 들은 바가 있는 것이다.

상대적으로 의외의 태연을 유지하고 있는 것은 오히려 김산이었다.

김산은 점차로 지금의 이 상황에 대해 적응해 가고 있는 중이었다.

적응이라는 것은 그들이 지금 당할 수 있는 한계가 어디까지인지가 어느 정도는 판단이 된다는 것이었다.

사내가 하는 말의 어디까지가 정말로 벌어질 수 있는 일이고, 또한 어느 정도까지가 다만 협박에 불과하다는 것이 지금 김산의 생각 속에서는 비교적 분명하게 정리가 되고 있는 중이었다.

마치 김산 자신이 이런 상황에 익숙하기라도 하고, 또한 사내들과 같은 조폭들의 심리와 속성에 대해 익숙하기라도 한 것 같은 착각이 들 정도로 말이다.

"어떤 말씀을 하셔도 우리는 고등학생의 신분에서 벗어나는 일은 결코 할 수가 없습니다."

김산에게서는 이제 단단한 고집 같은 것이 보였다.

사내는 새삼스럽게 보인다는 눈으로 김산을 다시금 훑어보았다.

"너, 이 새끼! 제법 뼈대가 굵어 보이고 싶다 이거냐, 지금?

좋아! 그럼 니 뼈가 얼마나 굵은지부터 어디 한 번 시험해 보도록 하지.”

말과 함께 사내의 주먹이 가볍게 날았다.

펙!

사내의 주먹이 자신의 배로 파고드는 것을 보면서도 김산은 그대로 맞았다.

그 순간에도 김산에게 묘한 의문이 드는 것은, 방금 그가 과연 사내의 주먹을 피하지 못하였는지, 아니면 굳이 피하려 하지 않았는지 하는 것이었다.

상황에 전혀 어울리지는 않았지만 김산에게 그것은 일종의 여유 같은 것이기도 했다.

그때였다.

김산이 맞은 일격에 대해 반사적이기라도 하듯이 조유진의 몸이 앞으로 튕겨 나가고 있었다.

“씨발!”

제법 거리가 떨어져 있었는 데도 조유진은 어느새 사내에게 접근해 있었고, 그의 주먹은 허공을 가르며 사내의 턱을 노리고 있었다.

“어헛?”

사내가 놀란 헛바람 소리를 토하며 급하게 허리를 젖혔다.

그 순간적인 반응 덕에 조유진의 주먹은 사내의 턱 끝을 스치듯이 흘러가 버렸다.

이어 조유진의 몸이 도약하며 이번에는 그의 오른발이 허공을 가르며 다시 사내의 머리 어림을 노렸으나, 사내는 이미 재빠른 걸음으로 한 옆으로 물러나고 있는 중이었다.

"뭐 해, 새끼들아?! 빨랑 저 새끼 잡지 않고!"

사내의 날카로운 호통에 그제야 경악에서 깨어나듯 사무실 안의 청년들이 우르르 움직였다.

"좃만 한 새끼!"

"여기가 어디라고 감히 깝쳐?"

청년들이 조유진을 향해 포위망을 좁혀가는 와중에, 장훈의 으르렁거리는 소리가 실내를 나직이 울렸다.

"니미! 본격적으로 한번 해보자 이거지? 좋아! 좋다구!"

장훈은 곧장 청년들 중에서도 단연 덩치가 돋보이는 하나를 택해 달려가면서 자세를 낮추어 그대로 태클을 들어갔다.

콰당!

둔탁한 소리와 함께 목표가 된 청년은 그대로 엉덩방아를 찧고 뒤로 넘어졌고, 장훈은 잽싸게 그 위를 타고 올라 사정없이 펀치를 날렸다.

픽!

퍼픽!

맹렬했다.

장훈이 막상 힘을 쓰는 것은 김산으로서도 처음 보는 것이었으나, 그 기세는 그야말로 한 마리의 성난 불곰과도 같았다.

　그러나 조유진에게 집중해 있던 청년들 중 서너 명이 금세 장훈에게로 달려들면서 순식간에 장훈의 팔과 목, 그리고 허리를 붙잡았다.

　하지만 그런 중에도 장훈의 힘은 역시 대단해서 그 네댓 명의 청년들과 한 덩어리로 엎치락뒤치락하며 치고받는 모양새가 쉽게는 제압당하지 않을 것으로 보였다.

　한편 조유진 또한 네댓 명의 청년에게 둘러싸여 있었다.

　그러나 조유진은 날랜 스텝을 밟으면서 청년들의 사이사이를 돌며 주먹과 발을 뻗어냈고, 그 기민함과 날카로운 서슬에 청년들은 당장에 어떻게 할 방도를 찾지 못하고 있었다.

　그때였다.

　"모두 그만둬!"

　김산의 외치는 소리에 본격적인 난투로 번지고 있던 실내의 열기는 순간적으로 가라앉고 말았다.

　조유진이 턱 앞으로 말아 쥐었던 두 주먹을 천천히 내렸고, 한번 크게 힘을 써서 달라붙은 청년들을 밀쳐 버린 장훈이 씩씩거리면서도 말 잘 듣는 아이처럼 고분고분하게 몸을 세우고 있었다.

딱!

딱!

따악!

김산과 조유진, 그리고 장훈이 나란히 엎드려뻗쳐를 하고 있는 가운데, 사내가 돌아가면서 죽도를 휘두르고 있었다.

김산과 조유진은 묵묵히 맞고 있었고, 장훈은 연신 입술이 실룩거리는 것이 아마도 늘 입에 달고 다니는 '씨발!' 소리가 지금 입 안을 가득 메우고 있는 것 같았는데, 그러나 김산과 조유진이 신음 소리도 없이 맞고 있는 것을 보고는 어쩔 수 없다는 심정으로 역시 찍소리도 내지 않고 맞고 있는 것 같았다.

딱!

딱!

따악!

사무실에는 조용한 가운데 죽도로 엉덩이 치는 소리가 한동안이나 시리게 울려 퍼지고 있었다.

오른팔과 왼발의 한계로 김산의 자세가 점차로 무너져 내리고 있는 가운데, 사내의 죽도 세례는 끝도 없이 계속될 기세웠다.

그때였다.

닫혀 있던 사무실의 문이 열리면서 대여섯 명의 사내가 불쑥 안으로 들어섰다.

선두에 선 자는 감색 양복을 깔끔하게 차려 입은 중년 남자였는데, 나머지의 청년들은 아마도 남자를 경호하는 자들 같았다.

좀 전까지 사무실 내를 지배하고 있던 사내가 다소 놀란 기색으로 얼른 죽도를 내려놓으며 허리부터 접었다.

그런데 그 숙이는 각도가 거의 구십 도에 가까운 것만으로도 중년 남자는 제법 거물인 듯했다.

"형님, 형님께서 이 구석진 데까지 웬일이십니까? 오실 것 같으면 미리 전화라도 주셨으면 제가 형님 맞을 준비라도 할 것을요."

중년 남자가 사무실 내를 한번 휘돌아 보고 나서 덤덤하니 말했다.

"어! 그냥 근처를 지나다가 니 생각이 나서 잠깐 들러봤다. 근데 얘들은 뭐냐? 옷 입은 걸로 보아서는 학생들 같은데?"

사내가 멋쩍다는 듯 머리를 긁적였다.

"아, 예! 고삐리들인데, 우리 쪽에서 봐주는 애들과 문제가 좀 있었다고 해서 잠시 불러 주의를 좀 주고 있는 중입니다."

"그래?"

중년 남자는 약간의 흥미가 도는 눈치로 김산 등을 슬쩍 훑어보았다.

그때 사내가 말을 덧붙였다.

"근데 애들이 주먹은 좀 있는 모양인데, 영 끼가 없어서 그냥 겁만 좀 주고 돌려보내려던 참입니다."

"흠, 그래? 하긴, 요즘 세상에 끼없는 주먹을 어디다 쓰겠냐? 대충 했으면 그만 돌려보내라. 영업장에 교복 입은 애들 들여놨다가 남에 눈에 띄기라도 하면 여러 가지로 좋을 일은 없을 거니까."

"예, 형님! 안 그래도 그러려던 중이었습니다."

이어 사내가 김산 등을 돌아보며 말했다.

"야, 임마들아! 그만들 일어나거라. 너희들, 오늘 운이 좋았다. 그만 가보도록 해라. 하지만 만약에 앞으로 또다시 이런 일로 나하고 만나게 되면 그때는 오늘처럼 쉽게는 봐주지 않는다?"

*　　　*　　　*

"상대를 굳이 쳐야겠다고 작정이 들 때도 정면에서 치지 말고 옆구리나 뒤를 치는 것이 좋다."

김산에게 그때 할아버지의 말 중에서 왜 유독 그 구절만 이 뚜렷이 떠오르고, 또 확연히 공감이 되는지 모를 일이었다.

조폭들과의 일이 있은 이후로 김산에게는 새로운 집중거리 하나가 생겼다.

바로 주화입마였다.

절절사의 석굴 암자에서 겪었던 그 주화입마 말이다.

그때와는 달리 이번에는 의도적으로 그 일을 재현해 보고자 하는 것이니, 이를테면 자발적인 주화입마라고 할 수 있을까.

그중에서도 김산이 집중하고 있는 부분은 바로 얼굴을 바꾸는—사실은 일그러뜨리는—것이었다.

사실 김산은 산에서 내려온 이후 학교 생활을 하면서도 일상처럼 운기(運氣)를 행하고 있었다.

그것으로 아직까지 불완전한 몸의 일부분을 완전하게 하고자 하는 마음이 아주 없는 것은 아니었지만, 꾸준한 운기를 통해 꼭 그렇게 될 것이라고 욕심을 부리지는 않았다.

다만 운기를 할 때면 마음이 더할 수 없이 편안했고, 더욱이 운기를 행하고 난 뒤의 편안함과 충만한 활기는 이제 김산에게 끊을 수 없는 하나의 쾌락과도 같이 기분 좋은 중독이 되어 있었다.

그리고 운기에는 아련하게 그를 취하게 만드는 은은한 그리움 같은 것이 있었다.

그것은 비록 짧은 기간 동안이었지만, 그에게 더할 수 없는 큰 은혜와 그보다도 더욱 큰 사랑을 주고 가신 큰스님을 향한 그리움이었다.

김산이 아직까지도 잘 적응을 하지 못하고 있는, 간헐적이고도 돌발적으로 작용하곤 하는 그 이상한 천재성은, 그때 주화입마를 당했던 때의 정상 경로를 살짝 빗나가 이윽고는 제멋대로 날뛰던 그 운기 경로―사실은 폭주였으니 무슨 경로라고 하기에도 이상한 것이지만―에 대해서도 너무도 생생한 기억을 가지고 있었다.

집중한 지 대략 오 분여.

김산은 자신의 내부에서 기대했던 대로의 반응이 서서히 나타나기 시작하는 것을 느낄 수 있었고, 다시 오 분여 정도가 지나자 과연 얼굴 부위에서 기혈의 엉킴에 이어 근육의 뒤틀림이 일어난다는 것을 확인할 수 있었다.

'여기까지다. 더 이상 갔다가는 자칫 제어할 수 없게 되어 위험하게 된다.'

그렇게 대여섯 차례의 반복적인 시도 끝에 마침내 김산은 스스로의 얼굴에다 다분히 임의적이라고 할 수 있는 기혈의 엉킴을 만들어내고, 또다시 풀어내는 데 조금씩 익숙해질 수 있게 되었다.

임의적이라고 할 수 있는 것은 김산이 지금 거울을 보면서도 전혀 정신이 흐트러지지 않는 놀라운 집중력을 유지하면서 그러한 시도를 해내고 있기 때문이었다.

거울에는 기묘한 얼굴 하나가 나타나 있었다.

비록 작년의 그 우연하고도 돌발적이고도, 또한 위험하게 만들어졌던 얼굴만큼은 괴물답지(?) 않았다.

그러나 여전히 결코 정상적이라고는 할 수 없는, 솔직히 말하자면 기형이라는 느낌이 드는 몰골이었지만, 그래도 작년 그때보다는 덜 몬스터적인, 약간이나마 더 인간적인 얼굴이라고 할 만했다.

굳이 비교하자면 그때가 유치원생이 조물락거리다가 팽개쳐 둔 진흙 더미라면, 이제는 초등학교 1학년 정도가 나름으로는 애쓴 흔적이 나는, 그러나 여전히 조악한 수준을 면치 못하는, 그런 온통 제멋대로 들어가고 나오고 비틀린 울퉁불퉁한 얼굴이었다.

대략 두 주 정도를 꾸준히 연습했더니 꽤나 그럴듯한 얼굴로 변형이 가능해졌다.

여전히 괴상하다고 해야 할 얼굴이었지만, 그래도 밤중에 바깥으로 나갔을 때 다른 사람들이 이상하게 생겼다고 눈길을 줄지언정, 아예 못 보겠다고 외면할 정도는 아니라고 김산은 자평(自評)하였다.

더구나 그 얼굴을 보고서는 누구도 그 얼굴이 김산 자신이라는 것을 알아보기란 불가능할 것이었기에 그런 점에서 김산의 만족감은 더하였다.

사실 김산이 바란 것은 바로 그런 것이었으니까.

그리고 얼굴을 변용시키고 다시 되돌리는 데 소요되는 시간도 처음보다는 많이 줄었다.

거울을 통해 스스로의 바뀐 얼굴을 들여다볼 때면 김산은 묘한 기분이 되었다.

가면을 쓰는 기분이 이럴까?

김산이 이전 학교를 다닐 때, 선글라스를 쓰고 거리에 나가보니 겁나는 게 없더라고 하던 녀석이 있었다.

눈만 감추어도 그럴 정도의 마음이 드는데, 이제 김산은 얼굴 전체를 가리는 가면, 나아가 아예 다른 얼굴로 변용(變容)을 한 것이니 적어도 겉모습에서는 전혀 다른, 완전히 별개의 사람이 되었다고도 할 수 있지 않겠는가.

그것은 묘한 흥분이었다.

그리고 또한 묘한 기대이기도 했다.

'이런 방법으로 나는 원래의 내가 아닌, 정말로 특별한 내가 될 수도 있는 것이 아닐까?'

『강산들』 2권 끝

초등학생이 반드시 읽어야 할 좋은 책 49권

각 학년별로 초등학생이 반드시 읽어야할 좋은 책을
선정하여 통합논술의 기본이 되는 '올바른 독서법'을
일깨워 줍니다.

교과서와
함께하는
초등학교 통합논술

초등1학년 | 값 12,000원 / 초등2학년 | 값 9,500원 / 초등3학년 | 값 11,000원 / 초등4학년 | 값 9,500원 / 초등5학년 | 값 9,500원 / 초등6학년 | 값 11,000원

♣ 혼자 할 수 있어요.

엄마가 책 읽는 방법을 가르쳐 주어도 좋아요.
독서지도하는 선생님이 가르쳐 주어도 좋답니다.
"초등 교과서와 함께하는 통합논술 시리즈"는
아이 스스로 독서할 수 있도록 꾸며진 책이에요.
엄마와 선생님은 요령만 가르쳐 주시면 됩니다.

♣ 교과서의 중요한 내용이 총정리되어 있어요.

각 학년별로 중요한 교과 내용이 함께 수록되어 있어요.
초등학생은 교과서 내용을 충실하게 공부해야 합니다.
아울러 그와 병행한 독서가 대단히 중요하지요.
"초등 교과서와 함께하는 통합논술 시리즈"는
두 가지 방법 모두 알려준답니다.

♣ 이 책은 훌륭하신 선생님들이 함께 쓰신 책이랍니다.

동화작가 선생님들이 쓰셨어요. 소설가 선생님도 쓰셨답니다.
국어 논술독서지도 선생님들도 함께 쓰셨지요.
"초등 교과서와 함께하는 통합논술 시리즈"는
엄마의 마음으로 모든 선생님들이 함께 꾸민 책이랍니다.

입소문을 통해 아는 분은 다 알고 계십니다!
올 한해 공인중개사 최고의 화제작!

1~2권 합본 | 이용훈 지음
3~4권 합본 | 이용훈 지음
5~6권 합본 | 이용훈 지음
용 어 해 설 | 이용훈 지음
1~2차 문제풀이집 | 이용훈 지음

수험생 기본 필독서
만화 공인중개사

제목 : 만화공인중개사 쓰신 분에게 감사드립니다.

학원을 두달 다녔어요. 근데 과연 그 숫자 외우기 그렇게 몇 문제나 나올까 생각을 했어요.
아니라는 생각이 드네요. 학원강의를 뒤로 하고 서점을 갔어요. 내 머리에 가장 이해될 수 있는
책이 없나 하구요. 거기서 만화를 발견했어요. 무조건 세번 봤어요. 3개월 걸렸어요. 문제 집을
보라고 했는데 그건 시행을 못했어요. 근데 합격을 했네요.
어떻게 감사의 말을 해야 될지…

도서관에서 만화책 들고 다니니까 사람들이 바웃더라구요. 만화책으로 공인중개사를 공부한
다고 미친사람처럼 보더라구요. 근데 그거 다 감수하고 했던 내가 자랑스럽습니다.
어떻게 감사의 말을 해야 할지 정말 감사합니다.
부디 행복하세요. 제 나이 41살에 좋은 스승을 만난 거 같습니다.
엎드려 감사드립니다.

—본사 홈페이지에 독자분이 올린 메일 中 에서 발췌—

잘나가고 싶은 사람은 읽어라!

그에게 한눈에 반했다! 그것은 분위기 탓?
애인과 나란히 걸어갈 때 당신은 좌, 우 어느 쪽에 서는가?
이성은 왜 서로 끌리는 걸까? 그 심층 심리를 해명한다!

30초의
심리학

■ **30초의 심리학**
아사노 하치로우 지음 / 계일 옮김 │ 값 8,500원

처음 본 사람인데 와 닿는 느낌이
너무나도 강렬한 사람이 있다.
흔히 하는 말로 '필이 꽂힌 사람',
그래서 잊혀지지 않는 사람,
한눈에 반했다고 하는 것이 바로 그것이다.
이런 인간의 감정을 논하는 데
남녀의 구분이 있을 수 없다.
사랑하는 그, 혹은 그녀를
생각하는 것만으로도 가슴이 두근거린다.
이상할 것 없다. 당연히 그럴 수 있는 것이다.
그렇기에 인간을 감정의 동물이라 하지 않는가.
그러나 그렇게 좋아하는 그 사람이
어느 날 갑자기 싫어지는 경우는 왜일까?

Psychology